나
로
돌
아
가
는

길

나로 돌아가는 길

박형란 지음

미래문화사
MIRAE

'엄마'에서 '나'로 돌아가는 길은 내 안에 있다

달리기를 하다 넘어지듯, 자녀를 키우는 엄마도 그렇게 넘어질 때가 많다. 무엇을 위해 달렸는지, 어쩌다 발을 헛디뎠는지 곰곰 돌아보는 시기가 있다. 좋은 부모가 되려 했는데 온전한 가정에서 비껴간 듯 느껴지는 순간이 있다.

간혹 어머니들로부터 상담 메일을 받곤 한다.

"강연 듣고 책을 읽을 때는 할 수 있을 것 같아요. 그런데 아이들을 보는 순간 다시 원래대로 돌아가 힘들게 되는 것은 왜 그럴까요?"

"백날 책 읽으면 뭐하나요? 현실은 전혀 달라지지 않는데요?"

대부분 이론과 현실 사이의 괴리를 호소했다. 자녀에 대한 기대치를 내려놓기 어렵고 어떻게 하는 게 진정 자녀를 사랑하는 것인지 혼동된다고 했다.

지금 엄마들 대부분은 '열심히 사는 게 최선인 삶'이라는 교육을 받으며 성장했다. 나 역시 평범한 직장맘으로 주어진 일을 감당하며 정신없이 살았다. 30년을 교사로서 일하는 중 십수 년은 승진 준비하며 일 중독에 빠져 살다 건강이 나빠져 휴직하고 치료하기 시작했다. 회복하는 동안 매일 새롭게 과거의 일들이 다가왔다. 그리고 나를 돌아보았다. 나의 감정도, 내가 진짜 원하는 게 무엇인지도 제대로 모른 채 살았다는 생각이 들었다.

'내가 나 자신도 잘 모르는데 어떻게 자식을 이해하고 공감할 수 있을까. 어떻게 가족과 타인에게 잘 대할 수 있을까.'라는 의문이 싹텄다. 그러자 세상이 새롭게 보였다. 부와 권세와 명예를 좇는 삶이 얼마나 덧없는가를 실감했다.

3년 동안 매일 쓰면서 성찰해 보았다. 마음이 많이 치유되었다. 지금까지 '나'보다 '엄마, 아내, 딸, 교사'로서 살았다. '사람은 이래야 한다.'는 초자아가 너무 강했던 엄마, 끊임없이 자녀를 감독해야 한다고 여겼던 엄마, 기대치를 너무 높게 잡고 아들들을 훈육했던 관리자형 엄마, '엄마는 꼭 이래야 한다.'는 신념이 강했던 엄마였다.

살면서 많은 엄마들을 만나왔다. 학교에서 진학상담 때 만났던 엄마들의 모습, 자식이 문제되는 행동으로 처벌받게 되었을 때 엄마들의 표정, 상급학교에 진학하는 원서 쓸 때의 고민들, 그 엄마들의 모습에서 나의 모습을 보았다.

교사인 내 눈에 보이는 자녀의 특성을 부모는 잘 모를 때가 있다. '내 자식은 내가 가장 잘 안다.'는 생각이 항상 맞지는 않다. 학생들은 엄마가 행복하게 살기를 원했다. 학교에서 안 좋은 일에 엮여 곤욕을 치를 때, 자신보다 엄마가 상처 입을 것을 더 염려하는 학생들을 많이 보았다. 자녀들은 진심으로 엄마가 가정이라는 울타리에만 매이지 않고 자기의 인생을 즐겁게 살기를 원한다. 엄마가 자기 인생을 찾아가며 만족할 때 자식들의 마음도 평안해지고 행복하게 되리라 생각했다.

대체로 엄마는 자기가 원하는 방향으로 선택한 적이 드물었다. '누군가'를 위해 결정했다. 삶이 대기모드였다. 누가 부르면 달려갈 준비를 하고 있었다. '아이들이 대학만 입학하면…', '연로하신 부모님이 안정된 노후를 보내시기만 하면…', '아이들이 취업만 하면…', '아이들이 결혼만 하면…' 하고 자기의 삶을 뒤로 미루고 살아왔다.

그러나 엄마가 독립적으로 살면 주변 사람들과의 관계가 변화된다. 이유도 모르고 힘들었던 나날들, 예상과 자꾸 빗나가는 성장기 자녀의 모습들, 나아지지 않는 가족과의 관계 등을 해결할 근본적인 치유책은 '나의 태도'에 있다. 상대를 변화시키기는 어렵다. 나를 바꾸고 내 행동과 언어를 이전과 다르게 할 때 나의 세계도 변하기 시작한다. '아, 내가 이래서 그랬구나.', '내 자녀가 그래서 이렇게 행동하는구나.', '내 남편이 이런 사람이었구나.' '내가 그래서 직장에서 힘들었구나.' 하는 순간이 찾아온다.

타인에게 공감하려고 애썼던 힘을 엄마 자신에게도 써 보면 달라진다. 그렇다고 실제 현실이 드라마틱하게 바뀌지는 않는다. 여전히 아침에 서둘러 등교하고 출근하는 가족, 통통대는 발걸음, 냉랭한 친우들, 이웃들, 서로의 아픔에 둔감한 친척들. 괜히 우울해지는 순간들, 나만 힘들고 외로운 날들이 찾아온다. 그럴 때 미소 지으려 노력한다. 어디로든 나가서 힘을 얻는다. 움직이니까 달라졌다.

'독립된 나'로 변한 이후에 '움직이게 하는 힘'이 찾아왔다. 도전하고 싶은 의욕이 생겼다. 나는 그냥 나이다. 나는 좀 이기적이고 꼰대 같을 때도 있고 가끔 너그럽고 따스할 때도 있다. 하다 만 일들도 많지만 기특하게 해낸 일도 있다. '내로라'할 만큼 자랑할 일은 드물지만 그렇다고 또 꿀릴 것도 없다. 걱정을 캐 보면 갯벌의 조개만큼이나 많겠지만 내 삶에는 갯내음이 향긋하게 나기 시작했다.

독립적인 정서를 갖추니까 태어나 처음 맞는 듯한 기쁨이 찾아왔다. 지금 한창 아이를 기르느라 바쁜 엄마들, 십 대 아이들의 정서와 진로 문제로 머리가 복잡해진 엄마들, 아직 진로 결정을 하느라 애쓰는 성인자녀를 바라보며 두근거리는 엄마들에게 하고픈 이야기가 생겼다. 그동안 잔뜩 힘을 주고 긴장한 채 살아왔다. 적어도 인생을 '어느 정도는 살아야 하지 않나' 하는 생각이 나를 옭아맸다. 그동안 '왜 그렇게 힘들었나, 왜 그렇게 아등바등 살았나. 누구 때문에?'라고 질문해 본다. 내가 '나'를 외면하고 살아온 탓이었다.

"아니, 내가 나를 왜 그렇게 지구에서 맨 나중에 만날 사람처럼 내버려 두고 살아왔지? 죽음에 이르러서야 '아차, 내가 나를 까먹었네. 헛살았네!' 할 건가?" 하고 소리쳤다. 하마터면 그럴 뻔했다.

이제 내가 나를 돌볼 수 있게 되었다. 취약한 나를 보고 이렇게 말한다.

"또 이렇게 느끼는구나. 흘려보내봐. 찾아온 그 부정적인 감정과 생각을 어떻게 보낼까. 조용히 보낼까, 아니면 한바탕 막춤이라도 춰서 보낼까. 친구와 통화하면서 떨쳐버릴까. 벽 보고 마구 소리치고 욕할까. 이젠 네게 그런 감정을 준 대상이 사라졌어. 세상에서 너만 기억하는 그 일 때문에 오늘을 힘들게 살 필요가 있을까?" 하고 말을 건네 본다.

나의 '삶'이 중요해지니 우선순위가 달라졌다. 나는 나대로 자식은 자식대로 남편은 남편대로 자기 삶에 충실하게 살면 된다. 그동안 내게 기대하는 타인의 요구에 가장 민감하게 반응했다. 관계에 의존했다. 사람을 만나고 오면 '그들이 어떤 오해를 하지나 않을까', '내가 너무 경솔하게 대하지 않았나', '나는 왜 처세에 능하지 못할까' 하면서 아쉬워하고 안타까워했다. 지금은 그렇게 하지 않는다. '그 시간에 그 사람을 만나서 별로 좋지는 않았어. 지금 나의 모습, 상황에서는 그런 만남일 수밖에 없지. 다음에 볼 때 더 편하게 대해 보자. 안 만나게 되면 말고.' 하고 말한다.

독립적인 엄마는 크게 우왕좌왕 힘쓰지 않아도 된다. 자신을 보여 주면 된다. 엄마가 자신을 알고 이해하고 수용하게 되면 자녀는 안정된다. 엄마의 내면이 평안하니 다른 이들의 마음을 돌볼 여유가 생긴다. 엄마의 마음에 빈 방이 하나 생겼다. 쉴 수 있고 노래할 수 있고 꿈꿀 수 있고 지금 하고 싶은 일을 할 수 있는 방 하나!

자기 상황을 누군가에게 말만 해도 기분이 한결 나아졌다는 말을 엄마들로부터 듣곤 한다. 그런 움직임은 자녀는 물론 가족과 타인에게 좋은 기운을 불어넣는다. 상황을 평안하고 긍정적인 방향으로 바라보게 된다.

이 책에 나온 사람들은 내 이웃이고 동료이자 친인척, 친구, 치유상담연구원의 동기들, 제자 등 여러 관계로 만난 사람들이다. 익명성을 위해 이니셜을 쓰고 상황도 각색하였다.

전체 4장으로 구성된 각 장의 내용을 간추려 본다.

1장 : 자녀로부터 독립해야 하는 이유

앞으로 살아갈 고령화 사회에서 엄마들이 성장기 자녀의 양육에서 어느 정도 벗어난 후 인생을 어떻게 살까에 대해 썼다. 오늘날 가부장제의 전통에서 엄마의 삶을 규정하고 제약했던 역할들은 약해졌다. 인생 전부를 자녀 교육에 올인하는 풍토도 달라졌다. 엄마의 삶에 역할을 부여했던 사람들이 엄마의 인생을 책임져 주지 않는다. 자녀도 배우자도 부모도 각기 자기 삶에 맞게 살고 있다. 엄마도 엄마 본래의 개성을 찾아가야 한다. 욕심과 집착, 그리고 계획 등을 어쩔 수 없이 내려놓을 수밖에 없는 상황에 이르기 전에, 엄마가 지금 여기서 일상을 변화시켜 지속적인 행복감을 느낄 수 있게 나아가는 방법을 모색해 본다.

2장 : 독립의 첫 번째 걸음 – 지금 내 가족에게 충실하게

엄마가 가정을 꾸리고 자녀를 기르면서 내 자녀에게 맞는 부모 역할을 했는지 돌아본다. 자녀는 자기와 전혀 다른 인격체인데, 엄마는 자신의 부모가 살았던 방식으로 대할 가능성이 있다. 일상에서도 자신의 감정과 생각을 중시하기보다 더 큰 가족인 친정이나 시댁의 인간관계 혹은 직장에서의 관계로 갈등을 겪기 쉽다. 엄마가 자기를 알아갈 때, 자녀는 적절하게 한계를 지어주고 격려하는 부모를 신뢰하고 안정감을 갖게 된다. 내 아이에게 맞는 엄마가 되기 위해 해야 할 점들을 생각해 보았다.

3장 : 독립의 두 번째 걸음 – 현재를 소중하게

자녀로부터 정서적으로 독립한 엄마에게 가장 큰 변화는 매일 더 편안하게 느끼고 생각하는 점이다. 감정이나 생각이 과거에 매여 있다면 지금 누리는 삶의 기쁨을 놓치기 쉽다. '엄마의 독립'은 엄마를 키워 온 좋은 점들, 선한 목적으로 인도해 온 도움의 손길들을 다시 찾는 과정이다. 현재의 삶이 소중해지면 엄마의 행동이나 언어가 변화한다. 자녀는 더욱 성숙한 관계 속에서 성장하는 엄마를 보며 여유 있게 자기 길을 갈 수 있다. 익숙했던 페르소나를 내려놓고 본래의 성격에 맞는 일상생활을 어떻게 해 나갈 것인가? 그 방법을 찾아보았다.

4장 : 독립의 세 번째 걸음 – 관계와 감정을 편안하게

엄마를 힘들게 한 삶은 외적인 요소도 있지만, 엄마 스스로 만들어 낸 관계와 감정의 혼선에서 빚어질 때가 많다. 갈등 상황에 있게 한 관계를 들여다보고 새롭게 선택하는 방법을 알아본다. 자녀 세대와 소통하는 좋은 부모가 되기 위해 감정을 어떻게 다룰지 실제 예를 보며 생각해 본다. 엄마의 마음에 내재되었던 열등감, 분노, 죄책감, 불안감, 타인지향적인 사고 등을 잘 조절하고 컨트롤할 수 있는 방법을 연습해 본다.

엄마가 겪는 갈등, 육체적 아픔, 정신적 공허감 등은 하나의 메시지라는 생각이 든다. 역할에 매몰되어 살면서 놓친 자기 자신을 찾도록 촉구하는 내면의 소리다. 여성인 엄마뿐만 아니라 아버지들 역시 마찬가지다. 부모가 자기 자신의 모습을 찾고 스스로 원하는 삶을 살아갈 때 자녀가 성인이 된 이후에도 아름다운 관계를 맺어갈 수 있다. 의존과 독립이 적절히 잘 이뤄진 부모 자식의 관계가 형성되어 더 편안하고 생기 어린 에너지로 일상을 누릴 수 있다.

잠시 하던 일을 멈추고 내 안을 소중히 가꾸는 첫 삽을 떠 보자. '엄마'에서 '나'로 가는 길에는 '행복'이라는 이정표가 있다. '나'의 감정과 생각이 이끄는 대로 선택하는 방향이다. 매일 백지처럼 새로이 떠오르는 하루에 내가 하고픈 일들을 그려 보고 그대로 움직여 보자.

목차 —————————————————————————————————————

사랑은 단순히 거저 주는 것이 아니다.
사랑은 지각 있게 주는 것이고,
마찬가지로 지각 있게 주지 않는 것이다.

- M. 스캇 펙 -

1장

자녀로부터
독립해야 하는 이유

'엄마'로서
평생 살 거라는 착각에서

벗어나야 한다

"엄마, ○○○ 노래 알아요? 엄마 때 인기였다고 하던데요?"

"응, 알지. 왜?"

"요즘 다시 핫하거든요."

"그렇구나. 우리 때 정말 인기가 많았지. 나도 따라 부르고 그랬어."

"진짜요? 엄마가 그랬단 말예요?"

대화 끝에 아들이 놀란다. 아들 눈에 엄마는 그저 집안일하며 나이 들어가는 사람으로밖에 안 보이나 싶다.

엄마의 시간은 모래시계의 모래알처럼 점차 밑으로 내려가고 있지만 엄마는 젊었을 때와 크게 바뀐 건 없다. 엄마도 한때 야구장에서 목이 터져라 응원했고, 팝송 가사를 영어 교과서보다 더 열심히 외우고 따라 불렀다. 그런데 엄마가 되고부터 살림과 자녀 양육과 교육에 힘쓰다 보니 예전의 모습들이 사라져 개성이 지워지고 '아줌마'로 획일화되어 버렸다.

그러다 자녀가 상급학교에 진학하고 부모의 손을 떠나 제 스스로 결정하고 살아가는 나이가 되면 엄마의 열정이 다시 솟아난다. 드라마에 심취하거나 좋아하는 노래를 찾고 취미를 찾는다. 어떤 엄마는 군대 갔던 아들이 휴가를 나와도 "아들아, 미안. 나 지금 바빠." 하며 좋아하는 스타의 공연장으로 나선다고 한다. 아들은 멍하니 엄마의 뒷모습을 바라볼 테지만 엄마는 엄마의 인생을 다시 시작하려는 거니까 환영할 일이다.

십여 년 전만 해도 백세 시대라고 하면 광고의 한 구절쯤으로 여겨졌지만 지금은 진짜 현실이 되었다. 백 세, 백이십 세 시대가 오고 있다. 물론 평균 수명이야 통계일 뿐이지만 인생 곡선을 그릴 때 고려할 점이 분명 달라졌다. 평생 떠안을 역할들을 생각해 보고 덜어내야 할 역할도 골라보며 그에 맞게 변화해야 하는 시기다. 생로병사는 피할 수 없는 과정인데, '더욱 길어진 삶'에서 부모 역할이 달라져야 한다.

라이프 사이클이 바뀌고 있다. 전체 인생에서 부모와 자녀가 함께 사는 기간이 차지하는 비중이 줄어들고 있다. 대신 부모 자식 관계로 살아가는 기간은 어느 세대보다 길어졌다. 성인 대 성인으로 지내는 기간이 이전 시대 같으면 두 세대가 더 지날 정도로 길다. 자식이 할아버지 할머니가 되어도 노부모를 봉양하게 된 초고령화 사회다. 자식, 부모가 각자 성인으로서 자기 삶을 충실하게 살아야 하는 관계로 변화되었다.

게다가 '엄마의 부모' 역시 절대적으로 늘어난 수명을 살고 있다. 엄마로서 딸로서 중첩된 정체성 속에서 사는 기간이 이전 세대보다 훨씬 늘어났다. 그래서 지금 부모가 된 세대를 '낀 세대'라고 한다. 의무는 많고 후손들로부터 공대받는 것은 이전 세대에 비해 줄어 들었다. 그런 라이프 사이클을 제대로 살아내려면 에너지의 분배가 필요하다.

이에 대해 미국의 정신과 의사 마크 고울스톤은 '인생은 알 수 없는 미래를 한 단계씩 밟아 가는 것'이라고 하면서 다른 의사의 말을 인용해 이렇게 표현했다.

처음에는 부모님의 아이였다가
아이의 부모가 되고
부모님의 부모가 되었다가
아이의 아이가 된다.[1]

지금 자녀를 기르는 대부분의 부모는 두 번째 단계와 세 번째 단계에 있다. 이제는 엄마 역할이 인생의 전부가 아니다. 그리고 내가 아직도 부모의 아이인 채로 나의 아이를 기르고 있지는 않은지 돌아보게 된다. 보호받는 존재에서 독립된 시기로 나아가는 단계가 부모 노릇을 하는 기간이다. 이 기간을 '독립된 성인'으로 자기 인생에 뿌리를 두고 살아가지 않으면 자기 아이에게도 온전한 부모로서의 역할을 다할 수 없다.

'여성은 가정에서 무엇을 해야 한다.', '여자는 어떻게 살아야 한다.', '어머니는 이래야 한다.' 하는 식의 도덕적인 관습과 윤리는 절대적이지 않다. 시대에 맞게 변화되어 왔다.

고구려에선 여자아이, 남자아이 할 것 없이 활쏘기, 말 타기를 가르치고 무사로 키웠다는 기록이 있다. 고려의 여인들은 재혼이 자유로웠고 재산 상속 시 권리를 가졌으며, 가정 경제에 도움되는 사업도 진취적으로 했다고 한다.[2]

유목민으로 살던 시대와 고도의 정보화 사회에서 여성의 역할이 같을 수는 없다. 여성에게 요구되는 덕목 또한 마찬가지다. 지금 엄마들이 어떤 위치에 있는지 생각해 본다.

조선 시대에는 '삼종지도三從之道'라고 해서 어려서는 아버지께, 자라서는 남편에게, 노후에는 아들에게 순종하는 여성의 삶을 일반적으로 받아들였다. 그리고 여성을 그에 맞게 키웠다. 우리의 부모 세대만 해도 그런 윤리관념 속에서 살다 보니 남편 내조 잘하고 자식 교육 잘 시키는 데서 여성의 삶을 평가하곤 했다. 요즘은 남자들이 새로운 삼종지도 속에서 살아간다고 한다. 어려서는 엄마 말에 순종, 자라서는 아내 말에 순종, 나이 들어서는 딸 말에 순종하며 살아야 한다고 말한다. 우스갯말이지만 시대의 풍속도가 바뀌었음을 표현하고 있다.

그리고 성인이 된 자녀를 독립시킬 즈음에 내 부모를 돌보게 되는 경우가 많아졌다. 지금 조부모들은 자기 자녀를 양육하면서 아이의 생을 책임지는 '강한 부모 역할'은 잠깐이고, 긴 노후를 자녀에게 의탁해야 하는 '약해지는 부모'로 수십 년을 살아야 하는 추세다. 2020년 평균 기대 수명은 82.7세다. 조부모 세대는 과거보다 오래 살게 되어서 자녀와의 관계가 새롭게 펼쳐지고 있다. 이들은 자녀부양과 교육에 희생하느라 노후 대책이 특별하게 되어 있지 않다. 그래서 지금 부모들은 자녀 교육과 더불어 자신의 부모의 노후를 도와야 한다. 핵가족 환경에서 자란 지금 자녀들은 부모의 노후를 책임지거나 봉양한다는 의식이 부족하다. 전통적인 효 사상에 젖은 부모 세대와는 확연하게 다르다.

긴 세대인 요즘 부모는 조부모 세대보다 훨씬 더 지혜롭게 삶을 기획해야 한다. 내 부모와 나의 라이프 사이클은 달라졌다. 조부모 세대는 '부모'라는 권위를 내세웠다. 여성들은 생에 대한 꿈과 야망을 자식에게 걸었다. 어떤 면에선 자식을 잘 키워 세상에 떳떳이 서겠다는 욕망들이 지배했다. 배움의 기회를 누리기도 어려웠다. 교육의 기회는 아들에게 우선적으로 주어졌다. 각 가정마다 희생하고 인내하고 최선을 다한 어머니들의 업적이 전해진다. 이전에는 집안에서 어머니의 삶을 칭송하는 경향이 짙어서 "어디 어머니한테!", "어머니께 잘해라." 하는 말을 해 주는 사람들이 곁에 있었다. 지금은 그런 지원군도 엄마 곁에 거의 없다. '집안'이라는 공동체가 거의 사라졌기 때문이다.

과거 가부장제에서 여성은 자녀를 낳고 기르는 역할에 충실했다. 특히 총명한 아들에게는 기대가 컸다. 유교적인 입신양명인 과거 급제를 해야 가문이 살아날 수 있었던 탓이다.

가문의 필요에 의해 명예로운 자식을 키워내면 그 여인은 삶의 보람을 느꼈을 터다. 집안에서 훌륭한 자손을 길러준 대가로 존중받았을 것이다. 가부장제 아래 여성들은 자신의 가치를 자녀 양육과 교육에서 인정받았다. 자녀가 가문의 목표를 달성하는 경우 어머니는 대단한 평판과 권위를 갖게 된다. 이런 가족 시스템에서 살아온 여성들은 남다른 경쟁의식도 지녔을 법하다.

그러나 지금은 경제적, 사회적으로 여성을 책임져 주는 가정의 울타리가 사라졌다. 여자가 아닌 한 '인간'으로 살아가야 하는 시대가 되었다. 지금 엄마들은 가문의 수호자, 남성의 내조자 등으로 자신의 삶을 바칠 의무는 약해졌다. 여성 스스로 자기 인생을 책임져야겠다는 생각이 강해졌다.

엄마들이 가장 우선으로 돌봐야 할 사람은 바로 자기 자신이다. 부모로서 힘든 터널을 지나고 있다면 일단 숨을 크게 내쉬어 본다. 나는 지금 어디에 와 있는가. 내 자녀에게 나는 어떤 역할을 하고 있는가. 분명한 것은 평생 엄마로서 살지 않는다는 점이다.

누구나 자녀와 평생 조화로운 관계로 살고 싶어 한다. 대부분 부모는 자녀가 언제든 부모와 소통하고 열린 마음으로 대하기를 원한다.

자녀가 성장하면 부모 자식 간에 서로 자유롭게 성인으로 인정하고 대할 수 있기를 바란다. 엄마가 '누구'를 위해 살기보다 엄마 몫의 삶을 충실히 살아갈 때 가족과 소통이 잘되고 행복해질 수 있다.

'엄마'의
역할이

바뀌었다

　우리나라 엄마들의 교육열은 세계에서 둘째가라면 서러울 정도다. 무엇을 위해 그렇게 자녀 교육에 혼신의 힘을 다할까?

　타이거맘, 알파맘, 헬리콥터맘, 코칭맘, 매니저맘….

　아이를 잘 키우는 엄마로 미화되는 그 모습이 진짜일까. 위대한 모성으로 칭송받을 만한가. 아마 모든 아이에게 똑같이 적용되는 엄마 역할은 없을 것이다. 아이는 자기에게 공감해 주고 격려하는 엄마가 필요할 뿐이다. 헌신적이고 희생적인 엄마와 갈등을 겪는 딸의 예를 들어 본다.

　K씨는 알파걸[3]이다. 어머니 역시 원조 알파걸이었다. 어머니는 전문직종 자격

을 갖췄지만 K씨를 잘 키우기 위해서 일은 하지 않았다. 어머니는 학창 시절에 우등생이었고 성실했다. 지금은 멋진 패션 감각과 자녀 교육에 대한 자신감이 충만한 열혈맘이다.

K씨는 어머니의 기대에 부응하듯 전교 수석을 놓치지 않았고 기대한 대로 의과대학을 우수한 성적으로 합격하고 전문의가 되었다. 이렇게 어머니의 디자인대로 인생이 되어 갔지만 전문직 여성이 된 뒤에도 어머니의 요구는 이어졌다. 이번에는 좋은 혼처에 걸맞은 배우자를 만나 가정을 꾸려야 하는 과업이 기다리고 있었다.

그때부터 그녀는 어머니와 갈등하기 시작했다. 학업을 목표로 협업하던 관계가 결혼이라는 목표 아래서는 이견이 생겼다. 그리고 일상생활의 필요를 거의 어머니가 다 해 주는 식으로 딸을 챙기는 것도 피곤해지기 시작했다. 인테리어, 의상, 먹거리 등 모든 생활에 어머니의 지원이 있었다. K씨는 엄마에게 그렇게 하지 말라고, 엄마도 엄마 인생을 사시라고 당부했다. 그러나 엄마는 K씨 인생의 로드맵을 이미 다 짜놓고 있었다. "내 말대로 하면 너는 행복할 거야."가 엄마의 신념이었다.

K씨는 어느 날 갑자기 집에서 나갔다. 직장도 옮기고 주소도 알 수 없었다. 부모가 간섭하지 않는 곳으로 독립해 나갔다. 엄마는 혼란스러워하며 뒤늦게 사춘기 아이를 둔 것처럼 열병을 앓고 있다. "지난 30년 동안 얼마나 뒷바라지했는데…. 이제 아름답게 열매를 얻을 단계인데 어인 일로 이렇게 되었나. 내가 뭘 잘못했나." 하고 말한다. 그러나 그런 원망도 호소도 통하지 않았다. K씨의 어머니는 '내가 딸 하나 잘 키우려고 얼마나 많은 기회를 포기했는데….' 하는 자괴감이 생겼다.

K씨는 전형적인 알파걸로서 전문가로 성공하고 또 여성의 행복도 갖춘 완벽한 여성으로 살도록 키워졌다.

K씨의 엄마처럼 할 수 있는 여성은 경제력과 시간적 여유를 지닌 경우다. 그 덕택에 K씨는 지금까지 목표대로 원하는 성과를 달성했다. 이미 이룬 성취가 눈부시다. 그런데 K씨는 행복하지 않다. 엄마의 굴레에서 벗어나고 싶다. 자기 인생을 자율적으로 살고 싶어 한다. 자기가 엄마의 욕망을 대신하는 대리인인지 스스로에게 묻고 있다. K씨의 선택은 정체성을 찾으려는 시도이다. 대부분 십 대 청소년기에 이미 주변에 반항하며 던져봤을 질문이다.

엄마들은 "자식들이 철들고 성숙해져서 자발적으로 공부할 때를 기다리기에는 대입이 너무 다급하고 위중해요. 못 기다려요. 그러다 기회 자체가 사라져요. 망해요."라고 흔히 말한다. 아이가 열 살이 되면 '무조건 대입에 성공하고 나서 보자' 대열에 합류하면서 대입에 올인하는 게 일반적이었다. 그런 우리나라 엄마들의 전략은 미국에서도 '타이거맘'이라는 엄마 유형을 탄생시키는 데 일조했다. 그러니 평범한 엄마들도 성과 위주의 교육에 거스르는 독자적인 자녀 교육을 하기 어려웠다.

자식 교육은 적어도 이십 년, 아니 삼십 년 가까이 집중해야 하는 과제다. 그 시간은 자녀에게도 인생에서 가장 꿈 많고 정서적으로 풍부하고 다양한 삶의 경험을 해야 할 시간이다. 무엇이 가장 자기에게 맞는 삶인지 묻고 실험하고 싶을 시기다. K씨처럼 목표가 주어져서 달리고 달려서 도달했더니 의문이 생기고 정체성의 혼란을 느낄 수 있다. 엄마는 엄마대로 젊은 시절을 자녀에게 올인하고 나니 초로에 접어드는 나이가 된다. 평생 밀착지원하며 딸의 행복을 디자인하려던 계획이 멈춰진 K양의 어머니가 혼란스러운 것처럼 주변을 보면 이런 경우가 드물지 않다. 그동안 경쟁에서 이겨야만 성공한 삶으로 인정되는 경향이 짙었다. 그 목표가 행복을 보장해 주지 못한다면 안타깝다. 자녀와 부모가 코드가 맞아 둘 다 행복한 삶을 사는 게 진정한 목표가 아닐까.

보통 사람살이를 빗대어 '끝이 좋으면 다 좋다.'라고 한다. 어떤 경우에는 맞는 말이지만 한편으로는 과정보다 결과만 중시하는 듯해서 고개가 갸웃해진다. 부모 자식 관계에는 그 '끝'이 없다. 부모가 세상을 떠나도 끝나지 않는다. 부모의 얼굴, 말소리, 행동이 자식의 뇌리에 평생 남아 있다. 먼 후일 자식이 "난 참 부모님께 감사해. 정말 나를 위해 주셨어. 그 덕분에 내가 하고 싶은 일을 하고 인생을 후회 없이 살 수 있었어."라고 말할 수 있다면 얼마나 좋겠는가. 그러나 "내 부모는 자신의 삶에 감사하며 충만한 기쁨을 누리며 사셨어."라고 회상하면 더 좋지 않을까.

'타이거맘', '헬리콥터맘' 등 스케줄대로 계획해서 자녀를 공부시키고 각종 스펙을 준비하게 하는 엄마들은 자기 인생을 생각할 시간적 여유조차 없다. 엄마의 24시간은 온통 자녀의 성과에 매여 있다. 영리한 엄마일수록 과정이 제대로 되어야 결과가 좋다는 점을 알기에 자녀의 일상에서 스트레스까지 관리하고 챙긴다. 최근 바람직한 유형으로 추천되는 '코칭맘'은 자녀가 정서적으로 힘들지 않게 돌보면서 진정한 교육적인 내용으로 기르고 안내한다. 강제적으로 시키지는 않지만 정보력과 경제력을 갖추고 자녀의 목표 달성을 위해 집중한다. 결국 목표는 눈에 보이는 성취다. 엄마가 어떤 유형이든 자녀 입장에서는 스스로 무언가를 할 수 있는 시간이 거의 없다.

엄마는 그렇게 헌신하면 후일 자식이 알아주고 고마워할 거라고 여긴다. 모든 것을 희생하고 자녀우선으로 살았으니 그렇게 기대한다. 자식과 분리된 사람이라는 의식조차 없을 정도로 자식에게 이입해 사니까 그런 생각이 들게 마련이다.

'부모'이기에 그 정도로 헌신할 수 있다. '내 자식만큼은 부모 마음과 애틋한 사랑을 기억할 것이다.' 하는 생각은 모든 부모의 공통된 착각이다. '내리사랑은 있어도 치사랑은 없다'는 말처럼 자식은 부모로부터 어느 순간 독립하여 나가야 한다. 부모는 그렇게 하도록 도와주는 존재다. 진정으로 자녀의 행복을 바라는 엄마는 아이의 자발성을 키워준다.

'자식이 꼭 부모를 존경하고 좋아하고 애틋하게 생각해야 하는가? 그저 자식이 자기 갈 길을 잘 가면 좋은 것 아닌가?' 하는 생각이 든다. 특히나 우리나라는 예로부터 '효도해야 한다.', '웃어른을 공대해야 한다.'는 의무감을 자녀에게 지나치게 강조한 감이 없지 않다. '~해야 한다'는 덕목이 많으면 자녀는 자유를 억압받는 느낌을 받는다. 부모와 친해지지 못하고 거리를 둔다. 엄마가 자기 역할을 하되 자식에게 효나 인간의 도리를 '강요'할 일은 아니다.

K씨의 어머니는 K씨의 변화를 있는 그대로 받아들일 때 평안해질 것이다. K씨 역시 엄마에게 의존했던 자신을 깨닫고 독립된 삶을 시작하고 있다. 어떤 면에서는 오히려 환영할 만한 결단이 아닐까.

AI시대에 지금 부모는 사회 변화가 평생 지속되는 환경 속에서 살아간다. 여성이 '엄마 역할'에 자신의 삶을 국한시키면 자식이 성장한 후 오랫동안 당혹스런 현실에 맞닥트리게 된다. '내가 무엇을 위해 살아왔나.' 하는 근원적인 질문에 닿게 된다. K씨 엄마뿐만 아니라 대부분의 부모들이 지금 목적지가 안 보이는 안개 속을 전력 질주하는 것처럼 자녀 교육에 올인한다. 부모가 철저하게 아이의 24시간을 관리하면 아이가 지닌 본래의 재능과 생각과 감정이 굳어져버릴 가능성이 있다. 그런 아이가 앞으로 예측 불가능한 세상에 어떻게 유연하게 적응해 가면서 새롭게 변화하겠는가.

우리 문화에서는 부모로부터 자녀의 정신적 독립도 중요하지만, 자녀로부터 부모, 특히 어머니의 정신적 독립이 특히 중요하다.[4] 성인 초기에 접어든 자녀는 부모로부터 독립해야 마땅하다. 엄마는 변화된 관계를 받아들이고 이 시기를 자신의 성장의 전환점으로 만들어가야 한다.

자녀가 열 살쯤 되면 엄마의 역할이 달라져야 한다. 자녀에게 향했던 시선을 자기 자신에게로 돌려본다. 곧 성인이 될 자녀에겐 자기 삶을 잘 가꾸고 새롭게 태어나는 멋진 엄마가 필요하다. 뭔가 거

창하고 요란하게 도전하는 게 아니다. 관계를 유연하게 가지며 행복을 스스로 찾아가는 엄마의 모습이 좋다. 자녀는 그런 부모를 보며 자기에게 맞는 길을 열심히 가기 때문이다.

너새니얼 브랜든은 《자존감의 여섯 기둥》이라는 저서에서 스탠리 쿠퍼스미스의 연구를 소개했다.

"부모 스스로 높은 자존감을 즐기는 경향이 있을 때 그들은 자기 효능감과 자기 존중의 본보기가 된다. 아이는 살아 있는 사례에서 자신이 배워야 할 것들을 본다." 그리고 "아이가 높은 자존감을 지닌 경우, 그 부모들에게서 모두 공통적으로 발견되는 양육 태도나 관련 행동은 없었다. 우리는 이 점에 주목해야 한다."고 강조했다.[5]

부모가 자녀를 어떤 방식으로 키워야 한다는 틀은 없다. 부모가 자기 자신의 삶을 존중하며 의미 있게 살아갈 때 아이도 스스로 잘 살아간다. 그런 시도는 코칭맘, 타이거맘, 헬리콥터맘 역할을 하면서도 가능하다. 외부에 보이기 위한 목표가 아니라 자녀가 바라고 시도하고 도전하는 목표라면 열심히 지원해 줄 수 있다. 아이가 목표를 정해 매진하는 스타일이 아니라면 기다려 주면서 함께할 즐거운 일을 놓치지 않는 게 시간 낭비가 덜하다. 기다리면 언젠가 아이가 스스로 길을 찾는다. 그때까지 부모는 아이의 경험을 늘리고 생각과 감정에 응해 주는 노력이 필요하다. 외부에서 주입한 목표에 따르기를 힘겨워하는 아이에게는 선택하고 결정하려 모색하는 시간이 필요하다. 그동안 엄마 역시 자기 생의 모든 순간을 중요하게 여기면서 충분히 느끼고 생각하며 경험하는 삶을 사는 게 서로에게 이롭다.

내 안에 있는
'강적' 마주하기

– '나'의 적은 '나'

"성장기 자녀에게 바람직한 엄마의 역할은 엄마도 자기의 삶을 사는 것이다. 인생의 모든 순간을 충분히 느끼고 생각하고 경험하면서 말이다."라고 엄마의 삶의 방향을 정해 보았지만 말처럼 쉬울까.

나에게 물어본다. '나를 소중히 여기고 잘 살아왔나?' 답은 '아니다'로 나왔지만 입으로 인정하기는 망설여진다. '내가 나를 중히 여기고 살아오지 않았다면 그동안의 삶은 뭘까. 분명히 세월을 낭비한 적도 없고 사람 도리에 크게 어긋나지 않게 살아온 듯한데, 나를 위해서는 무엇을 했나?' 하고 물어본다.

여성은 결혼하고 출산하고 나면 삶이 180도 달라지는 경험을 한다. 백 퍼센트 자기에게 의지하는 한 생명을 낳게 되면 생각의 회로

가 바뀐다. '나'는 어느 새 사라져버리고 오직 내 옆에 있는 어린 생명을 키우는 데 온 힘을 쓰게 된다. 그땐 그게 자연스러운 섭리일 것이다. 계절이 가고 오는 것보다 예방접종 기일에 더 민감하게 된다. 세상 뉴스보다 아이들의 발달과정을 공부하는 게 우선이다. 식단은 아이 위주로 바뀐다. 아이에게 열이라도 나면 그렇게 많던 잠이 다 어디로 달아났는지 아이 곁에서 밤을 새우며 지켜본다.

그렇게 키운 자식이 걸어 다니고 말하기 시작하더니 학교에 들어가고부터는 독립된 생각을 하고 '네 것, 내 것'을 구별한다. 순식간에 초등학교를 졸업하고 중학교에 들어가면 이젠 똑같은 어른이랍시고 아주 딴 사람으로 변하는 자녀를 보면서 부모 역시 자신을 돌아보는 순간을 맞는다. "얘가 내 자식 맞아?" 혹은 "내가 그동안 잘못 살아온 건가. 부모 노릇을 어떻게 했지?" 하고 묻게 된다.

나를 돌아보았다. 나 역시 아이를 낳고부터 '엄마' 역할을 최우선으로 삼았다. 24시간 전적으로 나를 의지하는 아이에게 집중하느라 친구관계나 직장에서의 인간관계 등은 뒷전으로 밀려났다. 시댁, 친정이 다 먼 지방에 있어 육아에 도움을 요청할 데도 없었다. 아이가 열 살 무렵까지 십여 년이 후다닥 지났다. 매일 학생들을 만나는 교사이면서도 마음 밑바닥에는 육아에 대한 불안과 걱정으로 지낸 날이 많았다. 자녀가 사춘기가 되어 갈등을 겪을 땐 직장 일에 몰입하면서 잊으려 했다.

몇 년 전 받은 암 확진 판정은 전혀 새로운 세상에서 날아온 '화

살'이었다. 아무리 요즘 암 환자가 흔하고 잘 관리하며 살면 된다고 하지만 죽음이 내 삶 가운데서 노크하고 있음을 처음으로 생각했다. 인생에 강력한 'STOP' 사인이 켜졌다. 내 안에서 '힘들다. 이렇게 사는 거 맞아?'라는 사인을 주는 듯했다. 주변에서는 다 객관적으로 보이는 나를 알고 있는데 정작 나는 나를 잘 몰랐다. 내가 알고 있는 나와 자식이 바라보는 나, 부모가 알고 있는 나, 형제자매와 이웃이 알고 있는 나, 직장에서 보는 나는 달랐다. 혼란스러웠다. '내가 나를 합리화하고 살아온 것은 아닌가. 열심히 뭔가를 하는 시늉이라도 내면 인생이 그에 마땅한 보답을 할 거라고 여기며 살아온 것은 아닌가.' 하는 생각이 들었다. 일은 즐겁게 보람 있게 할 때 의미가 있는데, 열심히 해치우는 데에만 집착하고 그 자체로 안도하며 살아온 것 같았다.

휴직하고 치료 중에 생각했다. 살아온 기억들이 전혀 다르게 다가왔다. 감정, 생각, 기분, 그리고 떠오르는 기억들을 적었다. 내 행동과 언어에 몇 가지 패턴이 계속 반복되고 있었다. 에너지가 너무 많이 방전되게 살아가고 있었다. '다른 이들도 다 그렇게 살고 있을까? 너무 내 방식만 고집하며 독선적으로 살아온 것은 아닐까?' 하고 생각했다.

쳇바퀴 돌듯 살던 것에서 조금만 떨어져 보면 내면의 '적'이 보인다. 삶의 불만스러운 부분, 기쁘지 않은 점들, 바라는데 잘 안 되고 있는 것들을 죽 꺼내보았다. 지금 이 현실은 수많은 내 선택의 결과이지, 결코 누구의 탓이 아니었다.

'왜 선택을 할 때마다 나는 무리하는 쪽을 택했을까?', '왜 하면 된다고 몰아붙였을까?', '왜 행복해질 수 있는 길이 아니라 무언가를 빨리 달성하는 길을 선택했을까? 무엇이 그렇게 만들었을까?' 하고 질문해 보았다. 그 무엇은 나를 움직이게 하고 인생을 어느 방향으로 달음질하게 하는 '자아'였다. 그 자아는 내 부모에 의해, 사회에 의해, 교육에 의해 만들어진 자아였다. 그렇게 나는 나의 '적' 하나를 발견했다.

그런 질문이 '나'를 발견하게끔 해 주었다. 그 자아는 지금까지 내 인생의 책임을 내가 온전히 지도록 힘쓰게 했다. 그러면서도 어려움의 이유를 외부 탓으로 돌리곤 했다. 상황과 조건 때문에 힘들다고 생각했다. 상대방이 변하기만을 원했다. 내 욕심과 기대를 내려놓는 쪽으로 생각했다면 보다 수월하게 할 수 있는 일이 많았다. 내가 헉헉대고 사는데 가족들은 행복했을까? 힘들었을 것이다. 물론 삶을 팍팍하게 한 외부조건은 많았지만 진정한 적은 내 안에 있었다. '안 한다, 못 한다'며 나를 보호할 수도 있었을 텐데 그런 표현을 참고 지냈다. '도와달라'는 말을 잘 하지 못했다.

삶은 그처럼 내가 지금까지 한 행동대로 흘러왔다. 지금의 삶은 관대하지도 잔인하지도 인색하지도 않다. 자연스럽게 모든 과거가 지금 이 순간으로 귀결되고 있다. 삼각주가 수없이 떠밀려 온 퇴적물들의 집합인 것처럼 과거에 내가 했던 선택과 결정이 현재였다. '내가 진짜 바라는 삶은 어떤 삶인가?' 하는 질문이 떠올랐다. 바라는 게 뭔지 알아야 거기에 장애가 되는 것들을 제거할 수 있다. 그동안 그런 점들을 깊이 생각하지 않고 살았다.

부모 역할을 산에서 정상에 닿기 위한 오르막길에 비유해 본다. 오르막에서는 바로 앞 사람의 뒤꿈치를 바라보며 한 발 한 발 오르는 게 좋다고 한다. 꼭대기를 바라보면 힘만 들고 심리적으로 부담을 갖게 된다고 한다. 몸을 꼿꼿이 세우고 오르기보다 경사에 맞게 굽히면 더 낫다고 한다. 그렇게 또박또박 여유 있게 천천히 몸을 낮추며 오르다 보면 정상에 이르게 된다.

그러나 엄마들은 일상에서 급한 일이 닥치면 이것저것 생각할 겨를이 없다. 매일 해결해야 할 일들이 많다. 가정에서 엄마가 의식주의 바탕이 되는 일을 잘해야 온 가족이 각자 그 다음 할 일을 차분히 할 수 있다. 특히 앞선 세대의 엄마들은 자녀 기르는 일에 거의 목숨을 걸 정도로 치열하게 살았다. 베이비부머 세대 전의 선배엄마들은 보통 말한다.

"열심히 살았는데 왜 이렇게 허망하지? 텅 빈 것 같아. 내 인생은 어디 갔을까?"라는 말을 자주 한다. 살면서 자기가 하고픈 일이나 경험을 하지 못했으니 이런저런 세상의 잣대로 남과 비교하며 만족을 느끼려 한다. 특히 자식을 잘 키워 남이 알아주는 데서 기쁨과 보람을 얻는다.

그러나 엄마들이 주변으로부터 감정을 존중받고 자신을 소중히 다루고 만족한 모습을 자식에게 보였으면 더 좋았을 것이다. 그러면 자식들이 엄마에게 덜 미안하게 된다. '나' 때문에 엄마가 자기 삶을 제대로 살지 못했다는 생각은 자식의 마음을 무겁게 한다. 그리고 자식이 부모의 삶을 책임져야 할 의무가 본래 있는지도 의문이다. 자식은 어렸으니까, 부모에게 의존해야만 했으니까, 부모에게 어떻게 살아달라고 당부하거나 요구할지도 몰랐으니까 부모가 이끄는 대로 성장한다. 실제로 부모는 자녀 때문이 아니라 자신의 삶을 스스로 선택하고 살아왔다. 성인인 부모는 누구 때문에 자기 생을 못 살았다는 말을 할 수 없다. 아이가 부모를 그렇게 희생하며 살도록 하지는 않았다.

엄마가 자신을 잘 알고 편안해지면 아이에게도 좋다. 엄마가 불행해하거나 우울하면 자녀는 자기 탓으로 생각하게 된다. 대부분의 엄마들은 자식이 심하게 반항하거나 독립하면서 관계가 냉담해지면 그제야 자신을 돌아보게 된다. 자식과 소통이 안 되고 서로 상처를 주기 전에 미리 엄마가 자신의 삶을 독립적으로 살아간다면 에너지를 좀 더 즐겁고 발전적인 데 쏟을 수 있다.

엄마가 자신을 잘 알게 되면 객관적으로 현실을 볼 수 있다. 자신의 강점과 약점을 아는 엄마는 자식도 객관적으로 볼 수 있다. 엄마를 힘들게 했던 '적'도 엄마의 내면에 있지만 엄마를 자유롭게 하는 힘도 그 마음 안에 있다.

열심히 살수록
엄마의 삶이

꼬이는 이유는?

자기가 누군지도 모를 정도로 바쁘 살았다면, 그래서 원하는 삶이 무엇인지도 모른다면 도대체 무엇을 추구해야 한다는 말인가. 자기가 어떤 삶을 원하는지 알 수 있는 방법은 무엇인가.

흔히 어렵고 혼란스런 상황이 되면 믿을 건 '자신'밖에 없다고 한다. 남이 해결해 주지 않는다. 이때 확실한 것은 자신의 '오감'이 아닐까. 시각, 청각, 촉각, 미각, 후각을 통해 전해지는 느낌들을 집중해서 마음에 새겨본다. 내 몸이 전해 주는 신호에 민감해지면 느낌을 언어로 이야기해 볼 수 있다.

어떤 소리가 들리는가. 어떤 빛이 보이는가.

내게 다가오는 감각은 지휘자가 오케스트라 단원에게 쉼 없이 전하듯 나의 상황과 감정과 생각의 단서를 전해 준다. 피부에 와 닿는 미묘한 떨림이나 혈관이 진정되는 듯이 이완되는 느낌을 전해 준다. 때로는 눈에 열기가 돌고 눈 밑이 떨릴 정도로 분노를 전한다. 귀에 전해지는 상대방의 음성에서, 목소리 톤에서 전해져 오는 정보들을 느끼게 한다. 나의 신체에서 전해 주는 그런 사인에 집중해서 평안한 방향으로, 가고 싶은 곳으로 가다 보면 바로 내가 원하는 일을 찾을 수 있지 않을까.

자신이 평안해지는 대상이나 일을 발견하기 애매하다면 '나의 장점'을 찾아보면 된다. 잘하는 일을 죽 헤아려 본다. 못하는 것, 남보다 능률을 올리는 데 힘이 드는 부분이 아니라 효율이 좋은 점을 생각해 본다. 다른 사람이 자신을 규정하는 말들을 제거하고 지금 내게 있는 것들을 소중히 찾아본다.

학교에서 교사들은 수업 외에 다양한 행정업무를 맡는데, 나는 그중 학부모 활동 관련 일을 많이 했다. 자연스럽게 학부모와 만나고 회의하고 대화하는 시간을 자주 가졌다. 그분들 가운데 어떤 어머니는 학부모회 조직에 탁월하고 설득을 잘해서 팀을 금방 짠다. 학예회 때 학부모 댄스를 하자고 제안하는 어머니, 독서모임에서 책을 읽고 감상을 너무 재미있게 이야기해서 박장대소하게 만드는 어머니도 있다. 수학여행이나 수련회를 가는 장소를 답사하거나 급식 검수 등을 꼼꼼하고 깐깐하게 해서 도움을 주는 분도 많다. 봉사활동에 적극적으로 참여해 사회인으로서 역할을 다하거나 각종 자격을 취득하는 공부에 전념하는 분도 있다. 그런 장점을 좀 더 확장해 보면 삶이 달라질 수 있다. 남을 부러워하기보다 내게 있는 소중한 것을 싹틔우고 꽃피우면 인생에 변화가 생겨 일상이 신선해진다.

외부에서 강요하는 일들이 많거나, 가까운 사람이 지적하거나 판단하는 말을 자주 한다면 감각에 집중하기 어렵다. 내 안에서 부르짖는 소리에 응답하기도 전에 주어지는 상황에 맞게 행동하고 일하고 있을 것이다. 그럴 땐 과감하게 내 자존감을 깎아먹는 상황이나 대상과 이별해야 한다.

그런 일들이 여성의 삶에서는 특히나 비일비재하다. 내가 진정 원하는 일인지 아닌지 물을 겨를도 없이 가정이 편하고 공동체가 편한 방향으로 가고 있는 자신을 종종 발견할 것이다. 그래서인지 여성들은 주변인들의 말에 상처받기 쉽다. 어떻게 해야 그런 말에 휘둘리지 않고 당당하게 살 수 있을까.

외국에서 나고 자란 어느 교포 출신의 변호사가 한국 여성에 대해 의아해하며 이야기했다.

"한국 여성들은 참 똑똑하고 분별력이 있어요. 업무능력도 탁월하고요. 그런데 행복해하는 모습을 보기 어려워요. 항상 남들과 비교하면서 동료를 의식해요. 초조해하고요. 제가 보기에는 자신이 남보다 뒤떨어지지는 않았나, 상대방이 나보다 더 행복한 생활을 하고 있지는 않은가 하는 감정을 느끼는 듯해요. 서로 사소한 것도 나누지 않고 숨기는 경향이 있어요. 행여나 상대방이 자기를 무시할까 봐요. 솔직하지 않아요. 자기 삶을 즐기지 않는 듯해요. 지금 갖고 있는 것만으로도 인생을 참 재미있고 행복하게 살 수 있을 듯한데, 뭔가 채워지지 않은 욕구를 모두 갖고 있는 것 같아요."

주위를 돌아보면 당당하고 똑똑한 여성들이 얼마나 많은지 모른다. 그런데 모두 비슷한 일상을 추구하고 트렌드에 쫓겨서 따라 하는 듯한 풍조를 읽게 된다. 그러다 아이가 생기면 엄마들의 경쟁이 자녀 경쟁으로 변모한다. 기질도 생김새도 능력도 각기 다른 자녀들인데 부모가 원하는 자녀의 모습은 몇 가지로 제한된다.

한때 치맛바람으로 불리던 교육의 유행이 있었다.[6]

컴퓨터가 나오기 전 속셈학원, 주산학원이 성행하던 시절이었다. 암산을 잘하면 수학을 수월하게 할 거라는 믿음에서 너도나도 보냈다. 유학을 꼭 가야 번듯한 지식인이 된 듯한 풍조가 일기도 했다. 유학을 가도 '어느 나라가 좋다'고 하면 그 나라로 쏠려서 갔다. 21세기가 되자 조기유학의 붐이 일어서 중고등학생을 비롯해서 초등학생에 이르기까지 외국에서 홈스테이를 시키고, 기러기 아빠가 새로운 가족 형태로 나타났다.

남에게 보이는 것이 중요한 삶이었다. 자신이 만족하고 행복하고 즐거운 삶을 그려보고 화제로 꺼내기도 급박한 마음들이었다. 모든 가치를 미래에 두고 '언젠가는 행복하고 뿌듯하게 지금을 기억하겠지.' 하는 마음으로 견디는 부모가 많았다. 자녀 교육을 위해서 모든 희생을 감수하려고 했다. 그러면 자녀도 행복해지리라 여겼다.

언젠가 검사 아들을 둔 한 어머니의 이야기를 인상 깊게 들었다. 시골 벽지에서 자식들을 잘 교육시켜 성공시킨 어머니였다. 그분은 산골에서 나물 등을 캐서 읍내 시장에 내다 팔아 생계를 유지하며 자식들을 가르쳤다. 자식들이 성공한 뒤에도 시장 구석에서 여전히 나물을 팔고 있는 그 어머니에게 주변 사람들은 말하곤 했다.

"자식들이 그렇게 성공하고 사회에서 잘나가는데 이제 힘든 장사는 그만하시죠. 도시의 자식 곁에서 호강하고 사셔도 되는데 그러세요. 게다가 다들 효자이기도 하잖아요. 참말로 복 있는 어른이셔요."

그러면 그 어머니는 손사래를 치며 이렇게 말했다고 한다.

"무슨 말씀이요? 내 평생 이 산과 들에서 난 나물 캐서 장사해 살아왔는데 이 고마운 일을 왜 그만둬요. 이제 나만 걱정 없이 살면 되니까 잘됐지 뭐. 자식들은 제 살고 싶은 대로 잘 살것지. 나는 나 살고 싶은 대로 살고."

한창 승승장구하는 자식들의 요청에도 그녀는 끝내 고향에서 장사하며 산다고 한다.

그 어머니는 배움은 짧았으나 자기 삶에 대한 인정이 있었다. 자신이 어떻게 살아야 하는지를 깨닫고 있는 분인 듯하다. 그런 깨달음은 몸과 마음에 습득되어 있지 않으면 허황된 욕심에 좌우되기 마련이다. 보통 외부에 휘둘리거나 치우치지 않는 '관觀'이 서 있으면 자기만의 삶을 살 수 있다고 한다. 그녀는 세상의 눈으로 보면 투박한 손을 지닌 무학의 평범한 시골 여인일지도 모른다. 그러나 그 내면에 자연의 섭리 같은 삶의 원칙을 지니고 있다. 그 점이 자녀들에게 좋은 영향을 주지 않았을까.

가부장적인 대가족 체제에서 엄마는 대개 가족의 희생자였다. 사회에서 엄마들에게 그런 삶을 요구했다. 엄마들은 너무 헌신한 나머지 애초에 자신이 무엇을 원했는지조차 잊어버렸다. 가부장적인 유교 사회에서 여성은 자신의 가치를 증명해 낼 방도가 없었다. 오로지 자식, 특히 아들이 얼마나 출세하고 가문의 명예를 빛내느냐에 따라 여자의 인생도 평가되었다. 그러니 당시 여성들은 의욕적이고 야심만만할수록, 영리할수록, 능력이 있을수록 아들에 대한 집착에서 벗어나기 어려웠다. 당시 사회에서는 자식이 출세하면 그 어머니를 집안을 일으킨 여성으로 추앙하고, 행여 불운을 이기고 헌신하고 희생하면 열녀문과 효부상을 만들어 기념했다.

지금 자라는 아이들의 엄마인 '긴 세대'의 노년은 어떻게 될까. 엄마로서 이룩한 공으로만 대접받을까. 지금 엄마들이 과거에 효부상을 받은 여성들처럼 산다면 그에 따른 보상을 제대로 받을 수 있을까. 대가를 바라고 헌신하진 않는다 하더라도 합당한 인센티브가 있는가? 여성의 삶에 기대하는 틀이 정해져 있다 보니 여성들끼리 자꾸 비교하고 경쟁하는 풍토가 있다. 욕망의 키 재기다. 자식이 공부 잘하고 성공하면 그게 엄마의 행복을 보장할까. 부와 명예를 누리며 토끼 같은 자식들, 그것도 아들 하나 딸 하나를 둔 여인과 같이 동화 속 세속적인 행복의 조건들을 나열해 본다. 행복하고 사랑스러운 여성의 기준을 틀에 맞춰 놓고 상대적으로 지금 생활에 불만인 것은 아닐까. 적어도 이 정도는 되어야 동창 모임이나 친척 모임에서 빠지지 않는다고 스스로를 피곤하고 불행하게 하는 기준을 세워놓은 것은 아닐까.

외부를 의식하며 열심히 살수록 엄마의 삶은 미로를 헤매게 된다. 바깥에 머물던 시선, 남을 부러워하며 모방하느라 헉헉대던 발걸음을 옮겨 나에게 집중하면 무엇이 달라질까. '내가 하고 싶었던 일, 내가 좋아하는 것들은 무엇이었나.' 질문해 본다.

엄마도
성장한다

05

– 발달과업이 있다

일상에 쫓기는 엄마들이 자기만의 인생 기준에 따라 사는 게 쉬운가. 배우는 엄마, 성찰하는 엄마가 되고 싶어도 즐겁고 신나게 사는 인생은 저만치 가 있다. 준 것은 알아도 받은 것은 잘 모른다고 가족이 야속할 때가 더 많다. 가정을 꾸리고 지켜온 대가가 이것인가 싶은 순간이 있다.

P씨는 요즘 우울할 때가 많다. 기껏 대학 입학 때까지 온갖 수발을 다 들어주며 공부시켰더니 감사는커녕 무거운 표정으로 지내는 자식이 서운하다.

"엄마도 엄마 인생 사세요. 저한테 이래라 저래라 하지 마시구요."

"다른 집 애들은 해외여행도 같이 가고 쇼핑도 다니고 그런다는데 넌 왜 한

번도 그런 말을 안 하니?"

"그건 걔네 집 일이고요. 그리고 엄만 늘 그런 식이죠. 항상 내가 뭔가 부족하다는 듯이 지적하는 거요."

"내가 뭘 지적해? 뼈 빠지게 일해 가르치고 길러 줬더니 뭐가 불만인데?"

"엄마의 잔소리가 죽을 만큼 싫었지만 참았어요. '대학 갈 때까지만 참자' 하고 살았어요. 그런데 언제까지 절 어린애 취급하고 공격할 건데요? 좀 놔두세요."

"뭘 공격해? 내가? 다 너 잘되라고 하는 말이지. 나는 나대로 나 하고 싶은 것 하나도 못하고 살았어."

"그러니까요. 하고 싶은 거 다 하시라고요, 제발! 저한테 뭐라 하지 말고요. 저도 저대로 생각이 있어요. 자유를 달라고요."

"다른 집 애들은 외국 유학을 가서도 엄마랑 화상통화하고 24시간 서로 통한다고 하던데 넌 어째 같은 집에 살면서 이렇게 외계인 같을 수 있니?"

그 말에 대답도 안 하고 휙 하고 나가는 자식이 무정하다. 종일 마음이 가라앉지 않는다.

그날따라 평소보다 좀 빨리 들어온 남편에게 이야기해 본다. 돌아오는 답은 화를 더 돋운다.

"당신, 갱년기라 예민해진 것 아니야? 병원에 가서 처방을 좀 받아보지."

"아니, 내가 지금 기분이 이렇다는 거지, 웬 환자 취급이에요?"

"애가 대학만 가면 살 것 같다고, 하고 싶은 일 다 하고 자유롭게 지내겠다고 한 사람은 누군데? 이제 좀 편히 지내자. 밤에 학원 데려다 주지 않아도 되고 공부 신경 안 써도 되고. 걱정 먹는 하마 같은 말 그만하고."

모임에 나가 하소연하면 좀 풀리는 듯하지만 말하다 보면 더 생생하게 떠오르고 뭔가 자신의 가족 관계가 잘못되어 있는 것은 아닌가 하는 생각이 불쑥 든다. 게다가 친구들도 저마다 사정이 있어서 상대방 말을 들어주기보다 자기 말만 하기 바쁘다.

"넌 좋겠다. 새끼를 끼고 사니 날마다 보잖아. 그것도 복이야. 멀리 보내 봐. 걱정 돼."

'도대체 다들 도움이 안 돼. 외국인하고 대화하는 것도 아니고.'

P씨는 가만히 생각해 본다. '엄마도 엄마 인생을 살라고들 하는데 어떻게 내 인생을 살아야 하는지 모르겠네. 다른 고민을 할 게 없어 시간 나면 이렇게 공상인 듯 고민인 듯한 생각을 하는 걸까? 단지 감정의 사치일까?'

엄마들은 아이를 기를 때는 전력을 다해 목표에 집중한다. 지금은 저출산 시대라서 육아 기간이 상당히 단축되었지만 좀 더 윗세대는 자식을 여럿 낳다 보니 자녀를 키우다 보면 어느 새 나이가 들었다. 지금 엄마들은 산업화 세대다. 고등교육을 받았다. 자아실현 욕구가 강하다. 엄마로서가 아니라 자신만의 생의 의미를 찾고 싶은데 대상이 무엇인지 안개처럼 불투명하니까 답답해진다. 첫 자녀가 사춘기를 시작하고 성인이 되기까지, 자녀들이 완전히 부모로부터 독립하기까지 부모는 정신적 방황과 감정의 굴곡을 겪게 된다.

심리학자 융은 중년기는 자기실현을 목적으로 발달단계를 밟아 가는 시기라고 했다.[7] 외부적인 요소에 집중하는 생활인에서 내적인 성찰을 통해 자신의 내면을 충만하게 발전시켜 가는 단계이다. 사람의 성격은 일생을 통해 계속 발달한다고 한다. 자녀가 성장하면 엄마의 성격도 새롭게 발달하는 단계에 접어든다. P씨가 가족과 일상에서 부딪히는 대화를 보면 엄마에게 '자신을 돌아보라'는 메시지가 반복되고 있다. 가족 등 주변 사람이 하는 말을 곧이곧대로 받아들이고 분노하는 순간, 자기 자신의 소리를 들어보기 위해 멈춰 본다.

〈치유하는 글쓰기〉로 칼럼을 쓰는 박미라 작가는 어느 인터뷰에서 이렇게 지적했다.

"한국에서 나이 든 어머니, 아버지들은 대부분 자기성찰적이지 못하다. 자신의 행위를 돌아보지 못해 '죽도록 길러줬더니 뭐하는 소리냐.'며 억울해할 가능성이 크다. 한국은 그동안 먹고사는 데 급급하던, 굉장히 외향화된 사회였다. 우리 부모 세대는 문제가 자신에게서 비롯됐을 수 있다거나, 알고 보면 내가 가해자일 수도 있다는 생각을 성찰적으로 깨달은 사람이 많지 않은 듯하다. 게다가 부모의 내면도 어린 상태에 머물러 있다. 그런 상태로, 두려움과 공포 속에서 자식을 힘겹게 길러냈기에 자기에게서 비롯된 자식의 상처를 품어 줄 여유가 없다."

한 세기 전만 해도 여성은 태어나서 열 명 가까이 되는 아이를 낳고 기르다 보면 생이 다하는 경우가 많았을 것이다. 남성들은 어떤가. 그들 역시 가정을 이루고 생명을 낳고 기르고 책임지는 일에 헌신하도록 교육받는다. 그러나 직접 자녀를 낳고 기르는 일을 엄마처럼 자기 인생의 모든 가치보다 우위에 놓고 있었을까. 가정 경제를 책임지고 사회적 지위와 위신을 감당하느라 남성들은 외부 활동에 중점을 두었다.[8] 여자의 일과 남자의 일이 엄연히 구분되어 가정이 운영되었다.

그러나 지금은 환경이 많이 다르다. 엄마들이 절반 가까이 직장을 갖고 있다. 아버지가 도맡아 했던 역할을 어머니도 맡아 하고 있다. 사회에서도 가정의 중요성을 인정해서 남녀 사원에게 모두 월차, 연차 및 육아휴직을 허용하고 있다. 아버지도 육아휴직을 많이 한다. 엄마가 감당하던 역할을 아버지들도 감당한다.

집집마다 역할을 감당하는 세부적인 모양은 다를 것이다. 어떤 집은 아버지가 퇴근 후에 육아를 전적으로 책임진다. 또는 집안일 중 힘이 드는 일이나 빨래나 설거지, 청소 등을 아버지가 맡아 하기도 한다.

객관적으로 여성이 남성에 비해 신체적으로 약하다. 그런데 집안일을 자세히 들여다보면 힘이 드는 일도 여성들이 맡아 하는 경우가 많다. 두부 자르듯이 가르기 어려운 게 집안일이고 자녀 양육이기에 합의하기가 쉽지는 않다.

나의 어머니는 여성이 직업이 없어서 차별받는다고 여겨서 나와 두 여동생에게 마르고 닳도록 "직업을 갖고 살라."고 했다. 그래서 세 자매가 다 직장생활을 하고 있다. 그런데 여자도 직장에 다니니 집안일을 분담해야 한다는 점에 대해서는 말하지 않았다. 현모양처의 의무를 그대로 강조하고 직장 다니면서도 남편이나 가족들에게 헌신하도록 기대했다. 돌아보면 과도기적인 현상이었다. 직장을 다니면서 현모양처 노릇도 하는 것은 거의 불가능하다. 지금 엄마들은 깨달은 점이 있어서 딸에게 그런 말을 안 하지만 나의 어머니 세대만 해도 딸이 당당하게 자기 권리를 주장하도록 키울 만큼 여건이 형성되지 않았던 탓도 있다.

지금 아이를 기르는 엄마들은 오래 교육받고 사회에서 요구하는 직업인으로서 능력을 갖추기 위해 노력한 세대다. 이전 세대의 여성들보다 훨씬 더 공부에 전념하고 남녀가 평등한 문화 속에서 취업을 위해 애쓴 세대다. 육아나 가사에 대한 부담감은 이전 세대에 비해 줄어들었는지 모르나 경제적인 책임과 자녀 교육에 대한 의무감은 변함이 없다. 여성의 인생에서 이십 대 삼십 대 사십 대를 그런 역할을 감당하며 지내는 경우가 대부분이다.

생의 각 단계에서 해야 할 일들을 미리 연습하기는 어렵다. 경험해 보지 않고서 미리 예측하기란 불가능하다. 마치 산에 오르다 출렁다리를 건너면서 줄을 잡고 가는데 목적지에 닿기 전에 의지할 줄이 없어져버린 상황 비슷한 게 아닐까. 내가 단단히 중심을 잡고 밑을 내려다보지 않고 현명하게 건너는 방법을 깨달아가야 하는 처지와 흡사하다.

엄마가 찾는 진정한 '나'의 길은 어디에 있을까. '나'와 연결된 여러 '관계'를 잠시 놓고 바라보면 엄마의 마음이 평온하게 된다. '관계'에서 벗어나 엄마 자신의 문제를 인식하고 바라보는 그 마음이 자녀에게도 건강하게 전달된다고 한다. 독립해가는 엄마의 모습이 가족에게 신선한 영향을 미칠 것이다. 이제 엄마들은 '내 이름 석자'로 다시 인생을 시작하는 성장기에 와 있다.

빈 둥지 증후군,
찬 둥지 증후군

06

예방법

대개 부모 자식의 한 둥지 생활은 자녀의 대학 입학을 계기로 끝난다. 학업을 위해 부모 곁을 멀리 떠나는 경우가 많다. 취업이나 결혼으로 분가할 때 독립하기도 한다. 지금은 독립을 안 하는 캥거루족도 있으나 한집에 살아도 부모의 간섭과 통제를 벗어나니 빈 둥지 증후군에서 벗어날 수는 없다. 부모로서 신경 쓰고 돌봐야 할 존재가 사라진다. 반면 성인이 된 자녀가 독립하지 않고 부모와 함께 거주해 찬 둥지 증후군을 호소하는 경우도 많아졌다. 함께 살긴 하지만 정서적으로는 빈 둥지 증후군과 마찬가지다.

아무래도 아버지보다 양육에 더 많은 수고를 하고 희생한 엄마는 느끼는 변화가 크다. 워킹맘은 직장 일에 더 매진하며 자녀가 떠난

허전함을 잊어볼 수 있겠지만 전업주부에게는 빈 둥지가 더 쓸쓸하다. 아무도 자신에게 관심을 보이지 않는 듯하다.

앞으로는 자녀를 독립시키고 나서 몇십 년을 부부만 함께 지낼 가능성이 높은 시대다. 어찌 보면 자녀 양육 기간보다 더 긴 시간을 인생의 본질적인 문제를 해결하며 자기 생을 살아야 하는 빈 둥지 지키기다.

어떤 엄마는 이 시기를 기다렸다는 듯이 취미를 살리고 다양한 모임에 적극적으로 참여하면서 행복해한다. 그러나 상당수 여성들은 빈 둥지 증후군으로 우울감을 떨쳐내지 못한다. 심한 경우에 자식을 성공적으로 교육하고 의무를 다한 시점에서 우울증으로 스스로 목숨을 버리는 사례도 있었다. 상식적으로는 이해하기 어려운 일이다. 그러나 우울감은 겪어보지 않는 사람은 그 고통을 알 수 없다고 한다. 그만큼 인생에서 절박하게 추구해 온 목표를 달성한 시점에 허무감을 느낄 수 있다는 점은 생각해 보아야 한다.

자녀를 낳고 기르고 교육하는 일에 전 생애를 걸었다면 왜 그렇게 교육에 올인했는지 곰곰 생각해 보아야 한다. 목표 자체가 삶이 된 것은 아닌가. 외부에서 주입한 꿈에 내 삶을 건 것은 아닌가. 행복은 자식이 성공하는 먼 미래에 찾아오는 것일까.

엄마의 본래 모습을 다 삭제하고 엄마 역할에만 돌입한 경우 그렇게 우울감이 찾아올 수 있다. 자식이 곁을 떠나 아무것도 할 게 없는 상태를 견딜 수 없게 된다. 무위와 고요 속에서 일상을 살아가는 고립감을 주체하기 어려운 것이다.

하지만 그런 텅 빈 엄마의 마음이 가정을 지탱해 주는지도 모른다. 나무가 속을 비워 중력을 지탱해 서 있는 것처럼 엄마라는 존재 자체가 지니는 중요성은 영원하다. 늘어난 시간을 어떤 활동으로 채우려는 조급함이 도리어 해로운지도 모른다.

미래학자들은 이렇게 말했다.

"예측 불가능한 게 미래죠. 아무도 알 수 없습니다. 그리고 이제 유망한 직업부터 차례로 사라진다고 하니 어떻게 진로를 계획하고 준비할지도 막막합니다. 한 가지 분명한 점은 변화에 적응을 잘하는 사람이 잘살게 되는 시대라는 거죠."

변화에 잘 적응해야 한다. 빈 둥지 증후군 역시 일정한 시간이 지나면 자연스럽게 해결되는 문제로 받아들일 때 수월하게 이겨나갈 수 있다.

그동안 생의 최대 과제인 듯 여기고 매진했던 자녀 교육을 매듭 짓고 난 후 목표가 사라진 공허감이 큰 것은 아닐까. 자녀 교육이 끝나고 양육의 책임에서 벗어난 일이 빈 둥지 증후군의 원인이라고 보통 말한다. 그런데 책임에서 벗어나면 후련하고 시원하고 뿌듯해야 하는 게 아닐까. 그런데 후련하거나 보람되거나 긴장에서 벗어나 편안해지지 않는다면 그 이유는 뭘까.

애초에 그 목표 자체가 허구적이었던 것은 아닐까. 애써서 했는데 그게 진정한 삶의 목표라기보다 무언지 모르게 떠밀려서 떠안은 일이었다면 일을 해내도 '내가 무슨 일을 한 거지?' 하는 생각이 들 것이다. 그리고 가족이 협조하기보다 홀로 감당했던 일이 많았다면 더 공허해질 것이다. 삶의 전부라 여기면서 해냈는데 손에 느껴지는 실체가 없는 그 기분이 우울함의 원인이 된다.

아이 교육에 대한 관심과 책임감은 엄마를 강하게 하고 현실을 버티게 한다. 그런데 그 책임을 온전히 맡기 전에 엄마가 자신을 한번 돌아볼 필요가 있다. 진정 내가 원하는 일은 무엇인지, 아이의 태도와 생각은 어떤지.

아직 아이가 어려서 '빈 둥지 증후군도 좋으니 어서 아이가 자랐으면 좋겠다'는 엄마들은 미리 이런 준비를 해 두어야 한다. 아이가 열 살이 되면 엄마는 언젠가 아이가 자신의 곁을 떠나는 미래를 위해 계획하고 대비하는 게 옳다.

살다 보면 아무리 좋은 일이 찾아와도 그 순간이 지나면 일상은 여느 날과 똑같이 흘러간다. 새로운 환경 속에서 중심을 잡지 않으면 혼란이 지속된다. 놀이공원의 회전목마처럼 멈추지 않는 감정의 소용돌이 속에 있는 한 아무것도 차분하게 할 수 없다. 자기가 맡았던 책임이 사라질 때 사람은 편할 듯하지만 일상이 변화되어서 당황하게 된다.

이십 년 동안 시어머니를 모시고 살던 여성의 이야기다. 그녀는 어느 여름 시어머니가 외국에 있는 딸집에 가 계셨는데 시어머니가 안 계시니 모든 게 이상하게 여겨졌다고 한다. 책임과 도리를 벗어나면 자유롭고 가벼워지는 감정을 누릴 듯한데 막상 그 상황이 되니 그렇지 않았다고 한다. 그래서 시어머니가 안 계시는 동안 단 한

끼도 해 먹지 않았다고 한다. 해 먹을 수가 없었단다. 일상적인 활동이 갑자기 멈춰지는 느낌을 가졌다고 한다. 그저 멍하니 있었던 기간이었다고 해서 상당히 기억에 남는다. 자유, 홀가분함 등이 마냥 좋을 듯한데 그게 아니라니 듣고 있으면서도 의외로 느껴졌다.

때로는 그저 멍하니 움직일 수 없을 정도로 힘이 안 생기는 그 순간도 소중한 과정일 수 있다. 그건 게으른 게 아니라 몸에서 요구하는 '쉼'이리라. 우리 몸에서는 너무나 큰 슬픔이나 놀람이 닥치면 다른 감정이나 생각은 블랙아웃 처리를 한다. 한 가지에 집중하기 위해서 다른 감정을 삭제해 버리는 것이다.

독일의 재상 비스마르크는 젊은 시절 친구와 물가에서 놀다가 친구가 물에 빠져 허우적대자 그를 향해 권총을 겨누었다. 자신에게 총을 쏘려 하는 비스마르크에게 놀란 친구는 온 힘을 다해 빠져 나왔다. 물에서 나온 친구는 비스마르크에게 화를 냈다. 그러자 비스마르크는 이렇게 말했다.

"내가 그렇게 한 이유를 알겠는가? 내가 자네를 구하러 뛰어들었으면 자칫 둘 다 죽을 수도 있었어. 자네의 필사적인 생존 욕구를 알았으니까 그런 거지."

언제까지나 물에 빠져 있는 듯한 무력감에 마냥 사로잡힐 수는 없다. 이 일화를 보면 역시 생존에 대한 욕구가 해결방법이다. 살아야 할 이유, 매일 일상을 중히 여기고 허투로 보내지 말아야 할 이유를 찾는 게 도움이 된다.

다른 지역, 다른 나라로 자녀를 떠나보내고 난 마음이 얼마나 허전할지 겪어보지 않은 사람은 모를 것이다. 어느 엄마는 자녀를 출가시키고 자녀의 방을 보면서 온갖 감회에 젖어 한참 앉아 있었다고 말했다. 행여 결혼 전에 부모와 살던 시절이 그립고 애틋해져서 한 번이라도 옛 자기 방에 올까봐 한동안 자식의 침대와 가구 등을 그대로 두었다고 한다. 하지만 자식은 단 한 번도 찾지 않았다고 한다. 이렇듯 부모의 마음과 자식의 생각은 사뭇 다르다. 자식은 자신의 일생을 향해 직진하고 있는데 부모는 있던 자리에 마냥 서서 서성인다.

매일 '늦잠을 잔다.', '정리를 제대로 안 한다.' 아웅다웅하며 살던 시절에는 '이 아이가 언제 내 곁을 떠나 독립하나?' 하고 기다렸을 터다. 하지만 막상 그게 현실이 되면 손에 쥐고 있던 보물을 놓친 것처럼 아쉬워질 수 있다.

내 마음은 내 허락 없이는 내 안에 들어올 수 없다. 공간이 빈 느낌, 무언가 바닥이 단단하지 않고 푹 꺼지는 느낌은 어디서 비롯하는가. 가족을 위해 열심히 뒷바라지했기에 그에 대해 제대로 보상을 받지 못한 마음이 있는지도 모른다.

《빈 둥우리Empty Nest》의 저자 쉘리 보비는 빈 둥지 증후군으로 힘들어하는 사람들에게 이렇게 충고했다.[9]

"어떤 어머니들은 목적과 정체성을 상실함에 따라 우울증을 수반하는 깊은 슬픔을 느끼는 반면, 다른 어머니들은 삶의 새로운 장을 여는 기회로 여긴다."

그러면서 그는 구체적인 해결방법으로 "삶의 한 발달 단계에서 다음 단계로 넘어갈 때 혼자서 조용히 보내는 시간은 꼭 필요하다."
고 조언했다.

동병상련이라는 말이 있다. 같은 처지에 있는 사람들과 대화하거나 이런 과정을 먼저 겪은 분들의 도움을 받을 수 있다. 새로운 변화에 적응하고 활기를 되찾으려면 지금까지 살던 방법으로는 안 된다. 외부적 조건보다 나를 변화시키는 노력을 시도하는 게 좋다. 체력을 단련하고 외모를 가꾸는 일, 자신의 재능을 기부하거나 발휘하는 일을 찾는 시도가 필요하다. 무엇보다도 혼자 여행을 떠나듯이 조용히 이 공허감과 애잔한 마음을 느끼고 소중하게 안아본다.

최근 빈 둥지를 지키는 기간이 짧아지고 자녀들이 다시 부모와 합치는 사례가 는다고 한다. 맞벌이로 힘든 젊은 세대가 부모와 함께 지내자고 하면서 자녀 양육을 부탁해 오는 일들이 많다. 그러고 보면 역시 미래는 알 수 없다. 빈 둥지 증후군을 겪는 지금이 자기를 돌아보고 부부의 관계를 다시 가꾸는 축복받은 기간인지도 모른다.

사라져가는
'현모양처 신드롬'

성공한 드라마 중에는 여자들의 마음을 사로잡는 로맨스물이 많다. 이런 드라마에서 대부분의 남자 주인공은 여성을 무한대로 배려하는 따스한 심성, 겉으로 무뚝뚝하지만 속에는 누구보다 충만한 사랑을 지닌 츤데레 캐릭터이다. 사회적인 명예와 능력까지 갖춰 평생 여성을 행복하게 해 줄 수 있는 조건을 가졌다.

이런 스토리의 원형에는 신데렐라 콤플렉스가 들어 있다. 신데렐라와 비슷한 이야기의 변종이 전 세계적으로 500가지가 넘는다고 하니 그 힘은 대단하다. 우리나라에도 과거 신분제 사회에서 신분 차를 극복하고 사랑을 쟁취한 이야기가 적지 않다. 신문의 뉴스 면을 보면 현대판 신데렐라도 꽤 많다. 평범한 여성의 가슴을 설레게 하고 부러움에 한숨이 나오게도 하는 신데렐라!

궁금한 건 신데렐라의 뒷이야기다. 결혼은 일상을 오랜 세월 씨실 날실을 자아내듯 지어가는 긴 생활이다. 그 많은 날을 극적인 로맨스로 채우기는 불가능하다. 아마도 지금 신데렐라가 있다면 결혼 후에 현모양처의 길을 추구했을 거라고 상상해 본다. 그녀의 임무는 남편의 사랑을 받고 자녀 교육을 잘해서 버젓하게 사회에 내놓는 게 아니었을까. 그러나 이런 이야기가 거의 없다는 사실은 역사를 조금만 들여다봐도 알 수 있다. 그럼에도 불구하고 많은 여성들이 신데렐라를 꿈꾼다. 그것은 일상의 곤고함을 잠시 잊게 해 주는 판타지다.

서양의 신데렐라를 우리 사회에 대입해 보면 '현모양처'가 아닐까? 여성의 외모보다 마음을 강조하고 착한 마음씨로 인내하면 복이 온다는 스토리에 걸맞은 이상형은 '현모양처'일 것이다. 불과 3,40년 전만 해도 여학생들은 장래희망에 '현모양처'라고 쓰는 경우가 다반사였다. 현대 핵가족 속의 현모양처는 자녀 교육과 남편 내조에 헌신하는 여성으로 등장한다. 전문적인 직업인으로 성공한 여성도 근본적으로 현모양처의 역할을 놓치고 싶어 하지 않았다. 산업사회에서 남성이 사회 활동을 주로 하니 여성은 가정의 명예와 부귀를 지키거나 업그레이드 시키는 데서 그 삶의 가치를 찾았다. 이때 가장 중요한 과제가 자녀 출산과 교육이다.

'현모양처'라는 말은 1900년대 초에 일본에서 들어온 말이라고 한다. 근대화를 이루면서 산업사회에 남성의 사회 활동을 뒷바라지하면서 가사와 자녀 교육을 책임지며 여성으로서 남성을 흡족하게 하는 매력을 잃지 않는 이상적 여성으로 요구되었다.

조선시대에 이상적인 여성상은 지금의 현모양처라기보다 '열녀'나 '효부'였다. 신분에 따라 여성이 담당하는 일도 확연히 달랐다. 아마도 유교적인 사회의 영향이었을 터다. 남성 위주의 사회에서 대가족 공동체를 거느리려면 집안의 대소사를 관장하고 가산을 늘리고 살림을 확실하게 책임질 수 있는 여성이 필요했을 것이다.[10] 가정 내에서 여성의 역할이 계층별로 다양했다. 남존여비사상이 철저했던 조선시대에도 양반가에서 자녀들의 초등교육을 어머니가 책임지는 경우가 드물지 않았다. 양반가의 여인은 소수였을 테고 대부분 여성들은 생활인으로 자녀 양육과 집안일과 바깥 논밭일, 밤에는 길쌈 등 가내수공업까지 쉴 틈 없이 일하는 노동자였다. 그들을 통제하고 다스리는 이데올로기로 '열녀'나 효부'가 대두되고 여성의 도리로서 강조되었다.

조선시대의 대표적인 현모양처로 거론되는 신사임당을 비롯해서 이언적, 유희, 이현일, 홍석주 등 대선비의 어머니들의 공통점은 무엇인가. 주로 아들이 입신양명했기에 그런 영예를 얻었다. 과거에 현모양처는 가부장제 가문에서 그 보상이 확실했다. 아들을 낳아 출세시키면 그 권세와 명예는 어머니에게도 주어졌다. 여성의 사회 진출이나 자아실현의 통로가 제한되어 있었기 때문에 자아실현의 방법으로 현모양처를 자연스럽게 받아들였을 것이다. 반면 당시에

평민 여성들은 현모양처라는 굴레 속에서 모든 억압과 고통을 인내해야 했을 것이다.

　지금 여학생들이 장래희망에 '현모양처'라고 적는 비율은 거의 제로에 가깝다. 그런 꿈은 아마 웃음을 유발하지 않을까? 3,40년 전과 비교해서 많은 변화가 있다. 그럼에도 불구하고 엄마가 되면 자녀 교육과 집안의 명예를 높이는 데 여성들의 경쟁이 치열하다. 몇몇 드라마의 경우를 봐도 자녀 교육에 올인하는 여성의 모습은 아이의 행복을 위한다기보다 자기욕망의 실현에 경쟁적으로 뛰어드는 데서 벌어지는 갈등이 많다.

　엄마의 엄마 세대만 해도 자녀들을 잘 교육시키고 성공시키는 데서 자아를 실현한 만족감을 얻는 경향이 있었다. 여성이 직업을 갖고 가정과 직장 일을 양립하기 버거운 현실에서 엄마의 인생을 성공시키는 기준을 현모양처에 두었다. '현모양처'라는 '이데올로기'를 포장해서 반영하는 모습을 본다. 베이비부머 세대의 엄마들은 성장기에 "여자는 꼭 어떠해야 한다."는 말을 자주 들었다.

　베이비부머 세대와 밀레니엄 세대가 함께 사는 지금의 가족환경은 과거와 많이 다르다. 과거 부모 세대가 강조한 현모양처의 위력은 21세기 중반을 향하는 지금 그렇게 강하지 않다. 21세기는 여성이 남성의 경제력과 사회적 지위에 의존해서 살아가기에는 변화가 많고 예측 불가능한 시대이다. 여성들의 가치관도 시대에 따라 달라질 수밖에 없다. 오늘날 가정에서 딸을 가르칠 때도 "너 하고 싶은 일을 해라. 집안일을 굳이 배울 필요는 없다."고 하는 엄마들이 많다. 뮤지컬 감독인 어느 여성은 결혼할 때 친정아버지가 "네 꿈을 펼치는 데 결혼이 방해된다면 언제든지 유턴해."라고 말했다고 한다. 물론 아버지의 가르침 때문에 유턴하는 일은 없겠지만 그만큼 딸을 둔 부모의 인식이 달라졌다는 것이다.

엄마들이 자녀 교육과 양육에 헌신하는 이유는 시대에 따라 달라지는 사회적인 배경 탓이라기보다 근본적으로는 '사랑'에 있다. 엄마들은 자녀를 잉태하고 기르는 모성을 본능적으로 느낀다. 생명에 대한 거룩한 느낌도 알게 된다. 그러나 사랑의 마음을 지니면서도 자신의 욕망을 남편과 자식에게 대신 투영하고 산 여성들이 많다. 지금도 사회에 진출할 길이 좁고 녹록하지 않아서 가정에서 꿈을 이루려는 여성들이 많다. 그런 여성들은 자칫 잘못하면 자녀의 창의력을 죽인다.

'그래, 네 자식은 창의적으로 개성 있게 자유롭게 키워. 난 자신 없어. 사회에서 인정받는 정해진 길로 안전하게 키울래.'라는 마음으로 여전히 여기저기 학원을 기웃거리고 정보 수집에 올인할 수 있다. 그러나 그 정해진 길이라는 안전한 방패가 사라지고 있다. 자녀의 성공에 삶의 목표를 둔 엄마는 괜히 불안해진다. 괜찮다가도 옆집 교육을 보면 불안해진다. 갑자기 '이래서는 안 되겠다. 뒤떨어지겠다.'라는 생각에 다시 자식들을 불러 다그친다.

'마땅히 이래야 한다.'는 정답이 있다는 교육을 받고 자라는 아이들은 자기와 다른 사람을 용납하기 어렵다. 현모양처도 엄마가 자발적으로 선택한 가치라면 아이의 행복을 위해 보다 바람직한 노력을 할 것이다. '엄마'에게 절대적인 모성을 기대하는 것은 비합리적이다. "엄마니까 이래야 한다."고 말하는 점을 다시 생각해 보아야 한다. 자녀 교육에서 '절대'라는 말은 없다. '반드시' 뭐가 되어야 한다는 말이, '반드시' 어떻게 살아야 한다는 법이 개인의 개성이 발현되지 못하게 가로막는다.

모성과 부성이 조화되는 새로운 현모양처, 현부양부가 모두 필요한 시대다. 엄마는 엄마대로, 아빠는 아빠대로, 자녀는 자녀대로 자기 인생을 평생 일궈가는 시대다. 여성이 남편과 부모에게 의존해서 안전과 행복을 보장받을 수 없는 시대다.

'현모양처'라는 말 자체에는 여성이 자신의 삶을 독립적으로 꾸려가는 공간이 없다. 여성은 대상을 위해 존재한다는 표현이다. 현모일지라도 양처일지라도 백세 시대에 긴 인생을 누가 책임져 준다는 보장이 없다. 자기 스스로 인생을 개척해 나가는 독립적인 엄마, 아내가 되지 않으면 안 된다. 그런데 현실 세계에서 여성이 자기 생을 책임질 경제활동이나 자아실현을 할 수 있는 길을 찾기가 수월하지 않다. 엄마들의 딜레마는 거기서 비롯한다.

여성의 삶을 성공적으로 평가하는 기준이 다양해졌다. 개인의 재능 발휘나 성취가 더 돋보이는 시대다. 하지만 그보다 개인의 행복이 가장 중요한 가치로 부각되고 있다. 엄마들 역시 자녀 교육에 책임을 느끼고 있지만 "현모양처로서 인생을 보람 있게 살았다."고 말할 수 있는 무대가 사라진 듯하다. 대신 "나답게 행복하게 후회 없이 살았다."라는 말이 더 설득력 있는 시대가 되었다.

1991년도에 '그녀는 프로다. 프로는 아름답다.'는 광고 카피가 히트를 쳤다.[11] 벌써 30년 전이다. 그 광고 카피가 강력하게 기억에 남을 수 있었던 이유는 당시 여성들의 심리를 반영했기 때문이다. 지금 엄마들의 의식은 자녀 교육에서도 가정 경영에서도 직업인으로서도 프로를 지향한다. 자녀가 학교에서 돌아오기를 기다리며 된장찌개를 끓여놓고 기다리는 푸근한 어머니는 이제 구세대의 추억이 되었다. 밀레니엄 세대는 '밥 잘 사주는 예쁜 엄마'를 좋아한다고 한다. 현모양처이기 전에 매력적이고, 자녀의 감성적이고 발랄한 인생을 공감해 주는 어머니가 이상적으로 대두되고 있다.

'현모양처'를 인생 목표로 내세우기 어려운 시대이다 보니 더욱 교묘하게 그 목적을 가리는 경향도 있다. 커리어우먼, 개성을 마음껏 발휘하는 여성의 삶을 추구하나 어쩐지 현모양처가 되어 누리는 행복을 떨쳐 버리는 데까지 단호함은 부족한 경우다. 기회가 온다면 '결혼한 신데렐라'가 되어 현모양처의 안락함을 누리고 싶어 한다. 성형수술이 유행하고 외모지상주의 풍조가 지속되는 모습은 여전히 여성이 남성의 눈에 비치는 모습을 중시하고 있음을 보여 준다. '현모양처'를 지향하건 지향하지 않건 그것은 개인의 자유다. 다만 그 자유 속에서 '자기'를 잃어버리는 일이 혹 생기지 않을까 하는 염려가 든다.

자신이 진정으로 추구하는 삶에 대한 고민이 먼저 필요하다. 엄마들은 자녀가 성장할수록 '나'의 삶을 찾는 과정을 마주하게 된다. 자녀를 기르다 보면 필수적으로 부딪히는 '도대체 내 인생의 의미는 무엇인가?'하는 질문이다.

버트런드 러셀은 그런 두려움을 이렇게 표현했다.

"적어도 하루에 한 가지씩 고통스러운 진실을 인정하라. 사람들이 사실을 인정하기 싫어하고 가공의 신화라는 따뜻한 외투로 자신을 감싸고 싶어 하는 주요한 이유는 두려움이다."

'현모양처'는 근대화, 산업화 시대에 만들어진 하나의 신화이다. 그런 신화 속에서 엄마들은 두려움을 떨치고 자신만의 개성과 삶을 다시 돌아볼 필요가 있다.

슈퍼우먼
콤플렉스

벗어나기

어느 기업에서 워킹맘을 대상으로 심리조사를 한 결과, 워킹맘의 가장 특징적인 심리상태는 '책임감'과 '성취욕'이라고 한다. 이들 대다수는 직장인, 주부로서의 역할을 모두 소화하기 위해 최선을 다하지만 완벽하게 해내지 못한다는 죄책감으로 인해 심적 부담을 겪고 있는 것으로 나타났다.[12] 미국의 정신신경학자 M. 슈비츠는 이런 부담감을 '슈퍼우먼 신드롬'이라고 했다. 아내와 어머니, 그리고 사회인으로서의 역할을 완벽하게 해내려고 모든 것을 떠맡게 된 결과 여러 심리적, 신체적 부작용을 겪는 것이다.

엄마들은 자기에게 기대하는 주변의 요구에 완벽하게 응해야 사랑받을 수 있다는 심리를 어느 정도 갖고 있다. 그것이 엄마불안감의 원인이다. 환경과 능력에 맞게 최선을 다하면서도 만족하지 못하는 엄마들이 많다. 엄마가 안정되지 않으면 집안 분위기도 흔들린다. 일관된 모습을 보이기보다 기분에 따라 들쑥날쑥한 엄마 모습에 자녀의 정서도 편안하기 어렵다. 그런 엄마는 일상의 작은 즐거움을 느끼지 못한다. 우울감이 증대된다. 만족할 만한 일이 생겨도 그 다음의 임무와 역할을 생각하며 조급해 한다. 항상 일더미 속에 묻혀 있을 가능성이 많다.

나 역시 직장에 다니면서 두 아이를 기르는 일이 쉽지 않았다. 아이가 아파도 약을 어린이집 선생님께 맡기고 출근해야만 했다. 어린이집에 아이들이 많아서 감기가 폐렴으로 되는 경우도 있었다. 아이가 통원 치료로도 잘 낫지 않으면 입원을 해야 했는데, 그럴 때마다 주변에서 하는 말이 마음 아팠다.

"어휴, 벌면 얼마나 번다고 아픈 애가 저렇게 울고불고하는데 그걸 떼어 놓고 직장에 가나?"

그들 중 어느 누구도 내 남편에게는 그런 말을 하지 않았다. 최선을 다하는데도 아무도 나에게 일하랴 엄마 노릇하랴 애쓴다거나, 직장일도 힘들 텐데 좀 쉬어가며 하라고 다독이지 않았다. 직장에 다니는 엄마는 그래서 늘 발을 동동 구르며 다닌다. 워킹맘은 돈을 버는 것도 당연한 거고, 집안일을 하는 것도 당연한 거고, 힘든 일을 도맡아 해도 당연했다. 사회 통념이 그런 탓에 워킹맘들도 성찰하며 자신의 삶을 개선해 보려는 시도를 하기 어려웠다.

전업주부 역시 마찬가지다. 집이 곧 직장인 셈이다. 전업주부가 가장 듣기 싫은 말은 "집에서 놀면서 그것도 힘들어 해?"라는 말일 것이다. 직장에 매여 있지 않다는 이유로 집안대소사에 관련된 일들이 고구마 줄기처럼 전업주부에게 다가오기 쉽다.

작가 해리엇 러너는 "여성들은 너무나 오랫동안 '여성의 진정한 본성', '여성의 적절한 자리', '어머니로서의 책임', '여성으로서의 역할'에 대해 다른 사람들이 규정한 개념을 아무런 의문도 품지 말고 받아들이도록 교육받아 왔다."고 하면서 "'나는 어떻게 해야 다른 사람들을 기쁘게 할 수 있을까?', '나는 어떻게 해야 사랑받고 인정받을 수 있을까?', '나는 어떻게 해야 분란 없이 평화를 유지할 수 있을까', '나는 누구인가?'라는 질문을 붙들고 씨름하지 못할 때, 분노를 그런 질문을 심사숙고해 봐야 한다는 신호로 받아들이지 못할 때 가장 심각한 고통을 겪게 된다."고 했다.[13]

나도 최근에야 내가 그 모든 생활을 의식 없이 당연하게 받아들였다는 사실을 깨달았다. 내가 '나'를 잊고 살았다는 사실을 알았다. 결혼한 직장 여성이 마땅히 감수할 일이라고 여기며 살았다. 그 바탕에 슈퍼우먼 콤플렉스가 있었다. 굳이 그렇게 느끼지 않아도 되는데 그런 콤플렉스를 내 것으로 가져와 힘들게 살았다. 특히 가정의 일은 내가 열심히 애쓰면 해결될 수 있다고 여겼다. 지금도 여성들의 이런 고충은 여전할 것이다. 그리고 나의 경우, 그런 태도가 직장생활에서도 같은 패턴으로 되풀이되었다. 어떤 일이든 내가 해결하면 당연한 것이고, 잘못되면 내 책임을 다하지 못했다는 자책감이 찾아왔다. '나는 최선을 다했는데 뭔가 미흡한 느낌'이 들었다. 이유 없는 답답함 때문에 마음이 무거울 때가 많았다.

"때리는 시어머니보다 말리는 시누이가 더 밉다. 도와주지 않으려면 말이라도 하지 말라."는 말이 있다. 여성들에게 주변 사람들이 저지르기 쉬운 실수다. 지금 엄마의 엄마 세대는 가부장제에서 살아온 세대다. 곧잘 "며느리로서 나는 이렇게 도리를 다했다. 명절이나 집안 대소사, 시댁 형제, 친척들에게 대접을 어떻게 했다."고 말한다. 그리고 직장에 다니는 신세대 여성이 미처 다하지 못한 역할을 부족하다고 여기기 십상이다.

산업사회에 일터와 가정이 분리된 상황에서 가정은 여자 책임, 바깥 사회일은 남자 책임이라는 통념이 형성되었다. 그런데 여성들이 사회 활동을 활발히 하면서 워킹맘은 그런 기대를 충족시키기 어려운 처지에 놓였다. 남녀 모두 직장에 다니는 가정에서도 대부분의 남자들의 뇌 속에는 하루 세끼 식사 메뉴에 대한 계획이 없다. 설거지도 옵션인 경우가 많다. 자녀가 아프면 병원 알아보고 데려다 주고 의사선생님 만나는 일도 으레 엄마의 일이다. 남자는 사회 활동에 집중하는 존재로 각인되었기 때문이다. 자연히 여성들은 승진이나 자신의 능력을 업그레이드 시킬 기회가 절대적으로 부족했다. 친정이나 시댁에서 자녀 양육과 가사 일을 전담해 주는 경우를 제외하면 거의 불가능했다.

남자들은 사회생활에서 힘든 부분을 가정에서 충족하고 싶은데 직장 다니는 부인이 늘 힘들고 바쁘니까 참는다고 생각한다. 아늑

하고 따뜻한 가정이라기엔 너무나 할 일이 많고 시간에 쫓기니까 때로는 남자가 밖에서 시간을 보내고 들어오는 경우도 있다.

한 명의 여성에게 요구하는 이는 여럿이다. 각자 자신들이 요구하는 역할을 여성에게 말한다. 전업주부도 마찬가지다. 과거와 달리 교육받은 여성들은 자기 나름대로 전문성이 있고 능력이 있다. 그 역량을 키우지 못하고 집안에서 소위 도메스틱 엔지니어domestic engineer로서 최선을 다한다. 경제활동을 안 하니까 집안일이나 자녀교육에 더 특별하게 완벽해져야 할 듯한 느낌을 갖게 된다.

그렇다면 '슈퍼우먼 콤플렉스'에서 벗어나는 방법은 무엇일까. 먼저 다른 이에 대한 책임감으로 지낸 것처럼 자기 자신에 대해 책임질 일을 적어본다. 여성들은 어떤 문제에 대한 책임을 자신이 떠안는 경향이 있다.[14] 모든 역할을 신중하게 파악해 보고 나눠 볼 필요가 있다. 진정 내가 해야 할 일인지, 내가 감당할 만한지, 그리고 그 일에 대해 내 마음에 어떤 감정이 이는지 확인하는 습관이 중요하다. 그리고 가족과 서로 할 수 있는 일을 이야기하고 분담하는 과정이 필요하다.

자녀가 어려서 양육에 전념하는 시기부터 일상을 점검해 보고 엄마 자신을 위해 에너지를 남겨 놓자. 자녀가 성인이 되어서야 딸로서 아내로서 엄마로서 직장여성으로서 살면서 정작 '나'로서 살지 못했던 시간들을 돌아본다면 소중한 생의 한 단계가 아쉬워질 수밖에 없다.

시간을 어떻게 쓸 것인가? 나를 챙기지 못하고 지낸 그 시간을 어떻게 벌충할까? 보충할 수 있을까? 더 행복하고 즐겁게 살고 싶다면 어떻게 해야 할까?

그런 점들을 잊고 지냈더니 자식이 성인이 되어서야 '나'를 만나고 위로하고 다독이는 시간을 찾게 되었다. 아파 보니 보이는 것들, 실패해 보니 소중한 것들, 당해 보니 알게 된 것들, 지나 보니 깨닫게 된 것들이 있다.

자신에게 슈퍼우먼 콤플렉스가 있다면 같은 처지에 있는 이웃들이나 친구들과 자주 교류하는 게 좋다. 이야기하다 보면 다양한 사례를 접하게 된다. 공감하고 호소하고 해결방법을 주고받는 사이에 힘이 생긴다. 그 와중에 상처를 주는 사람을 만날 수도 있다. 그런 사람과는 교류를 자제하고 내가 힘이 생길 때까지 만남을 피한다. 이제 내가 안아 주어야 할 사람을 찾을 게 아니라 나를 돌보고 소중히 챙기는 데 도움 되는 이들을 만나야 한다.

생각은 줄이고 행동으로 다양하게 옮긴다. 어떤 일에 제 목소리를 조금이라도 내면 스트레스는 훨씬 경감된다. 모든 것을 다 잘할 수는 없다. 자기가 잘하는 점에 집중하고 다른 분야는 도움을 받으면 에너지가 여유 있게 된다.

여성들이 잘하는 말인 "죄송해요.", "미안해요." 같은 말도 주의하며 사용한다. 습관적으로 그런 말을 하면 상대방에게 "저 사람은 뭔가 일을 더 해야 하는데, 더 할 수 있는데 내가 봐주는 거구나." 하는 의식을 심어주게 된다. 말이란 힘이 있어서 습관이 되면 그렇게 기정사실처럼 된다. "미안해요." 대신 "더 좋은 방법을 생각해 볼게요." 그리고 "감사합니다."라고 하는 편이 낫다.

보통 여성에게는 자신의 처지를 설명하는 일이 버겁다. 마치 변명 같기 때문이다. 자신의 상황이나 기분을 설명하는 습관을 들이면 갈등이 줄어든다. 상대방이 이해할 수 있는 근거를 제공할 수 있다. 예를 들어 직장에서 상사가 다른 직원과 비교하면서 무리한 일을 명령하면 일단 "네, 그러네요. ㅇㅇㅇ처럼 더 잘하도록 해 보겠습니다. 시간 여유를 좀 주시면 감사하겠습니다."라고 말하는 게 좋다. 굳이 완벽하게 일을 할 수 없다고 해서 그 자리에서 거절하거나 사과할 필요는 없다.

가사와 육아에서도 분업과 아웃소싱의 필요성을 다른 가족 구성원들이 이해하도록 해야 한다. 혼자 과다한 책임을 감당할 것이냐, 갈등을 드러내고 싸우더라도 의견을 나누고 분담할 것이냐는 결국은 선택의 문제다.

돌이켜보면 지난 세대에는 대체로 슈퍼우먼이 되고픈 생각, 전문 직종의 여성으로 성공해야 한다는 의식조차 별로 없었다. 그저 매일 필요한 일을 했다. 그때그때 부딪히는 일을 해치우다 보니 어느덧 가정에서나 직장에서 노하우가 생기곤 했다.

더 강하게 요구하고, 힘든 상황을 호소하고 의논해 보자. 그저 묵묵히 일하면 알아주리라 여기는 건 착각이다. 지혜로운 내 동료들 중에서는 요일별로 육아를 분담하거나, 아이를 위해서 남편이 휴직하는 이도 있었다. 대학원 공부나 박사학위 공부도 남편과 번갈아가면서 했다는 사람도 있다. 그런 경우 서로 미안해 할 일도 없고 비교적 평등하게 삶을 누린 탓에 만족감이 더 높다. 결국 소통의 문제다. 내가 다 해내야 한다고 생각하는 무리한 슈퍼우먼 컴플렉스는 본인의 건강과 가족의 화평을 깨기 쉽다.

어느 전업주부는 가정의 수입에서 자신을 위한 저축을 십분의 일 정도 한다고 한다. 자신만을 위해서 쓰는 돈으로 정해 놓았더니 정신적으로 매우 힘이 된다고 한다. 지금 젊은 엄마들은 슬기로운 면이 많다. 자기주장도 잘하고 굳이 자신이 안 해도 되는 일은 하지 않기도 한다. 굉장한 장점이다. 안 해도 될 일을 안 하는 것, 하고 싶은 일을 반드시 하는 것, 그게 행복을 찾는 하나의 방법일 터다.

엄마의 시간 도둑을
잡아라

09

– '잃어버린 엄마의 시간을 찾아서'

부모, 특히 엄마들은 자녀가 적어도 열 살 정도 될 때까지는 자신의 일보다 자녀에게 우선순위를 두게 된다. 언뜻 생각하면 '현실'에 충실하느라 시간을 쪼개가며 24시간을 보낸 것처럼 보인다. 그러나 그것은 엄마가 자신의 삶에 가장 우선적인 일로 받아들이도록 사회와 가정에서 맡긴 '현실'이기도 하다. 엄마의 삶에 최선을 다했다고 여겼는데 사실은 여자에게 주입된 도리, 사회적 인습, 이념 등에 나도 모르게 끌려간 것은 아닐까. '여자란, 엄마란 이렇게 살아야 한다'는 목표를 위해 질주한 것은 아닐까.

하루 중 공상으로 보내는 시간들, 초조하게 관계의 어려움 때문에 스트레스받는 시간들, 내 안에 부족한 무엇 때문에 마음이 불편한 시간들은 정작 현실을 제대로 보지 못하게 하고 지금 이 순간에 집중하지 못하게 하는 시간 도둑이다.

A씨는 고등학생 딸 때문에 2년 정도 힘든 시간을 보냈다. 딸은 학교에 적응을 하지 못하고 세 번이나 전학을 다녔다. 환경 탓인가 하고 좋은 학군으로 이사도 가고 선생님들과 유대관계도 잘 맺고 했으나 딸은 웬일인지 걸핏하면 학교를 다니지 않겠다고 했다. 세월이 약인지 요즘은 조금씩 안정을 찾고 성숙해진 딸과 대화를 나누고 함께 외출도 한다. 하지만 친구들과 만나 차를 마시며 이야기를 나누면서 그녀는 지난 몇 년의 세월이 사라져버린 듯 공허감을 느꼈다.

카페에서 학창 시절에 즐겨 듣던 곡이 흘러나왔다. 세 친구는 시선을 좀 멀리 두며 각자 생각에 젖는다. 스마트폰에 담긴 사진 몇 장을 보여 주며 추억 어린 대화를 나눴다. 그러다 한 친구가 말했다.

"어머, 이 영상 봐봐. 우리 애가 이럴 때가 있었어. 완전 딴 사람이야."

"어디? 그래, 초등학교 다닐 때니? 2학년 때?"

"응, 새로 산 장난감 자동차를 조종하면서 하도 좋아하길래 찍었어."

"야, 귀엽다. 이 말하는 것 좀 봐. 굉장히 신기해하네."

영상을 보면서 딸의 유년기를 떠올려 본다. 친구 아이보다 더 재밌게 말하고 뛰어 놀던 아이였다. 그런데 지금 보니 환상 속의 이야기처럼 느껴지는 이 시간들을 그 당시에는 왜 그렇게 아웅다웅 힘들고 바쁘고 어서 자라기만을 바라며 보냈을까.

그땐 자식을 훌륭하게 키워야 한다는 대명제 아래 직장과 집을 쳇바퀴 돌듯 하면서 양육하고 퇴근 후에도 학원에 요일별로 라이드 하느라 정신없이 고군분

투했다. 열심히 했는데 딸이 다 큰 십 대 중반에 갑자기 혼란을 겪으니 자식의 미래가 불안해서 잠을 못 이루었다. 불현듯 지금 이 순간, 과거를 그리워하면서 회한에 젖는 태도가 온당한가를 생각해 본다.

"그래, 돌아보니까 그때가 참 행복했어. 그런데 지금 이렇게 너희와 차 마시면서 이야기하는 시간도 훗날 또 너무 행복한 기억으로 남을 것 같아."

A씨는 말하면서 창밖을 보았다. 아이와 부대끼던 그 시간이 지금은 다시 돌아갈 수 없는 찬란한 순간이었다. 그녀는 '그렇다면 지금 이 순간 역시 인생의 황홀한 때가 아닐까. 먼 후일 많이 늙고 힘없이 남의 부축을 받고 사는 때가 된다면.'하고 생각을 가다듬었다.

여성은 능동적으로 사랑하는 존재라기보다 사랑받는 존재, 대접받는 존재여야 한다고 이미지를 덧씌우는 문화적 장치가 많다. 실제 씩씩한 삶을 살아가는 여성들의 삶과 괴리된 판타지가 넘실댄다. 그래서 여성들은 가끔 자신의 삶에 충족감을 느끼지 못하고 결핍감을 느낀다. 갈수록 사랑스런 여성, 행복한 낭만을 즐기는 여성, 즐겁게 소비하는 여성의 삶에서 멀어지는 듯한 생각을 갖게 된다. 현실에서 충족하지 못한 그런 꿈을 상업문화 속의 드라마, 영화, 노래에서 위안을 얻기도 한다.

최근 마음에 평안을 주는 감정 다이어트가 이야기되고 있다. 심리학자들은 감정소비, 감정 과잉, 감정 지우기를 강조한다. 지금 삶의 순간에 집중하지 못하게 하는 요인 중에서 감정적 요인이 크다고 한다. 사람은 하루에도 몇만 번의 기억을 되풀이하고 상상하는

데 그런 과거와 미래의 시간에 마음을 빼앗기고 살면 현재는 항상 멀리 떨어져 유리되어 버리고 진정한 자기 생을 살기 어렵게 된다.

하루 중 신비하고 아름다운 사물을 발견하고 감동하는 순간, 일상의 작은 행동이 주는 충만감, 맛과 온도를 느끼며 오감에 전해 오는 생동감을 누리는 시간은 얼마나 되나. 그런 삶의 행복감을 앗아가는 정체 모를 의식과 감정은 무엇일까.

그럴 때, 내게 불편하고 숨 막히는 감정을 갖게 하는 대상과 기억으로부터 잠시 나를 분리해 보는 연습이 필요하다. 그런 감정의 원인은 외부에서 오지만 정작 느끼는 주체는 나 자신이다. 심리학자들은 모든 게 선택의 문제라고 한다. 내가 선택하고 감정을 분류함으로써 불필요한 감정을 처낼 수 있다고 강조한다.

어느 학부모 독서토론 모임에서 '감정 처내기'를 해 본 적이 있다. 자신이 들었던 말들 중에서 기분이 나빴고 지금도 가끔 부정적인 영향을 미치는 이야기를 해 보자고 했다. 뭔가 자신에게 압박감을 주고 제약을 주는 듯한 말들, 기를 누르는 듯 나직이 지껄이는 사람들은 어디에나 있다. '너 조심해, 소리 좀 죽여. 나서지 마.' 하는 듯한 압박감을 느꼈던 경우를 나눠보았다. 의외로 가까이 있는 사람들이 드라마에서나 나올 법한 말들을 쏟아냈다는 점을 발견했다.

예를 들면 집안에서 여성들이 상급학교에 진학하거나 취업을 하게 될 때 덕담이 아니라 뼈 있는 말을 던진 경우다.

"취직 잘해봤자 결혼하면 끝이지, 뭐."

"왜 전공을 그걸로 했어? 이왕이면 ○○학과를 써 보지."

"거기 나와도 마찬가지지. 다 솥뚜껑 운전수 되는 거지."

또 좋은 일에 함께 기뻐해 주지 않는 말들이 있다.

"아들이 둘 다 공부를 잘한다고요? 그런데 요즘은 잘난 아들은 장모 사위되는 거라던데요."

"남편이 승진하셨다면서요? 잘될수록 내 남편 아니라더군요. 걱정도 되시겠어요."

"그 집 S대 출신 사위 봤다고 하던데요. S대 출신? 말할 때만 좋죠. 사회에서 역량을 얼마나 발휘하느냐가 중요해요."

그렇게 오가는 대화 속엔 어떻게 해서든 자기 자존감을 잃지 않으려는 방어적인 태도가 있다. 왜 그럴까. 자신의 삶에 확고한 기준이 없어서가 아닐까. 그들이 하는 말은 자기의 소망을 은연중에 밝히고 있다. 내 것이어야 하는데 남의 것이 되어 있는 것에 대한 불편한 마음이 들어 있다.

그런 대화를 나눈 후 감정을 물리칠 방법을 논의했다. "상대방에게 좋은 말을 듣고 싶은 심리 때문에 기분이 나빴다.", "그런 말을 한 사람은 자존감이 낮은 사람이다. 오히려 내가 불쌍히 여길 사람이다.", "누구나 자기감정 표현을 할 수 있다. 내가 기분 나쁘지 않게 받아들이면 된다.", "상대방이 무심코 토해낸 말과 감정에 오래도록 집착하면 나만 손해다. 내게 영향을 미치지 않게 버린다."는 대안들이 나왔다.

자신의 불편한 감정을 남에게 투사하는 시간들, 일이 안 풀릴 때

원인을 바깥에서 찾아 전가하는 시간들, 기억 속에 박혀 있는 상처들에 얽매여 있으면 지금 현재의 문제를 해결하기 어렵다. 삶의 즐거움이 보이지 않는다. 따지고 보면 충분히 즐겁게 행복하게 살 여건이 주어졌는데도 늘 불만과 방어적인 두려움에 휩싸여 있다. 주된 이유는 역시 자신의 삶의 조건이 불만스러운 데서 비롯한다.

중압감을 덜어내는 행동이 필요하다. 뭔가 작은 행동도 도움이 된다. 화초를 손질하거나 수납정리를 하거나 좋아하는 영화를 보거나 음악을 듣는 등 현재를 가꾸는 행동으로 전환해 본다.

외부에 보이는 것들에 감각과 신경을 곤두세우면 온전한 자기 삶을 누릴 수 없다. 매일 아침 일어나고 움직이는 힘은 24시간 동안 채움과 비움을 적절하게 해내는 데서 온다. 아무리 좋은 음식을 먹어도 일정한 시간이 지난 후에는 적절하게 흡수되고 버려진다. 내 걱정과 불안과 욕망도 그런 과정이 필요하다. 그러면 지금 내게 다가오는 현실의 기쁨과 만족감과 소중함을 잃지 않을 수 있다. 로마의 현자 마르쿠스 아우렐리우스는 이렇게 조언했다.

"주위 환경 때문에 어쩔 수 없이 당신의 마음이 흐트러질 때에는 재빨리 자기 자신에게로 되돌아와서 필요 이상으로 당황하는 일이 없도록 하라. 끊임없이 자기 자신으로 되돌아옴으로써 당신은 조화를 더 잘 유지할 수 있기 때문이다."[15]

이미
엄마는

위대하다

가정이라는 현장의 전문가인 엄마들은 '살림'을 도맡아 왔다. 말 그대로 자기 생명을 '살림'에 헌신해 왔다. 일상을 유지시키는 그 수많은 반복 노동을 누가 할 수 있을까. 엄마는 현장에서 잔뼈가 굵어진 전사다. 엄마라는 무섭고 중한 책임감이 아니었다면 할 수 없는 일이다. 생명을 살리는 그 일보다 더 중한 일이 어디 있을까.

관계전문가 게리 채프먼은 부모의 역할을 봉사에 기초한 직업으로 정의하고 있다.[16] 그는 부모가 자신에 대해 진정 좋은 느낌을 갖고 싶을 때 그동안 한 일을 회상해 보기를 권한다. 엄마는 아이를 갖는 순간부터 신비로운 생명을 키우는 봉사를 시작하게 된다. 아이를 기르며 기저귀 갈아준 횟수, 빨래하고 개고, 다리고, 장난감 사주고 고치고, 머리 말리고 빗어주고, 매 끼니 음식 준비한 횟수를 세어보라고 한다. 특히 자녀와의 관계가 힘들 때 그렇게 부모로서 한 일을 소리 내어 읽어보기를 권한다. 어느 누가 타인을 위해 그렇게 할 수 있는가. 사랑의 위대한 힘이 없으면 불가능하다. 자녀를 사랑한 증거는 그렇게 무수히 많다. 엄마들은 주변 사람들에게도 그런 봉사를 수없이 해 왔다.

엄마들은 이미 그런 보살핌의 행동을 전문적으로 하고 살아왔다. 삶을 행복하게 하는 비결을 갖고 있다. 다만 자기를 사랑하는 일을 하지 않을 뿐이다. 여성으로서 엄마로서 아내로서 딸로서 오랜 세월을 살다 보면 어느 순간 자기 생이 사라져버린 듯한 느낌을 갖게 된다. "도대체 내가 뭘 하고 살아온 것인가. 분명 열심히 살았는데…" 하고 말해 보지만 들어 줄 사람이 없다. 자신조차도 자기를 잊고 살았기에 선명한 행복감을 느끼기 어렵다.

동서양을 통해 여성은 엄청난 노동에 시달렸다. 그리고 가정의 확대재생산에 기여했다. 역사를 통틀어 여자는 육체적 노력이 거의 필요 없는 직업(사제, 법률가, 정치인 등)에서 대체로 배제되어 왔으며, 들일이나 수공업, 가사노동처럼 힘든 육체노동에 종사했다.[17]

오스트리아 작곡가 구스타프 말러의 아내 알마는 자신의 회상록에서 이렇게 썼다.

"여름휴가는 오로지 그의 일과 건강과 조용함을 유지하는 데 바쳐졌다. 그것은 바로 숨을 죽이고 사는 생활이었다. … 아이들은 자기 방에 갇히고 나도 피아노를 치거나 노래를 해서도 안 되고 부엌에서 요리 소리를 내어서도 안 되었다. 이렇게 가만히 숨을 죽이고 있으면 이윽고 일을 끝낸 그가 나타난다. 그러면 우리는 해방이 되는 것이다. … 그의 머리는 자기의 일로 가득 차 있으며 조그마한 일이라도 방해가 되면 화를 냈다."[18]

어느 모임에서 유명한 시인을 친척으로 둔 분을 만났다. 그 시인의 시는 교과서에 실릴 정도로 국민들에게 친숙한데 실제 시인의 삶에 대한 이야기를 들었다. 시인은 매일 시 창작에 몰두하는 집요한 예술가였다. 그의 부인은 평생 남편의 예술 창작에 방해되지 않게 대기하고 있다가 남편이 종을 울리면 서재로 가서 필요한 도움을 줬다. 물을 떠간다든지 식사 시간에 맞춰 국을 데워 놓는다든지 연필을 깎는다든지, 창작의 밑바탕이 되는 모든 노동을 했다. 그러면서 일상을 조용히 유지해야 했다. 그 이야기를 듣고 난 후 그 시인의 시를 읽을 때마다 시 속에 깃든 노동의 무게를 생각했다. 아름다운 시를 꽃피우기 위해 바친 부인의 노동과 그녀의 삶을 떠올리며 시를 읽으니 의미가 달라졌다. 일상적 삶과 통합되지 못한 서정시로 느껴질 때도 있었다. 시 자체의 가치에 그 아내의 헌신을 덧입혀 보았다. 삶의 무게가 다가왔다. 그래서 가끔씩 그의 시를 아내와 합작품인 것으로 여기며 대했다. 시의 언어들 사이에 경건하게 바쳐진 정성이 오롯이 들어 있었다.

지난 해 제주 민속박물관에 가서 제주 여성들의 삶을 보았다. 제주 여성은 강인했다. 맞벌이에다 가정을 다스리는 작은 성주 역할까지 해내는 여성들이었다. 고요하게 앉아 수를 놓고 순종적으로 예법에 맞게 얌전떠는 여성은 전시실에서 찾기 어려웠다. 유네스코 인류무형문화유산에 등재된 해녀들의 삶에서 그들의 독자적인 영역을 보았다. 해녀들 사이에 서로 가치를 인정하면서 역할의 경계도 지어주는 방식이었다. 상군은 수심 15m 이상의 바다에서 작업하는 베테랑 해녀로, 값비싼 해산물을 채취한다. 중군은 수심 8~10m, 하군은 5~7m에서 작업을 한다. 제주 여성들은 한집에 살아도 자식과 며느리의 삶을 경계 지어 구별했다. 각자 먹거리를 스스로 해결했다. 자기 인생은 스스로 책임졌다. 민속박물관을 나오면서 지금까지 여성들의 실제 삶에 대해 교육받은 내용이 거의 없거나 피상적이라는 점을 알게 되었다. 현실에 바탕을 둔 여성상에 대해 무지했다는 사실을 깨달았다.

그런데 여성들 자신조차 가정에서 대를 이어 지속되어 온 엄마들의 노동에 대해 아무 말도 하지 않는 태도를 지닌다. 엄마들은 자신의 중요성과 가치를 인정받지 못하고 그 일을 담당했다. 그것은 삶의 가장 기본적인 필요를 제공하는 역할이다. 현대는 전문가의 시대라고 하는데 여성들은 대대로 가사와 자녀 양육, 집안 행사 치르는 데 전문가였다. 하지만 지금까지 그런 지식과 경험이 제대로 평가받거나 보상받는 통로가 거의 없었다. 엄마들은 할머니, 어머니로부터 내려온 그 일을 의식 없이 받아들이면서도 스스로 존중받을 일을 한다는 자긍심은 내세우지 않는다. 도리어 여성만이 가사 일을 전문적으로 할 수 있고 남성은 그 일에 덜 전문적이라는 선입견이 있다. 남성이 집안일을 도와주면 귀찮아하고 못 미더워하는 면이 있다. 그렇다면 여성은 집안일에 대한 통제권을 갖고 놓지 않으려는 우를 범하는 셈이다. 엄마가 자기의 삶을 온전히 살기 위해선 다른 가족 구성원과 협조해 시간과 에너지를 확보해야 한다.

최근 졸혼, 황혼 이혼이 늘고 있는 이유는 여성들이 자신의 삶에 대한 변화를 갈망하고 에너지를 충전할 시간이 필요한 탓이 아닐까. 수명이 길어지면서 더 늦기 전에 자신의 삶을 살고 싶은 열망은 갈급한 현실 문제가 된다. 아마도 여성들이 자기 삶의 정체성을 찾으려 노력할 때 가장 먼저 여성 스스로 가사에 대한 지나친 역할 수행에서 벗어나고 싶을 것이다. 다른 가족과 마찰이 생길 수도 있고 싸울 수도 있다.[19] 싸우든지 대화로 서로 이해하려 노력하든지 여성 스스로 변화하려는 필요를 절실하게 느낄 때 상황은 바뀔 수 있다.

남성에 의해 미화되고 강화된 여성의 모습은 실제와 다르다. 여성들의 목소리로 남겨진 여성의 삶을 대하기가 쉽지 않다. 남성들의 눈에 각인된 고전적인 여성상은 정적이고 아름다운 고아함 위주였다.

예술가는 일상에서 이야기와 의미가 있는 예술품을 발견한다. 마찬가지로 엄마들이 매일 하는 일 그 자체가 가족들의 기억 속에서는 이미 훌륭한 예술일 수 있다.

엄마들은 이미 사랑의 방법을 알고 있다. 남을 위해 해 준 그대로 자신에게 해 주면 자기를 사랑하는 길이 된다. 그 사실을 잊어버렸기에 혼자 고요한 시간을 마주하면 엄마들은 당황하곤 한다. "나를 위해 할 일이 무얼까. 내가 진짜 하고 싶은 일이 무엇일까. 나는 무엇이 되고 싶었을까." 하는 물음에 부딪힌다.

엄마의 삶이 변화되기 어렵다면 엄마가 지닌 사랑의 힘을 의심한 탓이다. 엄마의 사랑은 위대하다. 엄마가 자신을 못 믿을 수도 있다. 그러나 자신이 자녀와 가족에게 베푼 사랑의 힘을 믿고 자기에게 그 사랑을 나눠주면 어떨까. 엄마들은 너무나 오랫동안 그 점을 생각하지 않아서 변화가 낯설고 자기 것을 주장하기 힘들었다. 나이가 들면 주변 사람들이 자신에게 무관심하다고 서운해 하기 다반사다. 자기 스스로 어떻게 즐거워할지, 어떻게 가치 있는 일을 생각하고 시도할지 모르는 습관이 들어버렸다. 더 늦기 전에 자기가 어떤 감정들을 갖고 있는지 어떤 시간을 좋아하는지 스스로 물어볼 필요가 있다.

그러나 엄마들이 자신을 사랑하는 길은 쉽지 않다. 미국의 정신과 의사이자 작가인 M. 스캇 펙은 "한 사람이 정신적 성장의 여로에 있다면 그 사람의 사랑할 능력은 점점 자라고 있는 것이다."[20]라고 했다. 엄마들이 자신을 사랑할 능력을 키우려면 정신적인 성장을 거치지 않고서는 어렵다. 그의 말대로 정신적 성장으로 가는 길은 아직도 멀고, 성장하기 위해서는 충분한 시간이 필요하다.

사랑이 지배하는 곳에는 권력의지가 없고,
권력이 우선하는 곳에는 사랑이 없다.

-칼 융-

2장

독립의 첫 번째 걸음

: 지금 내 가족에게 충실하게

내 부모를
객관적으로

바라보기

자식을 한 명 낳아 기르기도 벅찬 요즘 시대다. 젊은 세대는 비혼주의를 선언해 부모를 깜짝 놀라게 한다. 성인이 된 후에도 부모 곁에서 독립하지 않은 채 의존적으로 사는 젊은이들이 많다.

지금 엄마들은 고등교육을 받은 세대다. 시댁의 간섭이나 구박을 받는 가련한 여자는 이젠 드라마에서도 드물다. 자녀에게 최고 수준의 교육을 시키는 데 주저하지 않는다. 예체능을 기본으로 가르치고 인성발달에 관심이 많다. 자식을 여럿 낳고 길러온 조부모 세대와는 차원이 다르게 챙기는 부분이 너무도 많다.

젊은 엄마 중엔 자식을 낳고 기르면서 친정엄마의 코치와 지원을 받는 경우가 있다. 직업을 가진 엄마는 친정에 의존하는 빈도가 더 높다. 엄마의 엄마들은 나이 들어도 자기에게 의지하는 딸을 어린 자식처럼 여길 수 있다. 반면 자신의 노후에 딸이 든든한 의지가 되어 줄 거라는 기대도 있다. 엄마와 딸은 너무도 닮아서 잘 알고 있는 듯하지만 기대와 역할이 서로 어긋날 때 갈등을 겪게 된다.

O씨는 얼마 전 친구를 만났다가 슬픈 소식을 들었다. 친구의 언니가 스스로 목숨을 끊었다고 했다. 친구의 언니는 직장에 다니며 부모와 함께 거주했는데 나이 들수록 우울증이 심해졌다고 한다.

혼인 적령기에 동생들은 결혼을 해 분가했으나 맏이인 그 언니만 결혼을 하지 않고 엄마와 함께 살았다. 말수가 적은 언니는 퇴근하면 저녁을 먹고 조용히 자기 방으로 들어가서는 나오지 않았다. 집안일을 도와주거나 장을 같이 보거나 하지도 않았다. 만나는 친구도 거의 없었다. 친구의 엄마는 큰딸의 그런 모습이 걱정되기도 했고 일면 서운하기도 해서 마음이 무거웠다.

엄마는 다른 자식들에게 그런 답답한 심경을 말했다. O씨 친구는 엄마에게 "언니가 엄마와 함께 산 지 얼마 되지 않잖아요. 언니도 쉬고 싶을 거예요."라고 말했다. 친구의 말대로 언니 생애에서 아주 어린 시절을 빼고 엄마와 같이 지낸 세월이 거의 없었다.

중학생 시절부터 언니는 객지로 공부하러 떠났다. 그때부터 모든 것을 혼자 해결하며 공부도 잘하고 착한 딸이었다. 학교 졸업 후에는 다른 지방으로 취직해 가서 오랫동안 혼자 살았다. 최근에야 집 근처로 전근 와서 엄마와 함께 살게 된 것이다.

이십 년 이상을 떨어져 살다 한집에 살게 되니 일상생활에서 갈등이 있었다.

그녀의 엄마는 그동안 시어른을 모시고 평생 고생한 탓에 몸이 성치 않았다. 자연히 오랜만에 곁에 돌아온 큰딸이 집안일을 도와주기를 내심 바랐다. 그러나 큰딸은 어린애마냥 엄마가 해 주는 밥만 먹고 바로 쉬러 들어가고는 했다.

하루는 유난히 몸이 아팠던 엄마가 딸에게 섭섭한 감정을 드러냈다.

"엄마 힘든 거 보이지 않니? 집에 왔으니 도와주고 말도 하고 그래. 너는 엄마가 불쌍하지도 않니?"

딸은 아무 말도 안 하고 천천히 일어나 문 쪽으로 가더니 갑자기 돌아서서 나직하고 갈라진 목소리로 말했다.

"나, 엄마 밥, 딱 다섯 달 반 먹었어."

그러더니 휙 나가버렸다. 그게 친구 언니의 마지막 모습이었다.

엄마와 딸 사이는 막역해서 24시간 붙어 있는 것처럼 소통이 잘 된다고들 한다. 그러나 표현을 잘 안 하고 자기 역할에 파묻혀 바쁘게 사는 가족끼리는 서로 속마음을 잘 모를 수 있다. 어린 시절부터 엄마의 사랑이 고팠던 딸, 평생 대가족의 뒤치다꺼리에 희생한 엄마는 각자 아픔과 상처가 있다. 표현하지 않으면 가족도 낯선 타인처럼 될 수 있다. 부모는 자식이 나이 들면 의지처가 되어 주면 좋겠다고 여기지만 자식들은 여전히 부모에게서 사랑받기를 원한다.

더구나 어릴 때 부모가 준 상처로 인한 아픔을 갖고 있다면 자식은 평생 자존감을 회복하고 자발적으로 행복을 찾아가기 어렵다. 성인이 되어 부모의 그늘에서 벗어난 듯하지만 어렸을 적 형성된 성격과 행동 습관은 바뀌지 않는다. 외적으로 똑똑하고 유능할지라도, 가정을 이루고 자녀를 기르는 부모 역할을 씩씩하게 하고 있을지라도 내면에는 늘 불안하고 공허한 느낌을 갖고 살기도 한다.

성인이 된 자녀가 부모와 동등한 사회인 입장에서 어렸을 적의 불만을 이야기하면 이런 말들을 듣기 마련이다.

"내가 언제 너한테 그런 말을 했다고 그래? 불쌍한 엄마한테 그런 말 하지 마라."

"부모가 고생해서 너희들이 그만큼 사는 줄이나 알아라. 너희들은 나하고는 비교도 안 되게 호강하며 사는 거다."

과거에 엄마가 실제 어떻게 말했는가는 중요하지 않다. 그때 자녀가 어떻게 느꼈는가가 중요하다. 나의 무의식 속에 부모의 그림자가 있다. 그 그림자는 부모가 돌아가신다 해도 내 주인이 되어 나를 조종한다. 알라딘에 나오는 램프 속의 지니처럼 나타나 나를 지배한다. 돕기도 하겠지만 억압하는 경우도 많다.

봉인은 풀리게 되어 있다. 언젠가는 부모의 삶은 자식에게 민낯을 드러낸다. 어려서 부모를 의지할 때는 모르고 지났지만 어른이 되고 난 후 부모의 양육을 돌아보면 새삼스레 아프고 서운한 경우가 많다. 내가 어릴 적 부모는 바뀌지 않는다. 과거의 모습은 이제 고칠 수도 없다.

부모를 객관적으로 바라보는 시간이 필요하다. 내 부모를 보면 '부모'로서 나의 모습을 알 수 있다. 대부분 상처 입은 자녀가 부모로부터 듣고 싶은 말은 비슷하다. 단 두어 마디면 충분하다.

"힘들었겠구나! 기분 언짢았지?"

그런데 이제 연로한 부모는 그 말을 하기 어렵다. 그분들도 워낙 상처가 많고 자기 삶을 누리지도 못했다. 자식한테만은 감사하다는 말을 듣고 싶다. 자신의 실수가 있다는 점을 인정하면 자기 삶 자체를 부정하게 되니 자녀에게 사과하지 못한다. 어린 시절 상처 입은 부분을 알아주고 아파해 줄 부모가 이젠 없는 셈이다. 부모는 노쇠하고 약해졌다. 내가 나를 알아주는 것밖에 방법이 없다.

어린 시절의 아픈 상처가 치유되지 않은 채 어른이 되면 어떨까. 그렇게 어른이 되면 상처 입었던 어린 시절 피해자가 가해자가 된다. 이제 어른이 된 엄마는 자신이 당한 대로 아이에게 하게 된다. 아직도 내면에서 어린 나를 조종하는 존재가 있다면 내려놓아야 한다. 내가 아이를 혼낸다면 불안해서일 때가 많다. 아이가 나를 위협하는 듯하고 못 이길 듯해서 어른인 채로 아이와 힘을 겨룬다.

내 자녀와 이야기해 보면 내가 기억하지 못하는 부분을 세세하게 기억하는 점을 발견한다. 부모도 불완전한 존재여서 실수할 수 있다. 먹고살기 바빠서 힘든 젊은 날 자녀에게 못된 행동을 했을 수 있다. 부모를 객관적으로 보려면 나의 상처와 아픔을 먼저 위로해 주어야 한다. 지금 늙으신 부모와 어린 시절의 부모는 다르다. 부모의 젊은 시절 이야기를 묻고 들어보면 맥락이 보인다. 그때 왜 그렇게 했는지, 그리고 그런 결정과 선택이 내 인생에 어떤 영향을 미쳤는지 깨닫게 된다.

오랜 세월이 지나면 같은 사건을 전혀 다르게 받아들이는 면을 경험한다. 사실도 왜곡될 수 있다. 어려서 상처 준 부모를 직접 만나서 이야기한다. 이미 돌아가셨다면 거울을 보면서 이야기한다. 어떤 이는 마음에 상처가 있어 이제는 어머니가 너무 약해지셔서 요양병원에 계시는데도 만나면 괴롭다고 한다.

"엄마, 나도 엄마를 조금 좋아하게 해 주지. 왜 그랬어. 외동딸이 었는데…."

그분은 그 이야기를 하며 말끝을 맺지 못했다. 오빠들과 너무 차별했던 어머니, 남존여비사상에 철저했던 어머니를 보며 하소연해 보지만 치매인 엄마에겐 받아들여지지 않는다.

뻥 뚫린 마음을 어디서 메울 수 있겠는가. 자신의 힘으로 스스로 치유할 수밖에 없다. 부모의 삶을 객관적으로 새롭게 이해할 때, 기억하기에도 아픈 그 영향에서 벗어날 수 있다.

부모가
내게 했던 말,

부모는 기억할까

물도 사람으로부터 "사랑한다.", "감사하다.", "소망한다."는 말을 들으면 육각수로 변화한다고 한다. 육각수는 인체에 이로운 물이다. 70%가 물로 된 우리의 몸은 사랑과 격려, 위로의 말을 듣는 순간에 생명의 에너지를 발산한다.[21]

반면 부모가 무심코 한 말이 훗날 자녀에게 아픈 상처가 되고 앞길을 가로막는 걸림돌이 되기도 한다. 옛날 시골 어른 중에는 화가 났을 때 자녀에게 "커서 다리 밑에서 구걸하는 거지나 되어라.", "식충이처럼 게으른 것! 밥값도 못하는 X.", "너 같은 게 뭘 할 수 있겠어?", "계집애가 어디다 대고 오빠한테 말대꾸야.", "너 같은 멍청이를 학교에 보낸 내가 잘못이다." 이렇게 야단치는 분이 많았다.

가끔 고향 이야기를 듣다 보면 놀랍게도 그 부모들이 말한 대로 된 자식들이 있다. 말은 영혼에 새겨지는 무늬 같은 것인지도 모른다.

간혹 모임에서 얘기하다 보면 자녀가 전혀 엉뚱하게 기억하고 섭섭해하는 말이 있다고 한다.

"딸이 지난 번 저한테 너무 상처받았다고 중학교 때 일을 이야기해요. 내가 방 청소하다가 머리카락이 많이 나오니까 그걸 집어 들고 '어이구, 누구 머리카락이 이렇게 많지?'라고 했는데 그게 그렇게 상처가 된다네요. 자기를 비꼬았다고요. 칠칠치 못한 사람 취급했다고 기억에 생생하대요. 전 하나도 기억이 안 나는데요."

"그래서 뭐라고 대답해 주셨어요?"

"금방 미안하다고 했죠. 기억도 안 나지만 딸이 상처받았다는데 뭐라고 더 변명하겠어요?"

"그러셨군요. 잘하셨네요."

그때 듣고 있던 다른 엄마가 말한다.

"전 친정엄마가 제게 했던 이야기 중에 가슴에 박힌 게 있어요."

"어떤 말이요?"

"저만 아니었으면 제 남동생이 더 좋은 직업을 가졌을 거라고요. 딸이 잘 되면 아들이 기가 죽는다나요?"

"어머, 어떻게 그런 말씀을 하실 수가?"

"여자가 너무 똑똑하면 팔자가 세다면서 그렇게 말씀하셨어요. 지금도 생각나요."

"지금 어머님은 그 말을 기억하세요?"

"전혀요. 딸을 최고로 기르느라 뼛골이 빠지게 일했다는 말씀만 하세요."

"그래서 친정 쪽에 말을 더 가리게 되죠. 서운해도 또 받은 게 너무 많다 보니까요."

부모의 말은 자식의 앞날에 예언과 같은 효력이 있다고 한다. 아마 자식은 부모가 한 어떤 말을 생애에 걸쳐 수백 번 수천 번 기억할 것이다. 그래서 말의 힘이 사실로 실현되는 듯하다. 좋은 말이면 힘이 되지만 상처 주는 말이라면 어른이 된 내가 말의 영향으로부터 벗어나는 기술을 익혀야 한다.

몸이 아플 때나 기분이 저조할 때 어김없이 떠오르는 말들이 있다. 그런 말들은 사라지지 않고 메아리를 친다. 왜 그 많은 말 중에 어떤 말들은 사라지지 않고 기억에 남아 있을까. 감정이 해소되지 않아서다. 그럴 때 그 말을 내게 한 사람과 만나 이야기해 볼 용기를 내는 것이 좋다. 그것도 가능하지 않다면 내가 나에게 해 주는 수밖에 없다. 그런 말은 더 이상 내게 영향력이 없다고. "넌 좋은 사람이야."라고.

신혼 초의 일이다. 내 출근 시간이 남편보다 시간 여유가 조금 더 있어 매일 아침 일찍 밥상을 차렸다. 그날도 남편이 앉아서 막 수저를 들려고 할 때, 마침 집에 와 계시던 친정어머니께서 "남편 밥을 항상 따뜻하게 해서 내야지. 다 식었겠다."고 하셨다.

　나는 당시 임신 중이었다. 그 몸으로 출근 준비하며 바삐 서둘러 차린 밥상인데 친정어머니의 말을 듣고 내가 잘못한 느낌을 받았다. 차리다 보니 미리 밥을 퍼 놓고 반찬을 놓아 밥이 식었다. 그래서 그 다음부터는 그런 일까지 신경 쓰게 되었다. 물론 밥을 따뜻하게 먹는 것은 좋은 일이다. 나도 따뜻한 밥을 먹고 싶다. 하지만 맞벌이하는 여성으로서는 어머니 세대의 수준으로 남편을 공대하기 어려웠다.

　어머니는 전통적인 여성교육을 받은 분이라 남편을 하늘같이 받들어야 한다고 여겼다. 그래서 딸들에게도 그렇게 말씀하셨다. 그날 이후 가끔 어머니의 말이 떠올라 내가 가사 일에 미흡하다고 여겼다. 아내가 직장에 다니니 남편이 제대로 대접받지 못하는 부분이 있을 거라고 생각했다. 직장 다니며 돈 버는 역할을 같이 담당하면서도 내가 하는 가사 일에 남편이 만족하지 못할 거라고 지레 생각했다.

　그런데 어느 모임에 갔을 때 한 여성이 자기 남편과 전화 통화하는 걸 듣고 '사는 게 집집마다 참 다르구나.'라고 느꼈다.

　"지금 모임에 왔는데 언제 도착해요? 아, 곧 온다고요? 저녁밥은요? 안 먹었다고요? 어쩌나, 집에 밥이 없는데…. 응, 알았어요. 밖에서 해결하고 와요. 모임 끝나고 갈게요."라고 전화하는 그 여성의 말에 놀랐다. 내겐 있을 수 없는 일이었다. 식은 밥도 아니고 밥이 아예 없는 상황인데도 그녀는 자연스럽게 남편과 소통하고 있었다.

그녀는 전업주부였다. 그때 '나 스스로 내 생활에 족쇄를 만들었구나.' 하고 깨달았다. 신혼 초 내가 어머니에게 들었던 말은 어머니대로 하실 수 있는 말이었다. 그러나 그 말을 기계적으로 듣고 그 후 과대하게 역할을 맡은 것은 나의 잘못이었다.

엄마가 자녀를 보고 '불쌍하다', '고생한다.'는 말도 잘못되게 하는 말이다. 엄마는 그렇게 말하면 자식을 위로하고 이해한 느낌이 들어 죄책감에서 벗어난다. 자기만족이다. 괜찮은데 부모가 자꾸 사람들에게 자기 자식을 불쌍하다고 이야기하면 그 아이는 그런 사람이 된다.[22] 아이도 자기 현실을 이해하고 그에 맞게 생존하는 지혜가 있다. 어떤 여성은 큰 병에 걸렸을 때 친정 식구가 자신에게 "집안에 병자가 없어야 할 텐데…." 하며 걱정하는 말을 했는데 오래도록 마음이 아팠다고 한다. 집안에 우환을 끼쳐 죄송한 마음이 들어서 편하지 않았다고 한다. 걱정하는 듯한 말이지만 그 말은 상대를 위로하는 말이 아니라 기죽이는 말이다. '동정'도 일종의 평가이므로 유의해야 한다. 있는 그대로 인정해 주는 말이 좋다.

반면 자녀를 무조건 옹호하고 치켜세우며 키우면 그 자녀는 현실을 제대로 보지 못하게 된다. 자식은 존중하면 될 뿐, 대접까지 할 필요는 없다. 무조건 우대받고 자란 아이는 커서도 사회에서 모든 사람이 자기를 위해 줄 거라 생각한다. 하지만 사회에 나가면 불합리하게 지시하고 억압하는 사람도 만나고 일한 만큼 대우해 주지 않는 경우가 비일비재하다. 그런데 부모가 다른 사람보다 특권의식을 갖도록 키운 자식은 사람들이 자신을 치켜세우지 않으면 불편해한다. 베풀 줄 모른다. 사람들이 자기 자신을 위해 존재한다고 생각하니 타인을 존중하는 의식이 부족하다. 섬김의 미덕이 갖춰질 리 없다. 잘되면 군림하고 못되면 주변을 탓하기 십상이다.

똑똑하고 잘난 자식 중에 그런 경우가 많다. 특권의식이 있어 남들을 자기 마음대로 대해도 된다는 그릇된 인식이 있다. 젊어서 공부할 때는 출세하기 위해 노력하고 성공한다. 어머니의 소원은 이뤄진다. 그러나 성공한 다음에는 사회가 자기를 받들어야 한다는 의식을 갖고 산다. 그래서 자식 출세에 인생 전부를 걸었다는 어머니가 가장 무섭고 두렵다. 그런 어머니는 자기 자식뿐만 아니라 이웃과 사회에도 해악을 끼칠 수 있기 때문이다.

부모의 말은 내게 지나간 과거의 일이다. 내가 자식에게 한 말도 과거에 지나간 말이다. 고맙고 감사한 말은 평생 간직해야 한다. 그러나 아픈 말, 내 어깨를 처지게 한 말은 선택해서 골라내야 한다. 스스로 위로하는 시간을 가져보자. 괴롭지만 아픈 말들을 꺼내본다.

- 부모를 '내가 생각하는 부모'로 보는 한 나의 독립을 꾀하기 어렵다. 부모를 객관적으로 이해하는 과정이 필요하다.
- '그 당시에는 그랬겠다. 우리 부모님도 나름대로 애쓰셨겠다.'고 되풀이해서 내 아픈 감정을 위로한다.
- 부모 용서하기 : 우리 세대는 부모님은 감사해야 하는 존재로 배웠다. 부모를 원망하면 죄책감을 갖게 되어 힘들다. "그 말은

잘못된 말이었어. 그러나 나를 키워준 감사로 그 말을 씻을게."
라고 해 본다.

- 자식에게 용서 구하기 : "미안해. 내가 아는 부모 모습대로 그냥
  키웠어. 네가 '하나의 우주'라는 사실을 미처 몰랐어. 내 실수를
  용서해. 지금 나는 옛날 네가 기억하는 부모가 아니야. 부모도
  평생 성장하고 변화하는 존재란다. 노력해 볼게."

- 자기 자신 용서하기 : "미안해. 내가 널 몰라봤어. 그런 말을 듣고
  도 씩씩하게 잘 살아왔구나. 네가 허락하지 않으면 어떤 말도 네
  마음에 들어올 수 없어. 고마워. 미안해. 그때 그 말들을 던져
  버리지 못해서."

이런 시도는 마음이 아픈 사람들끼리 만나서 서로 이해하고 받아
주면 좋다.

배우자의 언어폭력에 힘들어하는 친구가 있었다. 친구 말을 들으
면 너무 화가 나서 내가 병이 날 듯했다.

"왜 말을 못해, 왜! 그런 말 하지 말라고 하지. 왜 당하고만 있어,
왜?"

"무서웠어. 말을 하면 남편이 때릴 것 같아서."

가만히 흐느끼면서 그녀는 말을 이었다.

"엄마가 아버지의 폭력을 견디면서 오로지 딸들 시집 잘 가게 하
려면 참고 지내야 한다고, 조금만 참으면 된다고 늘 말했어. 여자가
말대꾸하면 남자는 더 화나서 폭력을 쓴다고 하셨어."

그녀의 엄마는 자신의 고통을 이겨내려고 혼잣말 비슷하게 했던 말이었을 것이다. 하지만 아이들이 듣고 있었다. 엄마가 되면 고통은 자신의 것으로 그쳐야 한다. 아이에게 감정을 푸는 엄마는 너무나 큰 상처를 자식에게 주게 된다.

이젠 내가 부모로부터 듣지 못해 아팠던 말을 자녀에게 해 본다. 듣고 싶었던 그 한마디를 해 주자. "○○아, 고마워, 사랑한다."

내 부모의
부부관계를

복사하지 않기

　딸은 엄마가 아버지를 대하는 모습으로 남편을 대한다. 아들은 아버지가 어머니를 대하는 방식으로 아내를 대한다. 자녀는 부모가 서로를 대하는 모습으로 훗날 자기 배우자를 대하기 쉽다.[23]

　나와 남편은 내 부모와 다르다. 그럼에도 무의식적으로 내 부모가 살던 방식으로 살려는 경향이 있다. 부모님이 서로를 대하던 방식을 지금 자신의 부부 사이에도 되풀이하고 있지는 않은가 생각해보자.

　치유가 필요해 모인 치유상담연구원의 동기들은 곧잘 서로의 이야기를 들어준다. '어떤 말을 주로 듣고 자랐나, 부모는 나를 어떤 말로 어떻게 칭찬하며 강화했나'를 나눈다. 사람 사는 이야기가 별

반 다르지 않다. 들으면서 내 문제를 돌아보고 해결하기도 한다. 그 중 K씨의 이야기에 다수가 공감했다.

주말 저녁 여느 때처럼 K씨의 남편은 종일 밖에서 사람을 만나고 운동하고 들어온다. 주말에도 남편은 밖으로 나가고 아이들은 각자 쉰다. 한집에 살지만 시간대별로 서로 마주치지 않게 산다.

초가을이라 밤이 되자 산에서 불어오는 바람이 선선하다. K씨 남편은 노곤하면서도 어딘가 여유로운 표정이다. 창밖을 내다보며 "참 좋다." 하고 돌아보며 말을 한다.

"난 요즘 나 자신을 잘 알 수 없어. 내가 무엇을 좋아하는지 왜 사는지 확신이 안 들어. 혼자 있어도 불안하고, 미안해. 그런데 나 한마디 해도 될까?"

"하세요."

"난 당신이 애들 어렸을 때 왜 자기 아이들을 따뜻하게 안아주지 않는지 이상했어. 같이 놀아주지도 않고 차갑게 대하는 게…."

"난 너무 힘들었어요. 내 마음 알아주는 사람은 아무도 없고 직장 다니랴 두 아이 챙기랴 얼마나 힘들었는지 알아요? 게다가 당신은 그때 지방근무였는데, 매주 집에 들어서면서부터 화를 냈죠."

"당신이 힘들어하고 짜증내고 말도 안 하면서 화내니까 나도 집에 오면 화부터 났지."

"아이 둘 키우며 아침마다 도시락 싸서 유치원에 맡기고 출근하는 게 얼마나 복잡하고 고달픈지 당신은 하루도 안 해 봐서 모를 거예요."

"언제 나한테 도와달라고 한 번이나 말해 봤어? 그런 얘기는 하지도 않으면서 늘 우울하고 화나 있는 당신을 보고 있으면 내 속이 터져서…. 영문도 모르겠고, 그래서 나도 아이들한테 화를 내고 했던 거야."

"아이들은 당신을 무서워했어요. 가까이 가지도 못했잖아요. 놀아주지도 않고 아빠가 갑자기 버럭 소리 지르며 혼낼까봐 뒷걸음치곤 했잖아요."

"나도 처음엔 아빠 노릇 잘해 보려고, 내 아버지 어머니처럼 싸우고 서로 미워하고 살지 않으려고 애썼어. 아이들한테 동화책도 읽어주고 놀이공원에도 데려가고 잘 지냈는데 언제부턴지 사이가 나빠지기 시작했지."

K씨 남편은 잠시 말을 멈추고 한숨을 내쉰다.

"이렇게 부모 자식 간에 시원하게 대화 한번 못하고 술 한 잔 함께 못 마시고 지내는 것 보면 내 인생은 실패한 것 같아. 좋은 아버지가 못된 거지."

"나는 당신이 따뜻하게 위로 한번 해 주기를, 부드러운 목소리로 '당신 덕에 살아. 고생이 많아.' 이런 말 한 번만이라도 해 주기를 얼마나 기다렸는데요. 빈말이라도 한번 듣고 싶었는데."

"난 아버지가 어머니한테 애정 어린 표현을 한 걸 한 번도 본 적이 없어. 싸우는 모습만 보여 주셨지. 부모님이 싸우면 미칠 것 같고 속이 찢어지는 듯했어. 그러다 당신이 밝고 환하니까, 관대하고 내게 잘해 주니까 결혼한 거지. 그렇게 살지 않으려고."

K씨는 자기가 항상 남편에게 당했다고 생각하고 있었는데 남편의 속말을 들으면서 의아해졌다. 남편이 자기 때문에 화가 나고 답답하게 살았다는 게 믿어지지 않았다.

'아버지로서 아이들한테 부드럽고 자상하게 대했으면 좀 좋았어? 늘 자기 일이 우선이었으면서. 내 일 한번 도와주지 않고 트집만 잡고 힘든 건 알아주지 않

앗으면서….'

속에서 또 뭔가 숨 막히는 아픔이 올라오려 했다. 그러나 남편이 진심으로 자신의 삶을 이야기하는 모습에 '정말 그도 나와 살면서 고통스럽고 힘들었구나!' 하고 느껴졌다.

"그렇게 힘들었으면 조용히 대화라도 해 보자고 하지 그랬어요? '뭐가 힘들어?' 하고 단 한 번만이라도 물어봐 줬으면 좋았을 것을."

K씨는 말하면서 남편을 보니 그새 얼굴이 많이 탔다. 마음 다잡을 데가 없으니 이곳저곳 불러주는 대로 쫓아다녔을 것이다. 서로 속을 터놓고 대화하기 시작하니까 판도라의 상자가 열린 것처럼 환하게 드러나는 두 사람의 관계가 신기하고도 어이없었다.

"집에 오면 늘 힘들어서 굳어 있는 당신 표정 보는 게 얼마나 지옥 같았는지 알아? 집이라고 오면 즐거운 구석이 없고, 자식들은 나만 보면 무서워서 피하고. 그러니 화나서 삐끗하면 아이들한테 소리 지르고 때리고 야단쳤지. 아이들은 점점 나한테서 멀어져 가고 속을 절대 털어놓지 않고."

"꼭 내가 당신한테 피해를 준 것 같이 말하네요. 내가 얼마나 힘들었는데, 속을 말할 데도 없이 얼마나 외로웠는데…."

"당신이 고생 안 했다는 게 아니야. 나 역시 부모가 내게 부드럽게 말해 준 적도 없고, 부모 자식 어떻게 대화를 나누는지, 교감을 나누는지 경험해 보지 못해서 그런 것 같아."

"그래도 아이들이 당신을 인정하고 있는 줄은 알죠? 아이들은 당신의 인격을 비난하지는 않아요. 단지 아버지로부터 인정받고 싶은 마음이 있는데 거절당해 상처를 받은 거죠. 당신 사랑을 받는 데에 늘 목말라 있는데 당신은 단 한 마디도 친절하게 말을 건네지 않았죠. 바깥에서 다른 사람한테 하는 십 분의 일만 아이들에게 해도 집이 천국으로 변할 거예요. 난 이제 괜찮아요. 나 스스로를 위로하면서 돌아보니 나도 참 나를 몰랐어요. 무조건 남자가 여자를 알아주고 든든하게 감싸주어야 한다고 생각했어요. 그렇게 안 해 주니 피해의식만 자꾸 쌓여서 불평만 깊어졌어요. 하지만 당신의 말을 듣고 보니 당신의 행동도 이해가 가네요."

"자식들이 아버지한테 인사 잘하고 제 할 일 잘하면 내가 왜 그러겠어. 자식이 먼저 부모한테 감사해야 하는 것 아니야?"

발끈하는 남편의 얼굴이 다시 굳어진다. K씨는 순간 "아이들이 뭘 못했는데요?"라고 소리치고 싶었으나 괜히 감정을 자극할 필요는 없겠다고 스스로를 다독였다.

'부모님께 관대한 사랑, 따스한 격려와 포용을 받아보지 못해서 자식에게도 그렇게 못하는구나.'라고 생각하면서 K씨는 자신 역시 그런 면에서 비슷하다고 느꼈다. K씨는 최근에 자신의 감정표현 방식에 문제가 많았고 자신을 길러준 부모님의 부부관계에도 힘든 부분이 있었다는 사실을 깨달았다. 그녀와 남편의 관계가 어떻게 자식들에게 영향을 미쳤는지 파악하게 되니 후회와 안타까움이 밀려왔다. 그래선지 지금처럼 남편이 아이들에 대해 불만을 말해도 예전같이 남편이 밉지만은 않았다.

"이것 봐요. 나도 부족한 구석이 많아 당신 마음을 못 알아주었지만 당신은 이미 '자식은 이래야 한다.'고 기준을 딱 정해 놓고 미달 판정을 내리잖아요. 그러니 화가 나죠. 그런 감정이 아이한테 그대로 전달되고…."

"그럼 도대체 어떻게 해야 한단 말이야. 내가 먼저 문안인사라도 해?"

K씨의 남편이 언성을 높이며 말한다. 눈썹을 치켜뜨는 남편의 표정을 가장 싫

어하는 K씨는 순간 아찔했다.

"단 한 번이라도 어깨를 토닥토닥해 주든지, 등을 가만히 어루만져 주든지, '수고 많다, 고맙다.'고 해 보세요. 아이들은 감동할 거예요. 훌륭한 아이들인데 수퍼울트라급 천재를 기대하는 아버지를 만나서 인정 못 받고 자랐어요."

"그런 말은 도저히 안 나올 것 같은데? 제 방 정리하고 사는 것 좀 봐. 시간 지키는 것은 또 어떻고?"

K씨는 대화가 다시 원점으로 돌아가는 것 같아 더 말하고 싶은 것을 참고 "오늘은 그만 얘기해요." 하고 일어났다. 그나마 이렇게 대화할 수 있게 된 지도 얼마 되지 않는다. 그녀가 두려움과 불안을 이기고 용기 내어 남편을 무서워하지 않고 속을 털어 놓기 시작해서 가능해진 일이다.

K씨는 그런 상황을 이해할 수 없다. 사람이 한집에 사는데 대화를 진심으로 나누기가 그렇게 어렵단 말인가. 동네가 시끄럽게 크게 싸운 일도, 서로 신뢰를 무너뜨리는 일도 하지 않는 평범한 부부지만 내면에는 크나큰 돌산이 떡 버티고 있어 따로 산 느낌이다.

하지만 K씨는 남편의 진짜 감정을 이제 알 듯하다. 그는 살얼음판 같은 세상에서 치열하게 살아오면서 열심히 가족을 위해 일하면 좋은 아버지, 훌륭한 남편이 되는 줄 알았을 것이다. 그는 '부부가 잘 지내는 방법이 따로 있나. 여자는 남자를 위로해 주고 편안하게 해 주는 게 도리 아닌가.' 하고 살았다. 누군들 아내와 잘 지내고 즐겁게 웃고 싶지 않을까? 차분하게 자신을 돌아보니 남편 말에도 일리가 있었다.

K씨의 어머니는 남달리 성취욕구가 강했다. 그녀의 어머니는 남자답고 위풍당당한 배우자를 만나고 싶어 했다. 하지만 중매로 만난 K씨의 아버지는 주어진

일만 착실하게 하는 소박한 사람이었다. 그녀는 자식에 대해 야심만만한 계획이 있었다. 아버지는 어머니의 포부를 만족시켜 주지 못했다. 출세에도 성공에도 별 관심이 없었다. 어머니는 자식들에게 자신이 못다 한 공부를 시켜서 내로라하게 살게 하고 싶었다. K씨의 아버지는 고생해서 돈을 벌어오면 집에서 자식새끼만 편 들고 편하게 산다고 아내에게 화를 냈다. "공부가 다냐?"며 항상 소리쳤다. 아내 에게 인정받지 못한 분노를 자식들에게 풀었다. 말끝마다 트집을 잡고 퉁명스럽 게 대하는 아버지의 태도에 어머니는 속앓이를 많이 했다. K씨는 그런 어머니를 보면 딴 세상으로 뛰쳐나가고 싶었다. 어머니가 불쌍해서 견딜 수가 없었다. 무엇 하나 어머니를 기쁘게 해 주지도 못하면서 자식들이 완벽하게 해내지 못한다고 닦달하는 아버지 때문에 집안 분위기는 불안했다. 긴장 속에서 살았다. 언제 야 단맞을지 모르기 때문에 형제자매는 바깥으로 도피했다. 도서관으로 학교로 친 구 집으로 뿔뿔이 나다녔다. K씨는 어머니의 마음의 고통을 항상 안고 있었다. 아버지가 조금만 부드러웠으면, 어머니의 마음을 조금만 위로하고 안아주었으면 하고 원했다. 어머니는 그 한 서린 고통을 자식들에게 호소하고 오직 공부를 잘 해야 된다는 말만 되풀이했다.

K씨는 자기 안에 남성에 대한 두려움과 피해의식이 뿌리 깊음을 알고 놀랐다. 그런 자기를 알고 남편을 보니 전혀 다른 사람처럼 보였다. 오랫동안 각고의 노 력 끝에 안정을 찾고 가정을 이뤄서 행복하게 살고 싶은데 아내는 말끝마다 '힘 들다'를 반복하고 자신을 나쁜 사람 취급하니 속이 상했을 것이다. 아내가 남편 말을 잘 안 들어주고 고집스럽게 제 할 일을 혼자 하고는 안 도와준다고 불평하 니 머리가 터질 것 같았으리라.

K씨는 남편이 "왜 내게 말하지 않았어? 도와달라고 하지. 불만 있으면 말을

하지, 왜 혼자 나를 미워했어?"라고 할 때 기막혔다. '피해보상을 받아도 시원찮을 판인데 이젠 마누라의 성격 탓을 하나.' 하고 억울해 했다. 그때까지도 K씨는 남편이 변해야 한다고 여겼다.

그런데 지금 대화하고 난 K씨는 먼저 자기 안의 어린아이와 화해해야겠다고 생각했다. 감정을 호소하며 수십 년 동안 울부짖던 그 아이를 먼저 안아주어야 했다. 남편과의 관계는 그 다음이었다. 남편의 삶을 있는 그대로 보는 눈을 먼저 틔워야 했다. K씨는 자기 눈에 덧씌워진 친정 부모의 관계 패턴을 알아챈 다음부터 속이 시원해졌다.

K씨는 이제 곧 십 대를 벗어나는 자녀들과 '어떻게 살아야 하나?'하고 생각했다. 곧 그녀는 '나는 내 본래 모습 그대로, 남편은 남편 모습 그대로 하루하루 만나는 일상의 일만 평화롭게 의논하며 해결해 가면 되겠지.'라고 수긍했다. 수십 년 묵은 감정덩어리를 돌처럼 굳혀 끌어안고 살아왔으니 그런 감정을 알고 받아들이면 다음엔 더 잘 통하리라 생각했다.

다소 긴 시간 동기들은 숨을 죽이고 K씨의 이야기에 집중했다. 그 공간에는 오직 K씨 한 사람만 있는 듯했다. 그렇게 한 학기 두 학기를 함께 공부하다 보면 서로 변화된 모습을 이야기해 준다.

"내 부모의 부부관계가 지금 내 가정에 그렇게 큰 영향을 미칠 수 있네요. 나도 들으면서 그런 생각을 많이 했어요. 제 아버지가 어머니께 절절 매며 뭐든 들어주셨는데, 그래서 나는 내 남편이 내 말에 항상 응해 주어야 한다고 여겼네요."

"K씨 남편의 모습이 제 남편과 비슷해요. 가정의 생계를 위해 노력했는데 정작 가족에게 환영받지 못하는 면이 있어요. 제가 남편의 마음에 공감해 주지 못하니까 자녀와도 어색한 때가 많아요. 특히 내가 남편을 미워하니 딸이 아빠를 싫어하게 되었다는 생각이 드네요."

"K씨가 그동안 최선을 다했다고 여겨져요. K씨 어머니도 위로가 많이 필요하실 것 같아요. 얼마나 아프셨을까. 무엇보다 K씨가 남편과 터놓고 이야기할 수 있는 용기를 내서 다행이에요."

부부가 서로 아끼고 중하게 여기면 그 가정은 아무 문제가 없다고 한다.[24] 자식을 어떻게 키우려 하기 전에 부부가 먼저 서로 다른 점을 받아들이고 위해 주어야 한다.

14

원가족을 떠나
지금 나의 가족에게

집중하기

명절이 지나면 이혼율이 높아진다고 한다. 명절증후군이라는 말이 있는 것처럼 명절 때 양가의 가족과 만나고 행사를 치르는 동안 갈등이 불거지고 해묵은 오해나 불만이 나오다 보면 부부 사이가 편하지 않게 된다. 그중 주요 원인은 부부가 자기 원가족과 현재 가족을 분리해 생각지 못해 빚어진 갈등이다. 지금 내 가족을 우선으로 생각하기보다 원가족에서 부모의 요구와 기대를 저버리지 못한 말과 행동이 배우자를 힘들게 할 수 있다.

'나'로 서기 위해서 자기가 나고 자란 원가족과 확실한 경계를 알고 다짐해야 한다. 그런 경계가 불분명해서 빚어진 불화가 적지 않다. 부모가 먼저 자녀를 독립하도록 지원해 주면 좋지만 그런 가정은 드물다. 부모는 자식에게 한없이 잘해 주고 싶고 자녀들이 결혼 후에도 부모와 한가족처럼 지내기를 바란다. 권위적인 부모일수록 자녀가 자기 식대로 삶을 흡족하고 만족스럽게 살도록 허용하지 않는다. 그들은 자기 뜻대로 자녀가 살기를 바란다.

자녀 : 엄마, 이 문제 잘 못 풀겠어. 한번 봐주세요.

엄마 : (전화하고 있다) 잠깐 기다려. 외할머니와 통화 좀 하고.

자녀 : (십 분 후 다시 온다) 엄마, 아까 문제는 풀었는데 이 문제는 도저히 혼자 못하겠어요.

엄마 : (약간 성가신 어조로) 조금만 기다리라고 했잖아. 그리고 공부는 궁리해야 느는 거야. 정 모르겠으면 뒤에 해설 봐봐.

자녀 : 네. 그럼 저 이거 풀고 나가서 놀아도 되죠?

삼십 분 후

자녀 : 엄마, 아직도 전화 안 끝났어요? 저 나갈게요. 그리고 여기 가정통신문에 사인해 주세요.

엄마 : (가라고 손짓하며) 어어, 그래. 그래요, 엄마. 그럼 그 행사를 제가 계획하고 장소를 알아볼게요. 동생들한테 연락은? 아, 그것도 제가 할까요? 너무 걱정 마세요. 엄마가 건강하기만 하면 다들 행복하니까요. 네네. (전화를 끊고 그제야 주위를 돌아보며) 아니, 얘가 공부하랬더니 삼십 분도 안 돼서 어디를 나간 거야.

엄마의 관심사가 친정 일에 쏠려 있는 경우 이런 일이 거의 일상적으로 이뤄진다. 그때그때 자기 가정의 할 일에 초점을 맞추고 자기 에너지를 쓰기보다 자신의 부모로부터 인정받고 사랑받는 데 더 애를 쓴다. 엄마가 자녀의 말을 존중하고 그 감정과 의도를 알아주지 않고 다른 데 매여 있다면 아이는 자신의 존재가 엄마에게 의미 없다고 느낀다. 이런 일이 반복되면 엄마에게 더 이상 묻지도 알리지도 않으며 임의로 행동하게 된다.

조부모의 기대와 욕망을 맞추느라 끌려가는 부모 아래 자라는 아이들은 온전한 보살핌을 받기 어렵다. 부모의 관심이 온통 조부모와 삼촌, 고모, 이모 등에게 가 있으니 우선순위가 바뀌게 된다. 주변에서 존경받고 칭찬받는 부모가 정작 자기 자녀에게 인정받지 못하는 경우가 생긴다.

부모가 자녀의 감정과 일에 관심을 갖고 대하면 자녀는 안정감을 갖게 된다. 안정하고 자기 일에 집중하고 또 부모가 없더라도 스스로 알아서 책임지고 해낸다. 후에 자라서 독립도 무난하게 잘하게 된다. 그런데 부모가 자기 원가족의 일에 지나치게 개입하고 심리적으로 불안하면 자녀 역시 불안한 심리를 물려받고 산만하게 된다. 그렇게 불안하고 산만한 자녀는 인내심이 부족해 성인 초기에 자기 일을 제대로 수행하기 어렵다. 성인 역할을 감당하기도 벅차서 술, 게임, 쇼핑 등 무언가에 의존한다. 그러니 부모는 성인자녀로부터 독립해 자기 인생을 살고 싶어도 자녀로부터 독립하기 어렵다. 그런 불안한 자녀를 만든 사람은 바로 부모 자신이다.

A씨는 친정이 부유했다. 그러나 결혼 즈음 갑작스레 친정아버지 사업이 망해서 빚더미에 오르게 되었다. A씨는 결혼생활하면서 친정에 조금이라도 보탬이 되려고 도와드렸다. 생활비도 드리고 친정 동생의 학비도 보조해 주었다. 그런데 동생이 취업한 후 사업을 하겠다고 A씨의 집을 담보대출해 도와달라고 요구했다. A씨는 남편에게 말하고 도와주었다. 그러나 동생은 사업에 계속 투자해야겠다고 요구를 더해 왔다. A씨는 남편에게 미안해서 남편 몰래 도와주었다. 그러나 동생 사업은 갈수록 힘들어졌고 A씨의 집까지 팔아야 하는 지경이 되었다. A씨는 현재 형식적으로 이혼한 상태이다.

K씨는 명문가로 시집을 갔다. 시댁은 상대에 걸쳐 학벌이 좋고 부유한 집이었다. 당연히 손자에 대한 기대를 하고 있었다. 아들이 태어나자마자 시부모님은 손자의 유치원부터 미리 대기신청해 놓고 공부에 대한 조언을 하기 시작했다. 학조부모 역할에 열을 올리는 시부모님의 배려에 감사하면서도 K씨는 자신이 자녀의 교육에 결정할 권리가 없게 된 현실이 답답했다. 하지만 직장일이 주말까지 바쁠 때가 많아 시부모님의 도움에 의지하다 보니 할 말도 못하게 되었다.

J씨는 큰아들인 남편이 늘 자기 형제 일로 바쁘고 걱정이 많은 게 불만이다. 자녀들과 오붓하게 이야기하고 놀러가고 싶은데 주말마다 시부모 댁에 가서 지내야 한다. 회사일이 바쁘다고 아들 운동회에는 가지 않아도 큰조카의 학예회에는 꼭 가는 남편이 이상했다. 동생이 연락하면 하던 일을 멈추고 당장 나간다. 심지어 직장 다니는 여동생이 가사 일까지 힘들다고 짠하게 여겨서 J씨는 몇 년째 김장을 해 주고 있다. 지난해에는 김장해서 보낸 택배 부피가 너무 커서 덜어 내

기가 불편했다며 남편을 통해 불만을 전해 왔다. 다음엔 작게 포장해서 저장하기 좋게 보내달라고 요구해 왔다. J씨는 기가 막혔다. 자녀의 시험기간에도 김장준비 하느라 바빴던 그녀다. 올해에는 김장을 해야 하나 말아야 하나 생각 중이다.

A씨의 경우를 보면 자기 가족과 친정의 일을 구분하지 않고 좋은 관계를 유지하려다 가정이 깨지게 된 예다. K씨는 자식을 낳았지만 정작 부모 노릇은 시부모가 하고 있다. 조부모가 자녀 양육과 교육의 권한을 갖고 있다. 자녀와 K씨 사이에 이뤄져야 할 대화가 원활하지 않게 된다. 문제 해결 방식이 형성될 기회가 줄어들게 된다. J씨는 남편의 가족과 같이 살고 있는 것과 마찬가지다. 역할의 분화가 이뤄지지 않고 있다. 기꺼이 감당할 수 있으면 좋지만 에너지가 남편의 가족에게 너무 많이 쏠린다.

엄마가 독립된 개인으로 자기 개성을 추구하고 정서적인 충만감을 누리려면 역할과 책임의 한계를 잘 정해 두어야 한다. 기쁜 마음으로 선한 의도로 하는 일들이지만 명확한 경계가 없는 경우 갈등의 원인으로 변할 가능성이 많다.

주변을 보면 오랜 세대에 걸쳐 유교적 공동체 안에서 살아온 탓에 가족 사이의 경계가 불분명한 가정이 많다. 특히 큰딸, 큰아들인 경우 결혼해 분가한 후에도 원가족 문제를 자신의 것으로 가져와 고뇌하고 책임을 느낀다. 아이를 낳은 부모가 되어도 마음은 자기 원가족에게 가 있다. 남편이 '부모의 아들'로 살면 독립된 가정의 가장 역할에 집중하기 어렵다. 사람들은 '효자'라고 칭송할 수 있으나 아내들에게는 '효자 남편'이 가장 무섭다. 끝까지 부모의 뜻에 좌지우지되어 사니 자기 가정에 필요한 일에는 소홀할 수밖에 없다.

착한 딸 콤플렉스를 지닌 경우도 비슷하다. 친정일은 자기에게 책임이 있는 것 같아서 무슨 일이 있으면 불안해하는 딸이 많다. 부모가 아프기라도 하면 딸은 또 그 간호와 보살핌을 자기의 일로 생각한다. 미리 문제를 해결하는 데 머리를 쓰고 부담감을 가진다. 애써 헌신하고 몸이라도 아프게 되면 돌아오는 말은 한 가지다. "누가 그렇게 하라고 했느냐. 자기가 알아서 해 놓고선 힘들다고 하느냐?"는 말을 듣기 십상이다.

엄마인 자신부터 부모와 심리적인 분리가 되어 있는지 돌아봐야 한다. 그렇지 않으면 자기 감정을 잘 알 수 없다. 사람은 부모가 자신에게 했던 그대로 자기 자녀에게 대하게 된다. 자녀는 어렸을 때 계속 관심을 받으려고 애를 쓰지만 부모의 시선과 마음이 다른 가정(원가족)에 가 있기 때문에 방치 상태에 놓인 거나 다름없이 자란다. 분리되어 자기감정과 생각을 소중하게 여기지 못한 자녀는 후일 성장해서도 부모와 떨어지기 어려워한다. 마치 자기 부모가 조부모로부터 분리되지 못한 것처럼 의존한다.

그렇게 조부모-부모-자녀의 삶이 서로 분화되지 못하고 뭉뚱그려서 흘러간다. 좋은 게 좋지 않느냐고 할지 모르나 개인의 삶이 제대로 존재하지 않으면 어디에서도 충족감을 느끼기 어렵다. 자기 스스로가 만족하고 즐거운 삶이 개성화가 이뤄진 자유로운 삶이기 때문이다.[25] 제대로 분화되어 살면 관계가 더 좋아진다.

나이 든 부모님이 칠십 넘은 자녀에게 횡단보도 건널 때 신호등 조심하라고 염려한다거나 오십 넘은 자식이 시간 내에 제대로 출근 못할까봐 전전긍긍하는 노부모의 이야기를 흔히 듣는다. 단순한 부모 사랑으로 미화할 일이 아니다. 내가 선택한 감정과 행동에 대해서는 내가 책임을 질 수 있다. 내 선택인지 남의 선택인지 불분명한 감정으로 행동하다 세월이 가면 내가 무엇을 하고 살았는지 기억이 잘 나지 않는다. 선택한 기억이 별로 없기 때문이다.

전쟁과 가난 같은 이유로 생존이 절박했던 윗 세대는 외적인 환경 탓에 상호의존적으로 살 수밖에 없었을 것이다. 그들이 삶을 유지하기 위해 느꼈을 공포와 두려움은 도저히 짐작하기 어렵다. 지금 자녀에게는 그런 태도가 의아스럽게 여겨질 뿐이다. 지금 세대는 자기 개성이 강하고 '나로 살고 싶다'는 의식이 강한 세대다. 나와 자녀 사이에 돈독한 관계를 유지하고 싶다면 자녀가 원하는 부모의 모습이 뭔지 알아볼 필요가 있다.

지금 자녀들은 부모도 자기들처럼 자기 삶을 주장하며 자유롭게 살기를 바라는 듯하다. 가족을 위해 꿈을 포기하거나 미래를 위해 현재를 희생하지 않으려 한다. 소비지향적으로 여겼던 젊은 세대의 모습에서 배운다. 그들은 타인에게 거는 기대가 덜하다. 타인에게 어떤 역할을 요구받거나 간섭받기도 싫어한다. 미래에 보장된 일이 별로 안 보이기 때문에 우선 하루하루 자신이 하고픈 일들을 한다.

하고픈 일을 내일로 미루지 않는 게 지금 세대의 강점이다. 그들을 응원한다. 부모에게 얽매이지 않고 내 가정에 충실하게 사는 모습은 자녀 세대에게도 좋은 모델이 될 수 있다.

페르소나를
구별하기

15

– '나, 실은 이런 사람인데요?'

아이가 학교에 들어가면 학생답게 행동하는 게 어떤 건지 배운다. 집에서는 마냥 개구쟁이던 아이도 학교에서는 침착하게 자기 역할을 감당한다. 만약 아이가 집에서처럼 학교에서 또는 놀이터에서 고집부리고 떼를 쓴다면 선생님에게 제재를 받고 친구들과 어울리기 어려울 것이다.

분석심리학자 칼 융은 살면서 자기 역할을 감당하기 위해 쓰는 가면을 페르소나라고 했다. 그의 말에 따르면 페르소나는 진짜 자기가 아닌 '가면 인격'이라고 한다. 페르소나는 내가 '나'로서 있지 않고 다른 사람들에게 보이는 나를 더 크게 생각하는 특징을 갖고 있다.[26]

사람은 몇 개의 페르소나를 갖고 살기 마련이다. 엄마, 아내, 며느리, 딸, 사회인 등 다양한 역할을 하며 산다. 체면과 도리를 강조하는 문화에서는 자칫 자기 자신을 위해 살기보다 외부에 맞춰 살기 쉽다. 여성들은 엄마로서 아내로서 역할에 헌신하다 빈껍데기처럼 아무것도 남아 있지 않은 듯해 갱년기 우울증을 겪기도 한다.

어려서 부모에 의해 주입된 페르소나는 사춘기가 될 때까지 막강한 영향을 끼친다. 사춘기 시절에 자기 정체성과 독립적인 정서를 갖추지 못한 채 성인이 되면 부모가 만든 페르소나에 의해 살게 된다. 페르소나가 꼭 나쁜 것만은 아니다. 역할에 충실하고 사회에 잘 적응하면 행복도도 높아질 것이다. 여성이 엄마로서의 자기 역할을 귀하게 선택하고 의미를 찾고 산다고 페르소나에 매몰된 삶은 아니다. 자발적으로 선택한 삶은 내적 갈등이나 불편한 신체증상을 불러일으키지 않는다. 그러나 부모나 사회가 요구하는 페르소나에 지나치게 자기를 맞추다 보면 자기를 잃어버리게 되는 결과를 가져온다.

부모가 어린아이에게 어떤 역할에 충실하도록 격려하는 건 당연하다. 그러나 강요나 조종을 하면 아이의 생기 있는 자의식을 손상시킨다. "너는 큰아들이니까 이래야 한다.", "네가 여자잖아. 그런 작은 일은 해줘버려.", "어디 여자가 되어가지고!"와 같은 말은 듣는 사람을 편하게 하지 않는다. 스스로 자각해 선택할 수 있게 해줘야 한다.

학교에서 학부모와 상담할 때, 교사의 눈에 비친 학생으로의 모습과 상당히 다르게 자녀에 대해 말해 놀랄 때가 있다.

부모 : 애가 몸도 너무 약하고 내성적이어서요.

교사 : 그렇군요. 학교에선 운동도 열심히 하고 친구들한테 활발히 얘기도 잘
해요.

부모 : 집에선 친척들이 뭘 물어봐도 대답한 적이 없어요. 밖에 나가지도 않고
요. 숙제하고 게임하는 것 외에는 관심이 없어요.

교사 : 아마 집에 있는 시간에 해야 할 일이니까 그러지 않을까요? 친척들은 가
끔 보니 서먹할 수도 있구요.

부모 : 뭐 하나 제대로 하는 게 없어요. 끈기가 부족해서 끝을 맺지 못하는 것
같구요.

교사 : 그런 면이 있군요. 학교에서 수행평가나 이런 것은 잘 해내요. 제 시간에
숙제 내는 게 얼마나 큰 책임감인데요. 말씀 잘 들었습니다. 관심 있게
지켜볼게요.

십 대 자녀도 자기 역할에 충실한 모습으로 적응해 나간다. 어렸
을 때 지켜보고 훈육하던 모습과 달라질 수 있다. 부모가 끝까지 어
떤 모습을 강요하면 자녀는 진짜 자기 모습을 찾고자 할 때 자기가
무엇을 원하는지 혼란스러워한다. 불투명 유리 안에서 사는 것처럼
자기 길이 잘 보이지 않게 된다.

오히려 엄마는 엄마 자신이 지나치게 엄마이자 아내의 페르소나
에 몰두하고 있지 않은지 염려해 보는 게 좋다. 혹시 엄마의 가치

관이 굳어 있지는 않은지 돌아볼 필요가 있다. 엄마가 완벽할수록 나머지 가족은 각자 이기적으로 살 우려가 있다. 혹은 슈퍼우먼인 아내, 철두철미한 엄마로부터 벗어나기 위해 일탈행위를 할 수도 있다.

자식에게 가장 잔인한 말은 "어디 부모 얼굴에 먹칠을 하고 다니는 거니?" 하는 말이다. 나이가 들어도 그런 말은 자녀에게 상처를 준다. 엄마가 남 보기에 떳떳하고 어엿한 가정을 꾸리기 위해 자식에게 강요한 점은 없는가. 그보다 엄마 자신을 돌보지 않고 자기감정과 소망을 무시하고 있지는 않나 돌아본다.

아들이 어렸을 때 '너희들은 머리가 좋은 우등생이야(그러니까 공부 열심히 하면 '성공'할 수 있어).'라는 의식을 주려고 무던히 애썼다.

"넌 뭐든지 할 수 있어."

그럴 때면 아들은 매우 불편해했다.

"아녜요. 전 머리가 좋지 않아요. 진짜 머리 좋은 애들이 있어요."

('얜 왜 이리 자신감이 없을까.' 하고 안타까운 마음이 들어서)

"○○ 형 봐봐. 학군이 안 좋은 데서도 ○○ 학교에 들어갔잖아."

"그 형은 무지 머리가 좋을 거예요. 머리 좋은 사람은 달라요."

아들은 엄마의 숨은 기대와 욕망을 눈치 채고 빠져 나가는 듯했다. 내 나름대로 선생 역할을 하면서 자녀를 기르는 데 최선을 다했다고 여겼다. '선생'과 '엄마' 페르소나에 갇혀 '그게 내 인생을 올바로 열심히 사는 거지.'라고 생각했다.

얼마 전 교사라는 직업을 그만둔 후 아들과 대화할 기회가 있었다.

"엄만 다행스럽게 생각하는 게 너희를 지나치게 목표지향적으로 밀어붙이지 않은 거야. 좋은 거지?"

"어이쿠, 엄마가 암에 걸린 후 좋은 엄마가 된 거지, 자신을 너무 모르시네요."

"어머? 내가 너희한테 공부를 강요했니, 어느 대학 가라고 요구를 했니? 난 별로 욕심 부리지 않았어."

그랬더니 아들이 웃으며 말을 잇는다.

"엄만 퇴근하면 늘 한숨 쉬고 '힘들다 힘들다' 했잖아요. 집에서 학교 일 걱정하면서 무슨 일 해야 한다고 짜증내고. 얼마나 부담이 되는 줄 아세요?"

"그거야 내가 힘들지, 너희가 힘들 건 뭐니?"

"저희도 집에 오면 편하고 즐겁게 농담도 하고 지내고 싶은데, 항상 힘든 엄마에게 말이나 하고 싶겠어요? 그러니 각자 알아서 하는 집이 된 거죠."

아들은 생각보다 부모를 잘 파악하고 있었다. 내가 나 자신을 잘 모르고 살아왔다. 학교에서는 웃으며 일 잘하는 선생으로 행동했지만 정작 사랑하는 가족에게는 투덜대며 기운 없이 굳은 표정으로 대했으니 현실을 제대로 감당하지 못한 것이다. 아이들이 경험이 부족하고 어린 듯해도 지혜로웠다. 아이들과 진정 어린 대화를 하며 지냈더라면 하는 아쉬움이 있다. 내게 주어진 역할에 과도하게 집착하지 않고 '엄마는 이런 사람이야. 잘해 보려고 하는데 생각처럼 안 되네. 아빠도 그럴 거야. 너희는 어떻게 생각해?' 하는 식으로 말하고 살았더라면 가정이 더 충만한 정서로 숨쉬기가 편한 곳이 되었을 것 같다.

부모가 '넌 이런 사람이야. 어떤 사람이 되어야 해.' 하고 주입식으로 키우면 자녀는 무의식적으로 그런 사람으로 살게 된다. 그 페르소나에 억압되어 자기를 잘 모르게 되는 경우가 많다. 어렸을 때 부모가 말했던 자식에 대한 기대와 인정이 커서도 영향을 끼친다. 부모가 만들어 놓은 페르소나에 맞추어 살고 있을 가능성이 많다. 부모는 은연중에 자식에게 어떤 역할을 반복하여 학습하도록 한다. 쌍둥이 형제라 하더라도 큰 아이는 책임감이 강하고 작은 아이는 자유롭게 하고 싶은 일을 한다고 한다.

예를 들면 큰아이는 자기 스스로 우선순위를 가진다고 생각한다. 스스로 고립해서 적응해 나가며 다른 사람의 인정이나 애정을 얻고자 하는 욕구에 초연해서 혼자 생존해 나가는 전략을 습득한다. 때문에 맏이는 일반적으로 다른 사람들과 좋은 관계를 맺을 수 있고 타인의 기대에 쉽게 순응하며 사회 책임을 잘 감당하는 특징을 보인다.[27]

나는 어렸을 때 "너는 착하니까 잘 살 거야."라는 말을 많이 들었다. "아뇨. 저 착하지 않아요. 제 이득을 위해 행동할 때가 많아요. 남 돕는 일을 귀찮게 여기고 저만 챙겨요."라고 말하고 싶었지만 대답하지 못했다. '착하고 어른스럽다.'는 말도 자주 들었다. 그게 칭찬만은 아니라는 사실은 알고 있었다. '착하고 어른스럽게 큰딸 역할을 잘하라.'는 뜻이었다. 학교에서 청소 시간에 딴 짓 하다가도 담임선생님이 오시면 얼른 청소하는 척하고 있었다. 왜 그랬을까. 집에선 의기소침해 있고 주눅이 들어 있는 때가 많았다. 큰딸로서 제역할을 못하고 집안일을 잘 돕지 않는다는 꾸중도 많이 들었다. 공부는 동생이 너무 뛰어나게 잘했기 때문에 중압감을 느꼈다. 어머니 아버지를 만족시키고 싶어서 실제 목표에 도달하지도 못했는데다 한 것처럼 이야기했다. 잘하는 척 거짓말했다. 나도 웬만큼 잘한다고 인정받고 싶어서 그랬다. 부모님은 내가 자신감이 없고 연약한 성격이라고 알고 계셨다.

사회생활을 하며 부모와 떨어져 살면서 내게 독립적인 면이 있음을 알았다. 환경이 달라져도 남에게 많이 의지하지 않고 상황에 맞게 해결해 나갔다. '여성스럽고 순종적이며 동생들을 잘 보살피는 딸'로부터 점점 멀어졌다. 부모 곁을 떠나 살게 된 이후로 그렇게 변화된 것 같다.

살다 보면 내 의지와 상관없이 어떤 역할을 하게 된다. 집에서 공주처럼 자랐어도 회사에 가면 허드렛일이나 단순 반복 작업을 해야 할 경우도 생긴다. 천재라고 칭송받고 명문대에 입학했다 하더라도 교수님과 선배 앞에서는 지식의 얕음을 절감하며 다시 처음부터 다잡아가는 결단을 하면서 배운다. 생애 주기가 달라지면서 페르소나에 적응하는 일은 중요하다. 그러나 페르소나가 지나치게 강화될수록 자아 정체성은 약화된다. 콤플렉스의 일종인 페르소나가 포기될 때 건강한 자아가 된다.[28] 맏아들로서 역할을 잘하게 키워졌거나 부모의 꿈을 대리만족시켜 주는 존재로 키워졌다면 부모가 만든 페르소나에서 벗어나 자기 상황에 맞는 역할을 찾아야 한다. 부모를 바꿀 수는 없다. 어떻게 하겠는가. 그건 내게 숙명이었다고 인정하는 순간 내 인생의 방향키를 내가 쥐는 셈이다.

독립적인
엄마가

16

자녀를 자유롭게 키운다

할머니 세대, 어머니 세대는 자신의 삶을 위해 독립할 형편도 못 되었고 기회 자체가 부족했다. 어쩔 수 없이 대가족의 구성원으로서 맡겨진 역할에 희생한 그녀들은 한이 많았다. 그래선지 어머니들은 대개 자기 삶을 딸들에게 호소한다. "나는 그렇게 살았지만 너희는 그러지 말아라." 하고 바란다. 이 말은 거의 불가능한 일을 해내라는 뜻과 같다. 자녀는 부모를 보고 자란다. 자녀가 어떠한 모습으로 살기를 바란다면 부모가 먼저 그렇게 살아야 한다. 자녀들은 부모를 닮아가며 삶을 헤쳐 나갈 테니 말이다.

그리스 신화의 데메테르는 대지의 여신이다. 그녀는 딸이 자신의 곁을 떠날까봐 딸 페르세포네를 섬에 가둬 키운다. 그러나 운명은 페르세포네가 지하세계를 관장하는 신 하데스에 의해 지하세계로 납치되게 한다. 갖은 우여곡절 끝에 데메테르는 하데스가 사는 신전에서 페르세포네를 빼내 올 수 있게 되었다. 그러나 이미 페르세포네는 석류를 먹은 뒤였다. 지하의 음식을 먹은 사람은 지상의 세계에서 살 수 없었다. 결국 일 년 중 석 달은 지하세계에서 살아야 하는 운명이 되었다.

이 신화 속의 페르세포네는 어머니 데메테르의 계획과 집착에서 벗어나지 못한 딸이었다. 그러나 페르세포네는 지하세계에서 온갖 고초를 겪고 어머니와 이별해 지하세계의 여왕으로 변화했다. 어머니로부터 독립하는 딸이 겪어야 할 어려움과 분리의 고통을 신화적으로 표현한 것이다. [29]

요즘 딸이 결혼하지 않겠다고 한다며 걱정인 부모가 많다. 부모가 살아가는 모습을 보니 결혼하고 싶지 않을 수도 있다. 자유롭게 살고 싶은 욕구일 수도 있다. 삶의 양상은 개인의 선택이며 다양하게 나타난다. 어떤 잣대를 대고 평가할 수는 없다. 그런데 일반적으로 비혼주의자가 넘치는 사회라면 생각해 볼 문제다. '함께'보다 '혼자'가 더 편한 이유는 더불어 살면 자신을 지키고 행복하게 지내기 어렵다고 여기기 때문이 아닐까.

결혼하지 않은 오십 대 직장 여성이 최근 이런 말을 했다.

"전 오랫동안 직장에 다니면서 부모님이 해 주시는 밥을 먹었어요. 사십 대까지도 그랬죠. 결혼하지 않고 제 취미를 살리고 여행도 자유롭게 하고 나쁘지 않았어요. 부모님과 함께 거주하니 생활에 필요한 점도 걱정할 게 없었고요. 그러다 지난 몇 년간 부모님이 차례로 위중한 병에 걸리셨을 때 병간호와 돌봄을 주로 제가 했어요. 형제들은 다들 바쁘고 멀리 사니까요. 그조차 전 부모의 은혜를 많이 입어서 당연하다고 여겼어요. 그런데 막상 두 분이 다 돌아가시니까 혼자 지내는 게 익숙지 않고 두려워요. 뜻밖의 빈 둥지 증후군이죠. 이 나이에 결혼해서 부모 노릇하기엔 너무 늦었죠. 문득 제 선택이 진짜 저를 위한 것이었나 하고 돌아보게 돼요. 사람이 산다는 게 누군가와 함께 울고 웃고 하며 지내는 거구나, 하고 생각하게 돼요. 제가 남보다 더 자유로운 삶을 살았다고 말할 수 있을까요? 책임이 덜하다고 해서, 가정을 꾸리고 잡다한 일상에 시달리지 않았다고 해서 진정 나만을 위해 잘 살았다고 할 수 있나, 하고 성찰하게 돼요. 그래서 지금 후배들에게는 되도록 결혼할 수 있으면 하라고 해요. 물론 후배들은 한 귀로 듣고 흘리는 것 같지만요."

엄마들은 자신의 엄마의 그늘에서 벗어나기가 쉽지 않다고들 한다. 치유를 주제로 모인 모임에서 친정엄마로부터 들은 말들을 적어보기로 했다. 특히 딸을 아프게 하는 말들을 적어보니 비슷한 말들이 많았다.

너희들은 잘 살아라. / 너는 나처럼 살지 마라. / 내가 너희를 잘못 키웠다. 내 잘못이다. / 나 하나 희생하면 된다. / 너만 행복해.

그러면 돼. 너만 건강해라. / 안 와도 괜찮다. / 내가 대접 한번 제대로 받아봤니? 사랑 한번 제대로 받아봤니? (왜 '내가 대접 한번 제대로 해 봤니? 내가 사랑 한번 제대로 해 봤니?'라고 묻지 않을까.) / 사람들 다 그렇게 살아. / 네가 뭐라고? 그냥 살아. / 살기 위해 그랬다. 먹고살기 위해 네 아버지와 살 수밖에 없었다. / 넌 꼭 돈을 벌어야 해. / 네가 그렇게 해봤자 뭐가 달라지겠니? / 누가 너를 데려가겠니? / 너 생긴 걸 봐, 누가 좋아하겠니? 외모 좀 가꿔. / 여자가 많이 배워서 어디다 쓰게?

엄마의 엄마들이 했던 말들을 적어 보니 '엄마처럼 살라는 것인지, 살지 말라는 것인지' 애매모호한 의미들이 보인다. 독립적이고 진취적이고 자유롭게 살기를 바라면서도 남성들에게 잘 선택되어지고 세상과 겨루지 말고 순응하며 살라는 말을 동시에 하고 있다.

2017년 상영된 영화 〈아이 캔 스피크〉는 일제강점기에 위안부였던 옥분의 이야기를 그렸다. 그녀가 시장에서 제 삶을 감당하는 당찬 삶을 살면서도 아픔을 꾹꾹 눌러 가며 견뎠던 세월이 안타깝다. 영화에서 그녀는 자신의 과거를 증언하기 위해 영어를 배우고 당당히 세상을 위해 할 말을 하려고 결심한다. 그러면서 친정엄마의 무덤에 가서 울부짖는다. "엄마, 왜 그랬어. 왜 그렇게 망신스러워하고, 전전긍긍 쉬쉬하고… 불쌍한 내 새끼, 욕봤다 한마디만 해 주고 가지…" 엄마에게 왜 그렇게 가르쳤느냐고 원망한다. 왜 "너의 과거를 아무도 알면 안 된다."고, "너만 입 다물면 돼."라고 했느냐고, "아들 앞길 막을까봐 날 버렸느냐."고 울부짖는다. 그리고는 "내가 소중하니까 다른 사람한테 말하지 않겠다고 엄마랑 약속한 것을 지키지 않겠다."고 말한다. 자신의 선택을 엄마의 무덤 앞에서 선포하고 있다. 자기 삶을 증언하겠다는 결심에 대한 당당함이 드러난다.

그 장면을 본 사람이라면 이 땅의 딸들에게 맺힌 말들이 메타포로 쏟아져 나오는 느낌을 받았을 듯하다. 옥분은 더 이상 자기 자신에 대한 인식을 부모에게 의존하지 않는다. 자기 인생을 수용하고 목소리를 내는 데 용기를 갖는다. 가부장제 아래 숨죽이며 자기를 드러내지 못하고 오히려 그 세계를 수호했던 어머니와 다른 길을 간다.

25년 전, 드라마 속 한 여성은 옥분처럼 그렇게 말하지 못했다. 1992년 방영된 드라마 〈아들과 딸〉에서 평생 서러움을 당했던 딸 후남은 마지막에 엄마에게 "왜 그렇게 아들과 딸을 차별했느냐."고 묻는다. 똑같은 자식인데 왜 그렇게 차별했느냐는 물음에 엄마는 "여자는 친정 힘으로 사는 것이야. 친정이 잘되면 너도 잘되는 거고. 그래서 그랬다."는 식으로 말했다. 그것은 정확한 표현이 아니다. 아니 솔직하지 못하다. 후남의 엄마는 세상이 그녀에게 기대하는 역할에 머물러 살았다. 후남을 자기 딸로서 독립적인 인간으로 보지 못했다. 당시 시청하면서 답답했던 것은 어머니의 그 말을 듣고 아무 말도 못하는 딸이었다. 후남이 뭐라고 답하는지 듣고 싶었지만 그녀의 속내는 드러나지 않은 채 드라마는 끝났다. 아마 어머니를 이해하는 딸의 모습을 암시하는 듯했다. 어머니가 말하는 친정 힘이란 아들(오빠 혹은 남동생)이 잘되는 것이었다. 당시 어머니들은 그렇게만 자기 인생의 가치를 보장받았다. 오직 아들이 잘되어야 어머니도 인정받는 사회적인 굴레 속에서 살다 보니 딸들에게 가는 재화나 기회는 차선이었다. 그런 이중적인 사고 속에서 어머니는 혼돈스러운 삶을 살았다. 차별했음을 인정하지도 못하는 어머니다. 자신도 차별당하고 살아서 그렇다.

드라마 〈아들과 딸〉과 영화 〈아이 캔 스피크〉는 25년 사이에 여성들의 의식이 얼마나 달라졌는지를 보여 준다. 2017년 가부장적 사회에서 말할 수 없었던 말을 세상을 향해 던지는 영화 속 옥분과 같은 여성을 25년 전에는 보기 어려웠다. 여성의 의식이 이렇게 달라졌다. 지금 엄마들은 얼마나 자녀들에게 합리적이고 공정하게 행동하고 있나 하고 생각해 보게 된다. 자녀들에게 자녀의 삶이 있음을 인식하고 존중해 주는지 의문이 생겼다.

옥분과 후남의 엄마는 자기가 자랄 때 키워진 방식대로 딸을 대했다. 옥분과 후남 같은 여성이 자유롭게 자기 삶을 당당하게 살려면 부모로부터 벗어나야 한다. 엄마 또한 자식에 대한 집착에서 벗어나야 자녀가 쑥쑥 자기 길을 갈 수 있다.

부모가 자식에게 집착할수록 자녀는 자유롭게 나아가지 못한다. 힘이 있는 자식은 반항하듯 자기 갈 길을 가겠지만 대부분은 부모의 기대와 바람을 따르고 독자적이고 개성적인 삶을 포기한다. 지나친 애착은 사랑이 아니다. 자식은 자식의 삶을 살도록 놓아주는 게 순리다.

살아 있는 사람은
날마다 새롭게 태어나야 한다.

- 법정 스님 -

3장

독립의 두 번째 걸음

: 현재를 소중하게

내 안의 '나'와의 재회, 핵심 사건 만나기

17

– 기억의 재구성

어릴 적 기억이 평생을 따라다니며 힘들게 한다면 병을 치료하듯이 고쳐야 한다. 그 기억으로부터 자유로워져야 한다. 신체적인 병은 고칠 수 있으나 나만 아는 내면의 아픔은 어떻게 치유하는가? 나를 가장 잘 아는 이는 나다. 기억은 나의 고유한 세계 속에 머물고 있어 그 고통의 세기를 남과 비교할 수는 없다. 어떤 이에게는 무심한 사건이 다른 이에게는 치명적일 정도로 강력한 영향을 끼칠 수 있다. 내 인생의 핵심 사건 속의 나를 만나 손을 꼭 잡고 이야기를 해 본다. 그렇게 내 안의 어린 나를 이제는 떠나보내 줄 때다.

나에게도 유년기에 기억나는 사건 하나가 있다. 맑은 날, 세차게

흐르는 강물 위 다리를 건너 들판을 가로지르며 기차역으로 가는 중이었다. 어린 남동생은 엄마가 업고, 나는 걸어가는데 아마 다섯 살 때인 듯하다. 아버지는 몇 걸음 앞에서 걸어가고 있었다.

할머니 댁에서 나와 한참 동안 말이 없던 두 분은 사람이 아무도 없는 들판에 이르자 크게 소리 지르며 싸우기 시작했다. 왜 싸우는지는 몰랐다. 나는 겁에 질렸다. 조금 지나자 엄마가 흐느끼기 시작했다. 서러운 엄마의 울음소리는 내 폐부를 찢는 듯했다. 그 고통이 지금도 기억난다. '왜 아빠는 엄마를 힘들게 할까. 왜 울게 할까.' 생각하며 엄마의 눈부시게 하얀 한복을 보았다. 햇살이 비춰 더욱 하얗게 빛나는 한복 위로 엄마의 서러움과 분함과 견딜 수 없는 아픔의 소리가 흘러내렸다.

기차역에 거의 이르자 사람들이 왕래하니 두 분은 싸움을 그치고 침묵했다. 나는 '이제 싸움이 끝났나 보다.' 하고 숨을 조금 쉬어 보았다. 얼마 있다가 기차가 왔다. 그런데 엄마가 같이 타지 않고 남동생을 업은 채 그냥 서 있었다. 나는 소스라치게 놀라 엄마를 쳐다보았다. 그리고 엄마 곁으로 가려고 했다. 무서운 아버지와 가기 싫었다. 엄마는 나를 쳐다보지 않았다. 울고 계신 듯했다. 갑자기 아버지가 나를 휙 낚아채서 기차 안으로 데려가 버렸다.

엄마와 남동생이 차창 밖으로 보였다. 멀어지는 엄마를 보며 다시 한 번 온몸이 떨리는 듯한 고통을 느꼈다. 한참을 달리다 아버지 손에 이끌려 아버지 학교가 있는 역에서 내렸다. 내리자마자 아버지는 술집으로 들어가 버렸다. 나는 그 읍내 지리를 어느 정도 알고 있었던 모양이다. 아버지가 술집에서 나오지 않자 혼자 집으로 갔다. 학교 관사 안에 있는 빈집에서 우두커니 서 있다가 동네를 휘휘 돌아다녔다.

평생 떠올리는 기억이다. 엄마가 내게 아무 말도 없이 떨어졌다. 그 전에 유아 시절에도 그런 경험이 있었다. 할머니집에 나를 두고 엄마는 남동생만 데리고 아버지 임지로 가버렸다. 동생은 어려서 데려가야 한다고 했다. 내 기억 속에 엄마가 남동생을 선택했다고 여겼던 것 같다. "왜 나는 늘 아니지?", "나도 엄마랑 같이 있고 싶은데…."라는 생각이 뇌리에 박히게 되었다.

메릴 스트립 주연의 1980년대 영화 〈소피의 선택〉에서 소피는 두 자녀와 아우슈비츠 수용소로 끌려간다. 그런데 얄궂은 어느 독일 장교가 소피에게 기차역 앞에서 두 자녀 중 한 명은 살려 주고 한 명만 보낼 테니 택하라고 했다. 소피는 한참을 선택하지 못한다. 그러자 그 장교는 그러면 둘 다 보내겠다고 했다. 소피는 망설이다가 결국 딸을 선택한다. 그녀를 수용소로 보내라고 한다. 그 선택은 소피를 평생 괴롭혔다. 그 영화를 보며 많이 울었다. 내 기억과 겹쳐 있어서였다. 물론 경우는 다르지만 그런 극단적인 상황이 왔을 때 엄마가 분명히 나를 거절할 것이라는 생각에 우울해졌다.

내게 중요한 사람이 나를 버리고 다른 이를 선택할 수도 있다는 생각은 나를 늘 따라다녔다. 그리고 실제 그렇게 되는 경험이 많아졌다. 내가 그런 의식을 갖고 있으니 상대방은 내 차가운 태도를 의식하게 된다. 돌아보니 내가 거절당한 이유는 나의 태도 탓이었다. 나는 남에게도 쉽게 부탁하지 않았다. 거절당할까 두렵기 때문이었다.

지금은 그렇게 여기지 않는다. 다섯 살짜리 나와 화해했다. 젊은 엄마의 아픔도 이해했다. 나중에 물어보았다. 왜 그때 들판에서 싸웠느냐고. 엄마는 자녀 교육을 위해 도시로 가서 자식들을 성공시키고 싶어 하셨다. 아버지는 연로한 할머니 할아버지를 위해 고향 학교에 근무하면서 농사도 짓고 부모님과 함께 지내고 싶어 하셨다. 어찌 보면 우리 가정에 매우 중요한 건설적인 싸움이었다. 어머니의 뜻을 따른 아버지는 그 후 객지를 전전하고 자취 생활하며 교직에 종사했다. 일 주 혹은 이 주마다 한 번씩 집에 들렀다. 그 덕에 자식들은 도시에서 쑥쑥 자라고 교육을 받을 수 있었다. 안타깝게도 아버지는 어느 소도시에서 불의의 교통사고로 세상을 떠나셨다. 몇 개월 후면 가족이 사는 도시로 전근 올 수도 있었는데 너무도 일찍 어린 자식들과 아내를 두고 떠나셨다.

하지만 그때의 어린 내가 무엇을 알 수 있었겠는가. 나는 아무 말도 듣지 못했다. "며칠 후에 갈 테니 아빠하고 우선 가 있어." 하고 한마디만 해 주었으면, 내 손을 잡아주었으면 트라우마가 생기지 않았을지도 모른다.

그 기억을 떠올리며 가정 문제로 힘들어하는 학생들과 상담할 때면 말하곤 했다.

"힘들겠구나. 하지만 네 탓이 아니야. 넌 잘 해낼 수 있어. 언젠가 넌 지금 가정에서 독립해 나갈 거야. 지금이 영원하지는 않아."라고 했다. 학생들과 나눈 그런 교감은 나에게도 힘이 되어 주었다. 쓸모없는 기억이란 없다. 기억을 선택하고 긍정적으로 변환시킨다면 모든 기억은 인생의 새로운 에너지로 전환될 수 있다.

인생에 '만약'은 없다. 내게 일어난 현실은 받아들일 수밖에 없다. 수용하기 어려워 고민하고 원망하고 자신을 수없이 괴롭히다가 허투루 보내는 시간은 아깝다. 마음의 상처에서 벗어나기 위해서는 '기억의 재구성'이 필요하다.[30] 기억을 언어로 표현해 보고 노출시킨다. 기억하기에도 아프기 때문에 감정적으로 힘든 시기를 지나게 된다. 애도하는 과정이다. 기억은 사람마다 다르다. 내 기억을 소환해서 말로 이야기하고 호소하는 경험은 치유를 가져온다. 이야기하고 누군가 들어주고 현장에 있었던 증인처럼 감정을 받아준다면 기억은 정화된다. 내 인생의 많은 날 중 어느 하루에 있었던 일상의 일이 된다. 그 일도 내 인생의 일부분으로 안착된다.

나에게는 상처인 이 이야기도 듣는 누군가에겐 아무것도 아닌 이야기일 수 있다. 그러나 기억에 묻혀 있는 감정을 해소하지 않으면 그것은 나의 오늘을 지배할 수 있다. 자칫 과거에 끌려 다니며 사는 포로가 된다. 기억나는 사건들을 기록해 보면서 치유하는 방법도 있다. 기록할 때 사건의 배경, 사실, 감정, 의미라는 네 요소가 포함되도록 작성한다.[31] 기록은 구체적이고 직접적일수록 효과적이다.

내 부모는 그 일을 나처럼 세밀하게 기억하지 못할 가능성이 크다. 마찬가지로 내가 기억하지 못하는 일이, 내가 대수롭게 여기지 않는 어떤 일이 내 자녀의 기억에는 중하게 새겨져 있을지 모른다. 더 늦기 전에 자녀와 이야기하고 삶을 나누는 일이 중요하게 느껴진다. 다른 어떤 일이 이보다 더 중요하겠는가. 평생 자녀에게 따라다닐 상처를 내버려 두는 일은 병에 걸린 사람을 방치하는 것과 마찬가지다.

우리말에 '개똥도 약에 쓸 때가 있다'는 속담이 있다. 하찮은 날이란 없다. 인생에서 겪은 모든 체험은 내게 힘이 될 수 있다. 그렇게 여기면 지금 이 순간 눈앞에 있는 보리떡 한 개가 너무도 소중한 맛과 향기를 내는 기억이 될 수도 있다.

지금 보리떡을 앞에 놓고 있다. 내 인생의 핵심 사건을 쓰면서 손이 떨렸다. 젊은 날 잘 살아보려고 아등바등 다퉜던 내 부모를 생각하면서, 그리고 34년 전에 세상을 떠나신 아버지의 그 힘겨운 나날들을 생각하면서 울었다.

어린 내겐 아픔이었지만 부모님에겐 자식들을 잘 키워보려는 몸부림이었다. 한창 나이의 남녀가 들판을 가로지르면서 어떻게 살까에 대해 의견을 나누었다. 등에 업고 손을 잡고 걷고 있는 어린 자식들을 키우려니 고민이 얼마나 많았을까. 그런 일들을 정리하고 나니 나는 그만큼 고뇌하고 고통을 감수하며 내 자녀를 키웠나 하는 생각이 든다.

인생의 핵심 사건을 자세히 떠올려 보니 여러 가지 의미들이 다시 정리된다. 핵심 사건에 대한 기억은 오랫동안 내 생각을 지배하고 내 자존감에 영향을 미쳤다. 다시 어린 나를 만나, 그 사건을 지금의 시각으로 바라보니 한결 마음이 후련해졌다. 막혔던 혈관이 뚫리듯이 앞으로 나아갈 힘이 생겼다. 핵심 사건 속의 어린 나는 이렇게 말하는 듯하다.

"그럼에도 불구하고 잘해 왔어. 너 자신을 믿고 쭉 나아가."

'내 안에 있는
좋은 것들'

18

찾기

자녀 교육에서 나는 불완전한 부모지만 최선을 다했다고 인정하기로 했다. 자녀에게 미안하고 부족하고 실수하고 잘못 판단했던 점들은 또렷이 기억나는데 잘 해낸 점도 찾아보면 좋지 않을까.

기억 속의 일들이 아픈 상처만 있었다면 어떻게 부모로서 그 많은 과업을 해 올 수 있었을까. 아마 주변 사람들이 많이 도와주었을 것이다. 우연히 운이 좋은 일도 많았다. 답답하고 어두운 현실에서 방황할 때 기회가 날아오기도 했다. 그런 일들이 상처를 치유하고자 과거를 돌아보는 가운데 새록새록 떠오른다.

아프고 괴로운 일들이 내게 고난을 주기도 했지만 그 때문에 얻은 점도 많다. 무엇보다 분노와 소외감, 불안과 두려움 속에서도 이렇게 일상을 건실하게 누리고 있는 현실이 우연의 결과만은 아닐 것이다.

M. 스캇 펙은 "충만한 생활은 고통을 배제할 수 없다. 우리는 삶을 충만하게 살든지 아니면 삶을 완전히 포기하든지 둘 중에 하나를 선택할 수 있을 뿐이다. … 생과 성장을 선택하라. 그것은 변화와 죽음의 가능성을 함께 선택한 것이다."라고 했다.[32] 그에 따르면 고통과 아픔은 삶을 온전하게 하고 성장시키는 데 꼭 필요한 요소다.

회사 면접에서 떨어질까 두려워 애초에 입사 응시를 하지 않는다든지, 이성을 만날 때 상대방이 자신을 거부할까봐 아예 안 만난다든지 하면 안전한 삶이 될 것처럼 여기는 사람이 있다. 물에 빠져서 허우적댈까봐 수영을 하지 않거나 넘어져 다칠까봐 자전거를 타지 않겠다고 하거나 아이들을 24시간 잘 돌보고 양육하기 두려워서 아이를 갖지 않겠다고 결심한다면 삶의 많은 생동감을 포기하고 살아가는 것이다.

흔히 부모들은 자녀들에게 안전한 길을 가라고 한다. 무난하고 걱정 없는 길을 추구한다. 그러나 한번 해 보지 않으면 알 수 없다. 애착을 갖고 무언가를 추구하다 실패하기도 하고 금전적으로 손해를 보거나 시간을 허비할 수도 있겠지만 경험이 남는다. 다음에 선택하고 결정할 때 더 고려할 점을 생각하며 변화하려 노력할 수 있다.

그런 면에서 나는 겁 없이 하고픈 일을 하는 편이었다. 외부의 새로운 환경에 무난히 적응했다. 결정하기 위해 도전하고, 일이 맡겨지면 감당하려고 애썼다. 그런 좋은 장점을 '나 자신'을 위해서는 별로 활용하지 않았던 점이 의아하다. 내면을 편안히 하고 더 건강한 몸을 갖기 위해 단련하고 재능을 키우기 위해 차근차근 계획을 세워 노력하는 일에는 게을렀다.

내게 가장 힘이 되는 것은 좋은 추억들, 사랑하는 사람들에 대한 기억이다. 그것이 가장 소중한 재산이다. 살아보니 백마 타고 온 왕자님은 없다. 신데렐라도 없다. 콩쥐처럼 착할 필요도 없다. 나는 그냥 나처럼 살면 된다.

J. 브래드쇼의 책에서 인용된 조 코넷의 말이 있다.

"당신은 자신을 희생하면서 사랑을 받으려고 할 필요가 없다. 삶의 중심이 되며 가장 중요하고 단순한 관계는 자기 자신과의 관계이다. 당신이 살아오면서 만난 모든 사람들 중에 당신이 잃어버리지 않을 수 있는 유일한 사람은 오직 당신 자신뿐이다."[33]

이 말이 이상하고 낯설었다. 내 삶의 과정이 나를 희생하면서 사랑받으려 노력한 과정이었다는 생각에 머리가 어지러워졌다. 이를테면 내가 순종하는 대상에게 내 삶의 지배권을 빼앗겼다는 생각이다. 얼핏 보면 대단히 잘 교육되고 무난한 삶을 보장하는 듯 보이는 태도다. 여성은 말을 잘 들을 때 '착하다, 예쁘다, 잘 컸다, 여자가 그래야지.'와 같은 말을 듣기 쉽다. 그런데 시간이 흐를수록 착하고 예쁘다며 복 받게 해 준다던 사람은 한 사람씩 사라진다. 어렸을 때 양육했던 부모, 선생님들, 관심을 보였던 친척이나 친구들, 남편, 직장 동료들, 상사들, 후배들 등이 내 인생에 전적인 책임을 질 수 없다는 사실을 늦게야 깨달았다.

기존의 나를 조종하고 움직이던 힘을 수정하지 않고서는 스스로 설 수 없다. 불완전하고 부족하다고 끊임없이 내게 말하던 목소리로부터 자유로워지지 않고서는 내가 원하는 인생을 살 수 없다. 부족한 점을 다 메운다는 것은 불가능하기 때문이다. 완벽해질 때 사랑스러운 존재가 되는 것은 아니다. 존재하는 것은 다 그 나름대로 사랑스럽다. 사랑스러운 점, 좋은 점을 숨은그림찾기처럼 찾아본다.

초등학교 1학년 때 소풍날이었다. 도림사라는 절로 소풍을 갔는데 교육열이 대단했던 어머니는 소풍 때마다 따라오셨다. 오락시간에 담임선생님께서 앞에 나와 노래하는 사람에게 선물을 주겠다고 하셨지만 나는 나가지 않았다. 남 앞에 나서기를 두려워했다. 실수할까봐, 사람들이 웃을까봐 나서지 않고 웅크리고 있었다. 다른 아이들이 선물을 차례로 다 받고 난 후 선생님은 나를 바라보시더니 부모님 손을 잡고 앞으로 나오면 선물을 주겠다고 했다. 그래도 못 나섰다. 그러면 그냥 일어서서 나오기만 해도 선물을 주겠다고 했다. 그래도 끝까지 안 일어났다. 어머니의 눈에 실망의 눈빛이 어렸다. 담임선생님은 다소 화난 표정으로 나를 보고 아쉬워했다. 그때 심경이 내 안에 지금도 생생하다. 왜 나가지 못했을까. 집으로 가면서 내내 나 자신이 밉고 싫었다. 그런 내게 집에 와서 어머니는 "앞으로 나가기만 해도 선물을 준다는데 왜 그것도 못 받니?"라고 하셨다. 나는 더욱 슬퍼졌고 나 자신이 정말 마음에 안 들었다.

그 후에도 어른들에게 가까이 가지 못했다. 어쩌다 상을 받게 되어도 몹시 어색했다. 못 받을 상을 받은 것처럼 죄스러워했다.

그때 기억에 대해 '전환하기' 작업을 해 보았다. '내가 욕심이 많아서 제대로 할 수 있다고 생각하기 전에는 시도를 안 한 거구나.' 하고 나를 위해 변호해 보았다. '멋지게 노래 부르고 싶은데 노래를 불러봤어야 하지.' 하면서 아예 주저앉아 있었다. '일어나서 나오기만 하면 주는 선물은 받는 것이 아니라고 생각했구나.' 하고 나의 성격을 파악했다.

평소 시시하게 여겨지는 일들을 등한시했다. 소소한 일에 정성을 쏟고 작은 성취에 함께 기뻐하고 어울리는 데 게을렀다. 학교 교과목도 내가 중요하다고 여긴 과목을 중점적으로 공부하고 실기 위주의 과목은 소홀히 해서 손해를 많이 보았다.

뭐든 잘하는 친구들은 모든 과정을 성실히 한다는 사실을 뒤늦게 깨달았다. 좋아하든 싫어하든 그들은 매사에 최선을 다했다. 인간관계에서도 그렇지 않았을까. 나는 내가 보기에 '괜찮은 사람이야, 좋은 사람이야, 배울 점이 많은 사람이야.'라고 생각될 때 그 사람을 존중했다. 오만하고 교만한 태도가 있었다.

그런 내 마음을 어느 누구도 눈치 채지 못한 채, 또 나의 괴로움을 알아채지 못한 채 세월이 흘렀다. 내가 깨닫기 전까지 속에서 힘겨운 감정들이 알아주기를 기다리고 있었다. 누군가 제대로 비판해 주고 내게 충고해 주었더라면 하는 생각이 든다.

"친구들과 선생님 앞에서 장기자랑하고 노래 부르고 즐겁게 놀고 싶었는데 그러지 못해 속상했구나. 잘하지 않아도 돼. 노래 못 불러도 돼. 선생님이 무서워서 그랬지?” 하고 누군가가 말해 주었더라면 나 자신을 더 일찍부터 긍정했을지도 모른다.

실제 노래를 싫어하는 것도 아니었다. 두려운 대상이 없는 친근한 사람들과 있을 때는 쾌활하게 노래를 부르고 돌아다녔다. 학교에서의 소극적인 나와는 상당히 달랐다.

‘나를 형성한 좋은 것들 가져오기, 유지하기’를 시도해 본다. “참 괜찮다.”고 말해본다. 아버지처럼 무서운 어른들과의 관계에는 미숙했지만 친구들, 선배들과는 잘 지냈다. 유쾌하게 지냈다. 적극적으로 나를 보여 주고 내 능력을 발휘하지 못한 점은 아쉽지만 그런들 어떠랴. 내 어두운 면들을 이겨내고 좋은 모습을 잃지 않은 힘은 천성적인 기질 탓인 듯하다. 부모도 선생님도 사회에서 만난 사람들도 다치게 하지 못한 어떤 근원적인 힘이 다시 일어날 용기를 주었다. 사람마다 그런 힘이 있을 것이다. 변화를 선택한다면 변할 수 있다. 다른 인생, 내게 어울리는 인생을 살 수 있다.

변화를 기꺼이 받아들이려면 용기가 필요하다. 시간 사용이나 사람 만나는 일을 내가 선택하고 통제하면 무거운 의무감이 사라진다. ‘선택’을 두려워하지 않는 힘이 생겼다. 실패하든 성공하든 내가 결정하는 데 의미가 있다.

주저하는 순간 뭐든지 한번 해 보라고 권해 준 사람들이 고맙다. 그렇지 않았으면 아무것도 시도하지 못 했을 것이다. 초등학교 교사였던 이모 집에서 책들을 빌려 읽으면서 독서의 세계에 눈을 떴다. 친구 손에 이끌려 학원이라는 데도 가보았다. 미술선생님 소개로 화실에 다니기도 했다. 엄마가 되어서는 자녀들이 내가 하는 일을 적극적으로 밀어 준 게 고마웠다. "엄마 하고 싶은 일 하세요(속내는 '저희한테 너무 신경 쓰지 마세요.'였겠지만)."가 아들들의 입에서 자주 나왔다. 그 힘으로 어떤 일이든 필요하다고 느꼈을 때 추진해 나갔다.

J. 브래드쇼는 "나는 나 자신을 사랑하며 무조건 날 받아 줄 것이다."라고 큰 소리로 외쳐보라고 한다. 남으로부터 받지 못한 인정과 지지를 나 자신이 해 주면 나의 선택에 의해 자아상이 변화된다.

난 참 괜찮은 구석이 있다.

과거를
되풀이하지

않기

사람은 유년의 풍경을 커서도 만들어간다. 어릴 적 충족되지 못한 감정은 대개 누에고치처럼 틀 안에서 머물러 존재한다. '이번에는 잘해봐야지.' 하고 결단했는데 자꾸 과거처럼 되풀이되고 마는 일이 있다. 더구나 여성은 대대로 스스로 무엇을 선택할 수 없는 환경이었기에 관습대로 살기 쉬웠다. 배우자도 부모와 비슷한 사람을 택한다. 익숙한 상황이 안전하다고 느끼기 때문이다. 그 원형과도 같은 풍경은 무엇일까. 스스로 회상해 보면 자기가 유년 시절에 어떤 영향을 가장 많이 받았는지 알게 된다.

과거를 고민하면서 불안하다면 지금의 나를 만든 그 상황에 종속되는 것이다. 노예 생활과 다름없다. 과도한 책임감, 과도한 죄책감,

과도한 열등감이 현재를 지배하고 있을 수 있다. 과거의 상황은 돌이킬 수 없다. 지금 악순환되는 것은 과감하게 포기한다. 그러기 위해선 익숙한 것에서 벗어날 때의 고통을 받아들여야 한다.

A씨는 어렸을 때 술을 마시고 행패를 부리는 아버지 때문에 상처가 많았다. 직장에서 인정받지 못한 아버지는 그 화풀이를 집에서 했다. 순종적인 어머니는 자녀들이 야단맞을 때도 가만히 보기만 했다. A씨는 술 마시는 사람을 싫어했다. 자신은 술을 안 마시는 사람과 결혼해야겠다고 결심했다.

그런데 어찌된 일인지 술을 과하게 마시는 일 빼고는 완벽해 보이는 남편을 만났다. 결혼 전에는 술을 함께 많이 마셔 보지 않아서 남편의 술버릇을 알 길이 없었다. 그런데 결혼 후 남편은 술을 과하게 마시고 이성을 잃는 때가 자주 있었다. 친정아버지로부터 술 마시는 남자의 과한 행동을 겪었기에 A씨는 남편의 그런 점을 이해할 수 있다고 여겼다. 그러나 그 후 그녀는 남편뿐만 아니라 시댁 가족의 알코올 중독 문제로 편할 날이 없었다. 남편은 유독 자신의 아내와 자녀에게 심하게 대했다. 자녀들에게 폭언을 일삼고 체벌하는 남편을 지켜보면서 그녀 또한 아무 말도 못하고 공포에 질려 살았다. 자녀들은 점차 아버지를 미워하고 두려워하기 시작했다. 그녀가 가끔 자기를 위로할 때 하는 혼잣말은 "이렇게 살지 않으려 했는데…." 하는 것이었다.

사람은 정말 견디기 어려운 일은 엄두를 내지 못한다. 자신을 존중하지 않는 사람을 못 견딘다면 어떻게 A씨와 같은 결혼이 가능하겠는가. 그러나 어려서 존중받지 못하고 사랑받지 못하고 자란 A씨는 그런 상황이 익숙하다. 그런 상황은 견딜 만하다고 여겨 결혼하게 된다. 자기는 이겨 낼 자신이 있다고 여긴다. 어른이 된 자신은 그런 삶을 고칠 수 있다고 여긴다. 그러나 그런 상황은 한 사람의 힘으로 고칠 수 없다. 상대방을 고칠 수 없기 때문이다. 자신의 결점도 잘 못 고치는데 어떻게 다른 사람을 쉽게 변화시킬 수 있겠는가.

사람은 자신이 허락하는 만큼만 사랑받을 수 있다고 한다. 자신을 사랑하지 못하는 사람은 사랑받는 게 무엇인지 모르기 때문에 진정으로 자기를 사랑하는 사람을 알아보기 어렵게 된다.

고통받는 상황 자체가 익숙하기에 고통인 줄 모르고, 사랑받지 못하는 상황이 익숙하기 때문에 세상 사는 게 다 그렇고 그런가 보다 하고 산다. 예를 들어 술 마시는 사람에 대해 관대하고 자신에게 퉁명스럽고 무시하는 말을 할 때 반박하며 먼저 나서서 감정과 의견을 개진하지 않는 여성은 커서도 그런 문화에 접하면 도리어 안정감을 느낀다. '나는 그렇게 살지 않겠다.'고 작정했다 하더라도 똑같은 상황을 만들어가면서 과거에 길들여진 대로 살게 된다.

내 자녀가 그렇게 살지 않기를 바란다면 진심으로 자녀를 사랑할 에너지를 비축하고 사랑해야 한다. 사랑은 막대한 에너지가 필요한 행동이라고 한다. 엄마가 자신을 먼저 사랑하고 여유롭게 평안하게 살아야 하는 이유다.[34]

나는 과거에 오랫동안 무기력하고 게으르게 살았다. 믿을 수 없을 정도로 일을 미루었다. 도서관에서 빌린 책을 오랫동안 반납하지 않아서 연체료를 엄청나게 지불한 적도 있다. 세금 납부, 자동차

검사 등을 미뤄서 비용을 더 낸 적도 드물지 않았다. 건강검진을 미루고 미뤄서 연말에야 급하게 받곤 했다. 내 육체의 건강을 소홀히 하고 내 감정과 생각을 존중할 줄 모른 채 살았다. 그러면서 늘 바쁘고 힘들다고 했으니 모순이다. 급한 일이 있어서 그런 일들을 하지 못한다고 핑계대고 살았다. 사람을 만나는 일도 바쁘다고 미루고 소극적으로 대했다. 자연히 진정한 인간관계를 맺기 어려웠다. 효율성 제로인 삶이었다. 그러다 가족치료를 공부하며 "당신은 게으른 게 아니라 힘들었던 거예요."라는 말을 들으면서 나에 대한 부정적인 인식을 새롭게 할 수 있었다. '그랬구나. 내가 힘들었구나.' 그 말에서 큰 위로를 받았다.

　과거의 그런 생활로 돌아가지 않겠다고 작정했다. 완벽한 성과를 못 낼 듯해서 미리 포기했던 점에서 벗어나야겠다고 생각했다. 그동안 내 시간을 능동적으로 사용하지 않으니까 남이 내 시간을 가져다 썼다. 남이 하자는 대로 하곤 했다. 무기력하게 있으니까 아무것도 안 하는 사람이니 주변에선 자신들의 요구를 들어줘도 된다고 여겼다.

　과거를 반복 회귀하지 않으려면 삶을 사랑하는 방법부터 배워야 했다. 고통스럽고 답답한 생활이 되지 않게 하려면 즐거움을 스스로 찾아내야 했다. 일상의 작은 일을 소중히 여기니까 생활 자체가 즐거워졌다. 과거를 바라보지 않고 지금 내가 서 있는 자리를 보니 여러 가지가 새롭게 느껴지고 오늘 당장 기쁘고 즐거워할 일들이 보였다.

설거지하며 반짝거리는 그릇을 보는 것이 즐거웠다. 행주가 닳아져서 구멍이 나는 게 신기하기도 했다. 얼마나 열심히 먹고 닦고 씻었으면 행주를 구멍 나게 하는가 하고 웃었다. 냄비를 보면 까맣게 그을린 자국이 내 생활을 말해 주었다. 노상 마음이 급하니까 불을 잔잔히 조절하는 게 아니라 성급하게 다뤄서 냄비가 죄다 검게 변하고 말았다. 정성껏 닦으니까 서서히 벗겨지는 그을림이 새롭다. 새벽 서너 시에 청소차가 지나가는 소리가 들렸다. 동네에서 매일 돌아가는 삶이 정교했다. 숲에는 구청에서 새롭게 심은 나무들이 지지대를 의지하고 자라고 있다. 아침에 까치와 까마귀가 사람 사는 동네로 내려와 이리저리 조망을 훑어보는 의젓함이 아름답다. 요즘엔 비둘기 네 마리가 짝지어 자주 플라타너스 가지나 전선 위에 앉는다. 작은 움직임에서 삶의 에너지가 생기고 무기력을 치유하는 물줄기가 나왔다.

나를 지그시 눌렀던 언어들은 어느 날 묶음으로 삭제시켰다. 그릇된 권위로 나를 지배하려 했던 말들, 내 인격을 무시하고 사람들 앞에서 무안을 주었던 그 언어들을 들어올려서 화형시켰다. 잿더미로 변하는 그 언어들이 무력한 본모습을 드러냈다. 메아리가 사라졌다.

"내가 화형시키니까 날아가버리는 언어에 불과한 것들이 나를 지배했네. 그동안 내 내면에 무차별적으로 침범했네." 혼잣말을 뇌까렸다. 그리고 "네가 다 알아서 해. 너만 믿는다."며 나를 칭찬하는 척하며 일하도록 부추기는 언어들을 끄집어냈다. 그리고 수정했다.

"저 혼자 다 알아서 할 수 있는 일은 없습니다. 이러이러한 점들은 도와주세요. 저를 너무 믿지 마세요. 저 자신도 저를 잘 못 믿습니다. 저는 불완전해요. 그러니 관심을 갖고 함께 나누어요."라고 대꾸했다. 이 말들을 자꾸 연습하니까 힘이 생겼다. 힘이 생기니 부담 없이 자연스럽게 나를 표현했다.

"다시 반복하지 않겠습니다. 이전으로 돌아갈 수 없어요. 그것은 진짜 제 삶이 아니니까요. 사랑의 힘을 믿어보겠습니다. 권위의식, 피해망상, 수동적인 반항심이 아니라 사랑이 나를 지배하도록 해보겠습니다."라고 말해 보았다.

이제 중심을 내게로 가져와야 한다. 상대가 "그러니까 내가 뭐라고 했어? 그렇게 하지 말라고 했잖아."라는 식으로 나를 대할 때 그런 반응 언어를 허락하지 않으면 된다. 상대방의 생각을 그대로 읽어 준 다음 "그러나 이 일은 제가 해야 할 일이에요. 전 이렇게 할 생각입니다." 하고 밝힌다. 내가 원하는 일을 주장하는 연습을 자꾸 해 본다.

"나는 밖에서 먹고 싶지 않아요. 집에서 간단히 먹겠어요."

"부엌을 다 치운 다음에 다시 밥을 차리는 일은 하고 싶지 않구나. 저녁 식사 시간 이후에는 각자 알아서 먹어라."

"어머니, 아이들 준비물은 제가 챙길게요. 제가 그렇게 하고 싶어요."

"급한 일이 아니면 카톡이나 전화를 밤 아홉 시 이후에는 하지 말아주세요."

"여행 다녀와 피곤하네요. 지금은 쉬어야겠습니다."

과거의 일에 반복 회귀하는 심리는 자기가 상대방을 변화시킬 수 있다는 착각에서 비롯한다. 어린 시절 자신을 다루었던 사람처럼 자기가 어른이 되어 상대에게 해 보는 심리다. 현재 내가 잘해 나감으로써 과거를 좋은 방향으로 되돌릴 수 있다고 생각하는 잘못된 믿음이다.[35] 자녀에게도 마찬가지다. 부모가 꼭 자녀를 원하는 대로 기르겠다는 생각은 서로를 힘들게 한다. 과거에 내 부모가 내게 강요했던 점을 그렇게 싫어하면서 또 내 자녀에게 나의 바람을 강요한다면 되풀이되는 불행을 막을 길이 없다.

내 안의
내면부모 만나기

20

– '괜찮다. 괜찮다.' 하고 말해 준다

"어른들은 스스로 자기 자신의 부모가 되는데, 어린 시절에 그들에게 주어졌던 부모의 양육태도를 그대로 지속하며, 어른이 되었음에도 불구하고 부모의 태도로 계속해서 자기 자신을 대한다."

"어린아이가 청소년이 되면 점차로 자기 자신의 부모가 되어 간다. 그리고 자기 자신을 과거의 부모가 대하던 태도로서 대하게 된다. 그 태도들이 가혹하고 고통스럽고 지속적으로 자기를 깎아 버리고 해를 입히는 태도들임에도 그렇게 한다."

이런 현상은 내면부모가 하는 역할들이다. 내면부모는 평생 영향을 미친다. 그래서 내 안에 있는 내면부모를 알고 나를 올바르게 이끌어가는 일이 중요하다.

내면부모가 나에게 어떤 역할을 했는가. 완벽하게 되라고 채근하지는 않았는가. 더 노력하면 더 나은 미래가 찾아온다고 지금은 부족하다고 말하지는 않았나. 내 몸의 건강과 쾌적함을 중요하지 않게 여기지는 않았는가. 그래서 어른이 되어 힘든 건 이겨내야 한다고 이를 악물고 일을 더하지는 않았는가. 내가 그렇게 사는 것처럼 자녀들에게도 그러지는 않았는가. 자녀의 힘든 점을 무시하고 더 열심히 더 힘을 내서 공부하라고 다그치지는 않았는가.

두 아이를 키우면서 시인이자 수필가 피천득 선생님의 일화를 자주 떠올렸다. 피천득 시인은 딸이 감기 기운이라도 있을 때면 학교에 안 보내고 곁에서 보살펴 주었다. 학교 공부를 같이 하고 완전히 나을 때까지 학교를 보내지 않았다는 이야기를 두고두고 생각했다. 사랑으로 충만한 시인의 모습에서 자녀에게 어떻게 대해야 하는지를 배웠다. 육체적인 건강만이 아니라 아이의 감정을 존중하고 정서를 평안하게 하는 부모의 태도에 감동했다.

하지만 그대로 따라 하기는 어려웠다. 일단 나는 직장에 가야 했다. 아이가 아프면 누군가에게 맡겨야 했는데 맡아줄 사람이 없었다. 감기쯤이야 약을 먹고라도 학교에서 버티라는 식으로 키웠다. 마음속으로 그리는 이상적인 사랑의 양육방식은 현실에서 점점 멀어져 갔다.

자식을 시험경쟁에 시달리는 환경으로 내몰고 조바심 내던 나를 뒤늦게 돌아보고 후회한다. 아들들을 위해서였지만 한편으로는 수

재였던 남동생 그늘에 가려서 공부에 대한 자신감을 잃고 노력을 게을리했던 나에 대한 보상심리도 있었다. 내 아들들은 반드시 성실하게 공부를 잘하는 아이로 기르고 싶었다. 그러면 나의 열등감도 조금은 보상받으리라는 무의식이 있었다. 누가 주입하지도 않았는데 그렇게 생각하게 된 것은 내면부모 탓이었다. "더 잘해야 인정해 주지, 성과를 보여줘. 성공하면 되잖아."라고 소리치는 내면부모의 채근에 나를 잊고 긴장된 삶으로 내몰았다. 사범대를 들어가서 교사가 되었으면 감사하고 자신에 대해 긍정적인 마음을 갖게 될 법도 한데 무엇이 나를 그렇게 열등감으로 내몰았을까.

몇 년 전 내가 목표를 이루지 못해 좌절했을 때 스스로에게 한 말을 떠올려 본다. 승진에 필요한 인사고과에서 뜻밖에 저조한 평가를 받고, 엎친 데 덮친 격으로 암 확진 판정을 받았다. 돌아오는 차 안에서 울부짖었다. 비가 거세게 내려 차 안에서 목에 핏대가 설 정도로 소리쳐도 빗소리에 묻혀 괜찮았다. 맘껏 소리쳤다.

"이 바보야. 거 봐. 내가 뭐랬어. 불안했지? 이럴 줄 알았지? 부모에게 인정받고 싶고 사랑받고 싶고 그런 마음이었지? 어쩌나 잘난 형제, 친척이 많든지 너는 항상 부족하고 모자란 사람이었지. 칭찬이 고팠지. 그래서 상사들에게 인정받고 입에 발린 칭찬이라도 듣는 게 좋았지. 그게 너의 능력이라고 믿었지. 네가 능력이 있는 게 아니고 그들이 그냥 순진한 너에게 일들을 맡긴 거야. 평가는 따로 이뤄지고 있었지. 상사가 원하는 직장인은 너 같은 사람이 아니었어. 당연히 그들이 너에게 평가를 잘해 줄 거라고 믿고 그렇게 일했니? 결국 네 자신이 만든 수렁에 네가 빠진 거야. 그 일들이 네 몸에 해를 끼치게 했구나. … 하지만 걱정 마. 내가 너를 잘 돌봐줄게."

그 말은 내 안에 있는 내면부모가 던진 말이었다. 마지막으로 '내가 너를 잘 돌봐줄게.' 하고 맺은 점이 다행스러웠다. 그런 긍정의 힘이 남아 있어서 솔직하게 나의 실수와 실패를 스스럼없이 남에게 털어 놓을 수 있다. 당시 몇몇 지인들이 나에 대해 어떤 말들을 했는지도 안다. "일 잘한다고 승진하는 것은 아니더라고요. 아무리 상을 받고 연구 잘하고 해도 소용이 없더라고요.", "나 같으면 내가 일한 만큼 근무성적을 꼭 받아내지. 못 받진 않지.", "일은 소가 잘해." 라고들 했다. 하지만 그러면 어떤가. 실컷 울고 나니 십수 년 동안 경력 관리, 승진점수 관리에 뺏겼던 에너지가 허무했지만 사소한 것에 목을 맸다는 생각이 들었다. 오십이 넘은 나이에 그렇게 어린 애처럼 울부짖는 게 이상했다. 그 나이쯤 되면 의젓하게 묵묵히 참아내는 나이 아니던가. 나이에 상관없이 내 안의 어린아이가 절규하는 소리였다. 생각해 보니 어린아이처럼 울어본 적이 거의 없었다.

"높은 성과가 높은 자존감은 아니다.", "한 사람의 가치는 외적인 성과로 평가할 수 있는 것이 아니다."[36]는 말이 위로가 되었다. 실패하고 나서야 직장에서 행동한 점들을 관찰하고 결과를 예상해 보는 일을 게을리했다는 점을 깨달았다. 나의 행동에 따른 결과를 생각하며 업무를 해야 했다. 일 자체에만 몰입하는 태도는 아무것도 보장해 주지 않는다.

내 안의 내면부모가 내게 무턱대고 '인정받는 것' 자체를 목표로 착각하도록 했다. 효율적인 시간 관리를 하지 못하고 초과근무만 늘렸다. 동료와 상사의 태도들을 분별하지 못했다. 목표를 추진하는 내 방식이 효과가 없으면 다른 방법을 시도해 효율적인 방법을 찾아야 했다. 나에게 쓰라린 경험을 준 그 일 이후 다시 내가 근본적으로 하고픈 게 뭔가를 생각했다. 중요한 일에 부딪혔을 때 내면부모가 하는 일은 다음 네 가지 중의 하나다.

'무조건 옹호하기'(나는 옳고 너는 그르다.)
'비난하기'(나도 틀렸고 남도 그르다.)
'무관심으로 지나치기'(아무래도 상관없다. 자포자기)
'지지하고 격려하기'(나는 잘할 수 있고 남도 좋아질 수 있다.)

가장 마음의 평안을 주는 것은 누이 좋고 매부 좋은 '지지하고 격려하기'다. 실패와 좌절과 우울함을 이길 수 있는 Win-Win 방식이다. 상사에 대한 감정은 어린 시절 내 부모나 윗사람에 대한 감정과 겹친다. 인정욕구가 결핍되고 부모의 비난을 받고 자란 경우 상사의 눈치를 보고 상사가 지나치게 대해도 참고 도리어 의존하는 경향이 있다. 상사의 권위를 지나치게 두려워하여 성과를 내고도 제대로 보상을 받지 못할 가능성이 많다. 강하게 요구하지도 못할뿐더러 그들이 원하는 방식으로 응대하는 데 서투르기 때문이다.

건강한 내면부모가 있었다면 일한 만큼 당당하고 합리적으로 요구했을 것이다. 성과를 제대로 인정받지 못할 일을 무리해서 하지 않았을 것이다. 내면이 건강한 사람은 자기를 잘 보호하므로 자기에게 해로운 상황을 만들지 않는다. 그런 교사라면 상사의 인정도 중요하지만 동료들과 화합하고 학생들과 뜻 깊게 교류하는 데 더욱 정성을 쏟았을 것이다. 몇 번의 실패를 통해 내 삶에서 일어나는 일의 모든 책임은 나에게 있다는 것을 알았다. 나를 실패하게 하는 것도 성공하게 하는 것도 나에게 달려 있다.

내면부모의 유형에는 완벽주의형, 방임형, 학대형, 강압형이 있다. 어느 유형이 절대적이지는 않고 이런 면들이 조금씩 섞여 있을 수 있다. 특히 바쁘게 사는 부모가 많은 현대에는 최선을 다해도 방임형 부모가 될 수 있다. 눈코 뜰 새 없이 숨 가쁘게 양육하다 보면 자녀의 감정을 존중하여 주지 못하고 지나치기 쉽기 때문이다. 오히려 꾸중하거나 무시하면서 다그칠 수 있다. 부모 마음대로 판단하고 행동하는 경향도 많다. 그러면 자녀는 자기감정을 잘 표현하지 못하게 된다. 자기의 욕구를 표현하지 않고 상대방의 욕구에 맞춰서 살거나 상대가 말할 때까지 기다린다. 거절당할까봐 두려워한다. 자기 욕구도 잘 모르므로 상대방의 기분이나 감정을 어떻게 맞춰가야 할지도 모르게 된다.

성인이 되면 어린 시절 부모의 양육으로 만들어진 내면부모를 알아차리고 수정할 수 있다. 성찰이나 수양, 좋은 만남, 예술 작품 감상 등을 통해 새로운 목소리를 만들어가는 것이다. 내면아이의 감정을 안아 주고 위로해 주는 내면의 새 부모가 필요하다. 습관적으로 자신을 괴롭히는 일들은 내면부모가 한계를 정해 주어야 한다.

잘못된 점을 알려 주고 달라지도록 격려하는 내면부모가 자리 잡을 때까지 의식적으로 노력하는 과정이 중요하다.

내 자녀의 내면부모는 내가 보여 주는 대로 형성될 가능성이 많다. 자녀가 건강하고 생기 있게 살기 바란다면 먼저 나의 괜찮은 면을 늘려가는 게 옳은 순서다.

있는 그대로의
내가 좋아

21

– 엄마의 기질과 성격 찾기

부모가 자기 기질을 잘 알면 자녀를 볼 때 더 잘 이해할 수 있다. 같은 부모에게서 자라더라도 자녀들은 서로 다른 기질을 보여 부모의 코드에 맞는 자식이 있고 그렇지 않은 자식이 있다. 개성도 아이들마다 다르다. 다를 수밖에 없는 개성을 인정하지 못하고 일률적으로 성적 위주의 교육에 매진하면 가족 갈등이 생기곤 한다.

발도르프 참교육으로 알려진 독일의 슈타이너 학교에서는 학생의 기질에 따른 교육을 중시하여 성적을 내는 점수를 매기지 않는다. 학생 개인의 기질에 가장 알맞은 평가를 한다.

과제를 동일하게 내주고 그 아이의 기질에 따라 어떻게 관찰이 이뤄지는지를 보여 준다. 점액질, 우울질, 다혈질, 담즙질, 이렇게 4가지 부류의 기질을 중심으로 학생 개인의 기질에 맞는 교육을 한다. 점액질에는 비활발성, 우울질에는 자기중심성, 다혈질에는 천박성, 담즙질에는 투쟁성이라는 경향이 있으므로 이를 바로잡아간다.

세상을 바라보는 눈이 다 다르고 편안해 하는 환경이 같을 수 없다는 점을 이해하도록 배려한다.[37] 정교하게 이뤄진 기질의 특성을 발휘하게 하면서도 너무 치우치지 않게 다른 기질의 특성을 조화롭게 갖추도록 이끌어 주는 방식이다.

기질에 따라 상황을 어떻게 느낄지 지하철에 탈 때를 예로 들어 본다.

담즙질인 사람은 지하철에 탔을 때 승객의 동태가 한눈에 들어온다. 질서를 잘 지키고 옆 사람을 배려하는 동작을 유심히 보지 않아도 눈에 들어온다. 점액질인 사람은 어느 한 가지 생각에 몰두하고 있어서 지하철의 승객이 입은 옷 모양을 보고 어느 책에선가 봤던 미술작품과 그 배경을 골똘히 생각할 수 있다. 그러다 앞에 앉은 승객이 너무 큰 소리로 통화를 하고 있어서 주위로부터 비난의 눈초리를 받는 것조차 알아채지 못한다. 우울질인 사람은 지하철 안의 공기 상태와 환경오염의 심각성을 염려하고 건강을 위해 집안의 공기청정기를 교체해야겠다고 생각할 수 있다. 시골 부모님의 집에도 공기오염을 방지하기 위해 조치를 취해야겠다고 여기며 스마트폰으로 미세먼지 상태를 점검한다. 다혈질인 사람은 지하철 정거장이 바뀔 때 승객이 차례로 승하차하는 것을 보면서 자기 위치를 좀 더 편한 쪽으로 하려고 옆 칸으로 간다. 걸음이 불편한 분이 타기라도 하면 즉각 돕는다. 그러다 자기가 하차할 정거장을 놓칠 수도 있다.

슈타이너 학교의 학생들은 그렇게 개성과 기질에 맞는 교육을 받고 진로를 찾아간다. 알맞은 때에 필요한 공부를 찾아서 한다. 독일의 일반 학교에서 배운 학생들에 비해 성취 정도가 높다고 한다.

엄마가 자신의 기질과 성격을 이해하고 있으면 양육할 때 트렌드에 떠밀려 자신에게 맞지 않는 육아를 하느라 무리할 필요가 없다. 또 경쟁에서 이기는 우세한 아이로 키우려 억지 부리는 일도 하지 않게 된다. 성공지향적으로 아이를 기르지 못해 자책감에 빠지지도 않는다. 엄마의 욕구를 충족시키는 자식을 키우기란 불가능하다. 그런 자식이 있다면 자신의 욕구를 분별하지 못하고 엄마의 인생을 살고 있을 가능성이 있다. 엄마가 거울을 바라보며 자신을 이해하게 될 때 자식에게 너그럽게 되고 자유로운 삶을 인정할 수 있다.

성격에 우열은 없다고 한다. 개인마다 성격이 다름을 이해하고 대응하면 실수를 줄일 수 있다. 자녀들은 부모의 기질이나 성격을 너무도 잘 알고 있다. 부모의 빈 구석을 꿰고 있다. 상담심리사인 이남호 대한성공회 살림터 소장은 "부모의 성격유형 파악은 '나는 모르고, 자녀들은 아는' 내 성격의 '맹점'을 알아가는 과정"이라고 말한다.[38] 한편으로는 자기를 닮은 자녀의 기질과 성격이 걱정되는 경우도 있다. 자기와 같은 실수를 할까 싶어서 조바심을 낸다.

엄마가 아무리 자신과 다르게 아이를 기르고 싶어도 엄마를 닮았다면 아이는 그 기질대로 행동할 것이다. 책상에 앉아서 달력에 계획을 세워가며 공부하는 아이도 있지만 온 방을 휘젓고 다니면서 구르고 뛰고 벽을 치며 암기하는 아이도 있다. 책을 보며 줄자를 가지고 직접 길이를 확인하면서 동물의 크기를 파악하는 아이도 있다.

엄마들도 마찬가지다. 자녀의 시험이 끝나면 어떤 엄마들은 끼리끼리 모여 여행을 가서 스트레스를 날리고 온다. 또 어떤 엄마들은 시험성적을 분석하고 왜 그 점수가 나왔는지, 오답노트는 어떻게 작성할지, 자녀의 성취 정도가 어느 수준인지를 분주히 파악한다. 어느 엄마들은 아예 시험이 언제 시작하고 끝나는지조차 모를 정도로 자기 일에만 바쁠 수도 있다. 오직 자신의 일에만 관심 있고 인맥 관리에 더 열심인 엄마도 있다.

어떤 엄마는 자신을 자식 앞에서 이상화한다. "학창 시절 한 번도 학교 규칙을 어긴 적이 없고 공부를 성실하게 잘했다, 부모님께 효도했다, 누구에게나 친절하고 원만하게 지냈다."는 이야기를 한다. 자신의 좋은 점을 자식이 닮기를 바라는 마음에서다. 그러나 대개 그런 말은 효력이 없다. 자식들은 초등학교 고학년 정도 되면 부모의 장단점을 파악하고 있다. 부모가 완전하지 않다는 점을 안다. 도리어 인간적으로 부모의 실수나 특이한 기질 등을 말해 주면 자녀들이 현실을 더 잘 이해한다. 실제 삶의 한계와 가능성에 대해 생각하게 된다.

특히 아들은 엄마를 악착같은 생활인으로만 바라볼 경우 후일 여성에 대해 자기 자신이 꿈꾸던 이미지를 찾아 허구적인 사랑에 빠질 수 있다. 오직 살림 걱정, 점수 걱정, 외적인 평가에 대한 걱정에 싸여 사는 엄마를 자녀들이 좋아할 리 없다. 남성들이 여성의 실제 모습보다 이미지를 보고 배우자를 선택하고 후회하는 경우를 본다. 혹은 지나치게 엄마를 이상화해서 웬만한 여성들은 천박하고 품위 없다고 여겨 아예 친숙한 관계를 맺지 못한다. 엄마는 자신의 실제 모습을 자식들에게 있는 그대로 인정하고 보여 주는 게 좋다. 완벽해 보이는 옆집 엄마처럼 되려고 애쓸 필요가 없다.

부모의 성격과 양육태도와의 상관관계를 연구한 결과 우리나라 부모는 공격형이 많다고 한다. 성과 지향적인 사회다 보니 자녀에게 좀 더 나은 성과를 내게 하려고 압박하는 형이 많다는 점을 지적했다. 원래부터 공격형 양육을 한 것은 아닐 것이다. 입시를 앞두고 아니면 중요한 진로를 앞두고 경쟁에 돌입하면서 부모는 자녀의 특성과 기질을 무시하고 자녀에게 요구하기 시작했을 것이다. 그러나 결국 자녀는 그들만의 세계에서 자유롭게 헤매면서 진로를 발견해 간다. 성격검사를 하고 자신의 유형을 파악하는 일에 머무르기보다 사람들의 다양한 점을 인정한다면 유익하다. 감정형, 사고형, 행동형 등 특징을 알게 되면 타인과 맞춰 살기에 더 편리하다.

자녀는 어머니를 선명한 이미지로 기억하기를 원한다. 특히 사춘기 아이들은 생활의 때가 낀 어머니, 잔소리만 하는 어머니, 일만 하는 어머니, 신세 한탄하는 어머니를 싫어한다. 어머니가 처한 현실을 객관적으로 인정하고 감사할 줄 알면 성숙한 아이겠지만 아직 성장하는 과정에 있을 땐 그러기 어렵다.

엄마가 잊고 있었던 기질을 떠올려 보자. 내가 힘든 이유가 혹시 내 타고난 성질에 안 맞게 살고 있어서가 아닌가. 내가 싫어하는 자녀의 어떤 면이 혹시 나를 닮아서 그런 것은 아닌가. 혹은 내가 어떤 사람과 거리를 두고 싶은 이유는 내가 이해할 수 없는 기질이어서가 아닌가.

오래 알고 지낸 사람일수록 젊었을 때 모습과 지금 모습이 많이 달라지는 면을 알게 된다. 사람이 변했다기보다 내가 모르던 그 사람의 기질이 발현된 모습일 것이다. 어떤 기질을 타고났느냐보다 그 기질을 어떻게 잘 가꾸고 살리느냐가 더 중요하다. 소싯적 덜렁대던 사람이 오래도록 잘 발효된 포도주처럼 나이 들어서도 즐겁고 신나게 사는 모습은 보기 좋다.

엄마의 타고난 기질대로 살자. 엄마가 자연스럽게 즐거운 생활을 하면 주위 사람들도 거기에 맞추게 된다. 선물도 운동을 좋아하는 엄마에게는 운동 모자를, 밤낮 요리만 하는 엄마에게는 손목보호대를 사 줄 것이다. 책읽기를 좋아하는 엄마는 독서대를, 집안 꾸미기나 패션에 관심 있는 엄마는 인테리어 소품이나 스카프를 받을 것이다. 엄마가 거울을 보고 자신을 잘 알아줄 때 거울 속의 인물은 그렇게 변해간다. 어느 누구와 비교할 수 없는 그 엄마만의 모습으로 환하게 빛난다.

독립하는
습관일지,

나의 승리 일기 쓰기

사실 '엄마로서 독립적인 마음을 지닌다.', '나 자신의 모습을 되찾는다.'와 같은 목표는 추상적이다. 내가 진정 원하는 게 무엇인지 알려면 실천이 남았다. 원하는 삶을 살면 될 텐데 마음처럼 움직여지지 않는 게 사람이다. 누구에게나 관성이 있다. 피부처럼 떨어지지 않고 붙어 있는 습관을 어떻게 극복할 수 있을까.

나를 알고자 치유와 회복을 목적으로 사람들을 만나 토론하고 나눴다. 심리학 관련 책들을 읽고 나서도 어쩐지 옛날 그대로인 듯하고 하나도 변하지 않는 것 같은 시간이 종종 있다. 공회전하고 있는 승용차처럼 막연한 정체감이 들 때가 많다.

그래서 메모하기 시작했다. 수첩에 매일 내가 변화되는 모습, 스스로 의식하며 이뤘던 점들을 적었다. 아주 사소한 점이라 할지라도 내게 의미 있는 점들을 기록했다. 수첩에 시간이 적혀 있어 언제 했던 행동인지, 어느 순간에 느꼈던 감정인지를 기입했다. 수첩이 없을 때는 스마트폰을 활용했다. 내가 내 삶을 움직이는 통제감을 느끼고 싶었다. 이름을 '승리 일기'로 붙였다. 변화에 초점을 맞추고 '나를 이긴다'는 의미다.

바깥에서는 애써 친절하고 유순하게 남에게 잘 맞추고 살다 집에 오면 투덜이 스머프처럼 살았던 점을 상기했다. 외부에서 보는 나보다 집에서 투덜이 스머프처럼 있는 모습이 본래의 내 모습에 더 가까울 것이다. 그러나 더 근원적인 내 기질은 낙천적이고 호기심이 많고 즐거운 사람이었다. 본래의 기질대로 매일 충만하게 살고 싶었다. '집밖에서의 나'와 '집안에서의 나'가 균형을 이루게 하려면 행동에 옮겨야 한다.

《자존감 수업》의 저자 윤홍균은 "심리학책만 읽는 것은 몸짱이 되기 위해 몸짱 트레이닝 교본만 읽은 것과 같다"[39]고 했다. '알면 뭐하나?'이다. 실천이 중요하다. 맞다. 아름다운 몸매를 갖고 싶다면 운동을 해야 한다. 지적이고 싶다면 책을 읽거나 공부를 시작해야 한다. 좋은 사람이 되고 싶다면 좋은 일을 해야 한다. 자상한 사람이 되고 싶다면 주변 사람에게 관심을 가져야 한다. 베푸는 사람이 되고 싶다면 내가 수고해서 봉사할 거리를 찾아야 한다. 건강하고 싶으면 몸에 해로운 음식을 멀리하고 운동과 마음 훈련을 해야 한다.

나의 승리 일기 과제 목표로는 '소통이 잘 안 되는 내 삶을 수정하기, 감정에 솔직해지기, 요구할 줄 알기, 베풀 때는 기대를 말고 그냥 베풀기, 몸에 도움되는 운동 꼭 하기, 매일 일기 쓰기, 하루에 한 번 성찰하기, 사람을 많이 만나지 말고 만나면 진정으로 대하기, 일상에 필요한 일 제때 하기, 돈을 귀하게 쓰기, 마음이 복잡하고 일이 손에 안 잡힐 땐 집안일을 하거나 밖으로 나가 산책, 수영 등을 하면서 움직이기, 안 좋은 생각은 얼른 떨쳐 버리거나 인정하고 알아차리기, 잘 웃기' 등으로 정했다.

6개월 정도를 쓰니 나의 상태를 알아채는 데 민감해졌다. 메모를 읽어 보니 감정 조절을 가장 힘들어하고, 생각보다 행동을 늘리려고 한 게 보였다. 생각은 줄이고 감정은 분별하려 메모했다. 일상의 습관에서 스마트폰 검색에 쏟는 시간, 이유 없이 수다 떨거나 전화하다 후회될 말을 한 것을 마음에 걸려 했다. 운동을 메모하며 해 가니 실천하는 강도가 세졌다. 하루 일과의 목표를 작게 설정해 놓으니 성취하는 빈도가 높아졌다. 감정을 다 끌어안을 필요가 없다는 의식이 강해져서 화내는 횟수가 줄었다. 가족들에게 필요한 점을 말하게 되었다. 사람을 만나는 시간을 관리하니 글쓰기에 힘쓸 여유가 생겼다. 과거의 안 좋은 습관이 되풀이될 때는 빨간 펜으로 경고 표시를 했다. 푸념, 원망, 남 탓, 시기와 질투, 걱정, 불안, 열등감 등이 주로 나타났던 과거에 비해 나 자신에 대해 긍정적인 평가를 한 날이 늘었다.

변화는 겉으로 드러나지 않는다. 다만 내가 나 스스로를 평가하고 어림잡아 볼 부분이 보였다. 내적인 충족감이 한결 높아졌다. '나는 옳고 너는 그르다'는 독선이 화를 낳게 했다. 사람들은 다 다르다는 점을 인식하니까 분노할 일이 줄었다.

이런 메모를 하면 감사할 일들이 늘어간다. 나 혼자 하는 일이면 이런 실천이 불가능하다. 여러 사람의 도움이 있기에, 환경이 주어졌기에, 함께 공부하는 클래스 메이트들의 격려가 있기에 가능하다. 매일 달라지는 날씨, 좋은 책, 걷기 편하게 낸 숲길, 커피와 갓 구운 빵을 내놓는 카페, 일상의 자잘한 일, 지나가는 학생들이 조잘거리는 말, 우연히 들은 라디오 방송의 청취자들 사연 등이 그날그날 마음에 영향을 끼치고 움직이게 한다.

여기에 실제적인 전략을 좀 더 효과적으로 확인하려면 기업에서 주로 사용하는 SWOT 분석을 해 보면 좋다. 자신의 현재 모습을 S(Strength), W(Weakness), O(Opportunity), T(Threat)로 나눠 본다.

S(Strength, 강점)	W(Weakness, 약점)
·호기심이 많음 ·좋아하는 일엔 추진력이 강함 ·기본적으로 낙천적임	·건강이 약해짐 ·강한 사람에게 잘 휘둘림 ·인정욕구가 강함 ·역할을 과다하게 맡는 경향이 있음
O(Opportunity, 기회)	T(Threat, 위협)
·직장에서 퇴직해 시간이 자유로움 ·친구, 지지그룹, 조언해 줄 전문가들이 있음 ·나만의 글쓰기 공간이 있음	·일상적인 시간 관리를 잘 못함 ·약속이 많음 ·가족 간의 사소한 갈등이 있음

표를 보고 구체적인 전략을 세워보면 다음과 같다.

SO(강점 기회 전략)

- 다양한 경험을 한다.
- 사람들과 즐거운 이벤트를 만들어 공유한다.
- 나만의 아지트를 만든다.
- 하고 싶은 봉사활동 등을 한다.
- 매일 꾸준히 글을 쓴다.

WO(약점 기회 전략)

- 건강에 관한 치료를 적극적으로 꾸준히 한다.
- 싫으면 답을 미루고 주변과 의논해서 결정한다.
- 내 의견이나 주장을 솔직하게 이야기하고 피드백을 주고받는다.
- 다른 이들과 협조하며 일을 추진한다. 결과보다 과정 자체를 즐긴다.

ST(강점 위협 전략)

- 하고 싶은 일의 우선순위를 정한다.
- 다이어리에 계획과 기한을 정해 놓는다. 무리하지 않는다.
- 가족의 감정과 생각을 존중하고 요구할 일은 요구한다.
- 약속을 줄인다.

WT(약점 위협 전략)

- 하루에 할 일을 한두 가지 정해 놓고 실천한다.
- 사실 그대로를 인정하고 비판할 때는 비판하는 용기를 낸다.
- 건강에 도움되는 운동을 하루 한 시간씩 한다.
- 좋은 소리 들으려는 욕심을 버린다.
- 어떤 일을 맡을 때 즉시 "예." 할 게 아니라 내가 진짜 원하는 일인지 시간을 두고 생각한다.

이런 분석을 해 보면 현재 나의 모습이 잘 보인다. 일상에 활력을 가져온다. 잘하려고 무리할 필요는 없다. 가끔 원점으로 돌아가기도 하고 내가 싫어했던 과거의 습관대로 지낼 때도 있다. 충분한 시간을 두고 서서히 간단한 단어로 메모해 가면 보다 명료하게 생활을 볼 수 있다.

'승리 일기'는 행동하지 않으면 쓸 게 별로 없으므로 뭔가 실행해가는 정도를 가늠할 수 있다. 감정이나 관계, 그리고 내가 하고 싶은 일이 이뤄지는 정도가 드러나게 된다.

승리 일기를 쓰며 가장 뿌듯한 순간은 걷기를 얼마 했다거나 수영을 미루지 않고 다녀왔다거나 몸에 좋지 않은 비스킷이나 기름진 음식을 안 먹었다는 등의 이야기다. 때로는 화가 올라왔는데 가만히 있었더니 가라앉았다는 점, 작은 친절을 베푼 점, 말을 너무 많이 했는데 다음에는 듣기를 더 잘 해야겠다는 점 등을 쓸 때 정말 승리한 듯한 느낌을 갖게 된다. 선택하고 결정한 일들이 내게 의미 깊게

다가온다. 주사 한 방으로 얻어진 게 아니라 되풀이되는 어느 정도의 고통을 이겨내며 얻은 '의미'라 만족스럽다.

미소 짓고 어깨동무하며
우리 함께 일치점을 찾아보자.
비록 우리가 두 개의 투명한 물방울처럼
서로 다를지라도…

- 비스와바 심보르스카의 시 <두 번은 없다> 중 -

4장

독립의 세 번째 걸음
: 관계와 감정을 편안하게

23

일 때문에
관계를

포기하지 않기

여성은 엄마가 되면 양육의 부담으로 '관계'를 포기할 때가 많다. 어린아이를 맡겨 두고 사람을 만나고 관계를 이어간다는 게 말처럼 쉽지 않다. 과거에는 요즘처럼 키즈룸이나 아이 돌봄 시설이 흔한 시절도 아니었기에 더욱 그럴 수밖에 없었다. 더욱이 워킹맘은 일 때문에 관계를 간과하기 쉽다.

자녀는 부모의 뒷모습을 보고 자라기에 엄마가 고되게 일만 하면 자식들도 힘들게 일하는 사람이 된다. 부모가 일하는 패턴을 배우기 때문이다. 어떤 일을 처음부터 끝까지 도맡아하는 사람은 유능해 보이지만 직장생활이나 사회생활에서 성공하기 어렵다. 단순한 단계부터 완성될 때까지 일에 매달려 있으니 주위 사람들의 감정을 살피고 주변 상황이 어떻게 돌아가는지를 파악하기 어렵다. 적절한 수준에서 자기가 할 수 있는 일을 취사선택하면 좋을 텐데 간단하지 않다. 과감하게 부탁하고 도움받을 줄도 알아야 여유가 생기는데 습관이 변하기는 어렵다.

능력을 십분 발휘하는 사람을 보면 적절한 거리를 유지하면서 두루 도움을 주고받는다. 처음부터 그렇게 되지는 않았을 것이다. 작은 일부터 함께 하고 정보를 공유했을 것이다.

혼자 해내는 사람이 독립적이고 똑똑한 듯하지만 '백지장도 맞들면 낫다'는 말처럼 누군가와 더불어 할 때 시너지가 생긴다. '혼자서도 잘해요' 식으로 일 중심인 사람일수록 관계가 어려울 때 대상과 환경부터 바꾸고 싶어 한다. 모임에서 빠지고, 다른 모임을 찾고, 직장을 바꾸거나 일을 집에 가져가서 한다. 불편한 사람과는 쉽게 연락을 끊는다. 상황을 고치려는 시도를 적극적으로 하지 않는다.

일에 신경 쓰다 보면 사람을 만나도 뇌의 한쪽에서는 일을 떠올리고 있다. 사람을 만나 이야기를 나누고 식사하는 시간이 아까울 때도 있다. 상대방은 금방 그 사실을 알아챈다. 자기 이야기에 경청하지 않으면 다음에 또 만날 생각은 당연히 엷어진다. 다양한 사람들과 잘 지내는 동료를 보면 늘 화제가 풍부하다. 들어보면 자기 이야기만 늘어놓는 게 아니라 사람들이 관심 둘 만한 주제를 다채롭게 말한다. 스마트폰의 사진도 보여 주면서 적극적으로 표현한다. 그렇게 소통을 잘한다.

누구든 어린 시절에는 관계에 어려움이 없다. 재롱을 떨면 다들 환호해 주고 박수를 쳐 주었다. 무슨 말을 하기만 해도 주변 사람들이 신기해하면서 반응해 주었다. 그러다 어느 정도 자라면 사람들의 반응이 예전 같지 않게 된다. 점차 뭔가 성취하거나 보여 줄 때만 반응하는 가족, 학교 선생님, 친구에 둘러싸여 신바람이 줄어든다. 그땐 자기가 주변에 맞춰가야 한다. 때론 일을 해내야 관계가 원활해진다고 학습된다. 어른이 되면 더 말해 무엇하겠는가. 치열한 경쟁 속에서 이겨 나가려고 만만하지 않은 에너지를 쓰고 산다. 사람과의 관계 증진보다 일을 하고 나서 얻어지는 결과가 눈에 띄고 보상도 뚜렷하기에 더욱 일에 열중하기 마련이다. 어느덧 일에 중독되어 일이 없으면 불안할 정도에 이르기 쉽다. 사람보다 '일'이 보이기 시작할 때는 자신을 점검해 보아야 한다.

사람의 행복을 '일'이 해결해 주지는 않는다. 그런데도 일 때문에 다른 관계를 포기하는 사람들이 많다. 자기도 의식하지 못하는 사이에 자신의 삶이 고립되어버린 뒤에야 '아, 내 곁에 사람이 없구나.' 하고 깨닫게 된다.

일 중독에서 빠져 나오는 방법은 뭘까. 역시 사람과의 관계에서 찾을 수 있지 않을까. 가정에서 자녀와 관계를 증진시켜 보는 일이 우선일 듯하다. 요즘은 가정에서 나눌 이야기가 별로 없다는 말을 자주 듣는다. 저마다 스마트폰으로 자기 시간을 즐기느라 함께 나눌 게 많지 않고 필요성도 못 느낀다고 한다. 음식 만들기도 인터넷이나 방송에서 콘텐츠로 만들어 배포한다. 친구끼리 소소한 이야기나 일상생활의 잡담을 나누는 일도 방송을 보고 즐긴다. 누군가 기획하고 보여 주는 일상에 푹 빠져서 관람한다. 정작 자신의 가족과는 저녁 메뉴로 뭘 해 먹을지 재료는 어떤 것을 준비할지 조리는 어떻게 할지 나누지 않으면서 여행, 취미, 독립생활, 결혼 생활, 남녀 교제 등 모든 일상사를 콘텐츠를 만들어 내보내는 제작사에 매여 있는 셈이다. 트렌드에 맞게 행복도 제조되고 물질적인 뒷받침이 없으면 즐거운 데이트도 가족의 화목도 불가능할 듯한 세태다.

일을 많이 한다고 행복해지는 것은 아니다. 알랭 드 보통은 "행복이란 몇몇 복합적인 심리적 재산에 크게 좌우되는 것이지, 물질적인 결과물과는 상대적으로 관계가 적다."[40]고 하면서 쾌락주의자들인 에피쿠로스 학파가 제시한 행복의 조건을 예로 들었다. 따뜻한 옷 몇 벌과 거처할 만한 공간, 그리고 먹을 음식을 구입할 수 있는 수단 정도만 있으면 충분하다는 것이다. 돈이 없으면 불행하다고 여기는 대다수 현대인에게 시사하는 바가 크다. 돈이 없으면 좋은 교육을 시킬 수 없다고 여기는 학부모에게 무엇이 중한지를 생각하게 하는 대목이다. 로마인들은 행복의 조건에 필수적이고도 자연스러운 것으로 '우정, 자유, 사색, 의식주'를 들었다. 의식주를 빼 놓고는 물질적인 환경과 상관없는 내용이다.

학생지도를 하면서도 학생들이 의외로 집에서 대화 없이 가족과 단지 거주하고 있다는 생각이 들 때가 많았다. 대부분의 부모가 생업에 너무 바쁘다. 자녀가 십 대 즈음이면 부모가 잘 때 아이들은 깨어 있고, 아이들이 잘 때 부모는 일하는 경우처럼 생활 리듬이 달라진다. 가족끼리 관심 분야도 다르다. 이런 세태에서 가족 간의 좋은 관계를 가꾸는 일이 무엇보다 중요하다.

관계에 소통이 잘되게 이야기하려면 살아갈 때 콘텐츠가 있어야 한다. 콘텐츠가 범람하는 세상이지만 정작 '나'와 '내 가족'의 콘텐츠는 줄어들고 있다. 어떻게든 가족과 함께 할 시간을 구상해 본다면 콘텐츠가 나올 것이다.

《따뜻한 경험 흐뭇한 이야기》의 저자 손운산 교수는 "좋은 기억을 위해 좋은 기억거리를 많이 만들어야 한다. 좋은 기억거리는 좋은 경험, 따뜻한 경험, 사랑받은 경험, 돌봄 받은 경험이다. 감동받은 경험, 존중받은 경험, 지지받은 경험, 이해받은 경험 들이다. 비록 과거에 나쁜 경험으로 가득 찬 사람들도 지금 여기서 좋은 경험을 하게 되면 과거를 다르게 이야기할 수 있고 흐뭇한 미래를 기대할 수 있다."고 강조했다.[41] 그리고 그는 강연에서 "가정에 이야기가 살아나야 합니다. 가족이 소통만 잘되면 큰일에 부딪혀도 해결해 갈 수 있습니다. 반면 소통이 안 되면 아주 작은 일로도 서로 힘들게 하고 해결하기 어렵습니다. 부모 자식 간에 나눌 이야기가 있으면 마음의 상처와 아픔은 줄어들게 됩니다."라고 말했다.

평생 일에 치여 살던 조부모 세대는 '나 하나만 참으면 집안이 편하다. 그러니 내가 참고 사는 게 집안을 위해 옳다.'는 신념으로 살았다. 가부장제 아래 살던 우리나라 여성들은 그렇게 인고의 미덕으로 집안을 이어갔다. 반면 젊은 여성 중에는 "관계에 신경 쓰지 않는다. 나 위주로 산다."는 말을 내세우기도 하는데 그 또한 '남을 신경 쓰지 않기로 하는 관계 맺기'를 하고 있다. 사람은 관계에서 벗어날 수 없다. 관계는 스스로 어떻게 맺고 푸는가 하는 면이 중요하다.

일 중심도 문제지만 지나치게 관계 중심이 되면 스트레스가 많게 된다. 과다하게 관계에 매이지 않게 주의할 점이 있다. 관계 중심적인 여성은 착하다고 평가받는다.[42] 여성이 제 목소리를 내면 당돌하다는 말을 듣기도 한다. "저 사람은 참 착해. 마음이 따뜻해. 일도 얼마나 깔끔하게 잘하는지…."와 같은 말의 무게에 힘들 때는 없었는가. 모든 사람에게 좋은 말을 듣고 살기란 어려운 일이다. 대상에 따라 달라지는 관계를 예측할 수 있게 나 스스로 선택하고 결정하는 부분을 늘려가야 한다.

'내가 선택해 변화된 관계에 적응하고 포기하지 말자. 새로운 시도를 해 보자. 일단 적게나마 내 마음을 표현해 보자. 요구해 보자.' 하고 용기를 가질 필요가 있다. 나는 오랫동안 "No!"를 잘 못했다. 아니면 너무 지나치게 딱 잘라 "No!"를 외쳤다. 상대방이 책임지라고 하지도 않았는데 미리 거절하는 식이었다. 극단적이었다. 이젠 중요한 문제에서 내 태도를 분명하게 규정하고 싶다. 상대에게 의사를 선명히 나타내 본다. 관계를 변화시키는 능력은 상대에게 있지 않고 내 안에 있다. "어떤 경우에 'No'를 하겠다."고 정하기만 해도 마음이 단단해진다.

《인생 수업》의 저자 엘리자베스 퀴블러 로스는 관계의 힘을 되찾는 법을 이렇게 소개했다.

"우리의 삶은 사유지를 관리하는 것과 비슷합니다. … 가끔씩이라도 우리는 '아뇨.', 또는 '그건 나한테 상처를 주는 일이야.', '네가 날 마음대로 할 수는 없어.' 등의 말을 하면서 자신의 존재를 알리는 경계선을 두어야 합니다. 그렇게 하지 않는다면 우리는 의도적이든 아니든 우리를 통제하려는 사람들에게 힘을 넘겨주게 될 것입니다. 힘을 되찾는 일은 바로 자신의 책임입니다."[43]라고 했다. 나를 한 번씩 인정하고 표현해 주면 관계를 컨트롤하는 힘이 강해진다.

관계를 전략적으로 잘 맺는 것은 일의 자초지종을 생각해 보고 상대가 필요한 일을 그에 맞게 하는 태도다. 천천히 생각하며 일하면 그때그때 내게 떨어지는 일을 대책 없이 맡게 되지는 않는다. 눈을 끔뻑거리며 몇 초만 더 생각하는 호흡을 지닌다면 당황할 일이 줄어든다.

관계는
주고받는 게 있어야

유지된다

　헌신적이고 희생적인 여인이 사랑하는 남자로부터 배신당하는 이야기는 신파적인 러브스토리의 기본이다. 일방적으로 주기만 한 사람은 상대로부터 귀하게 보답받기 어렵다. 잘해 주는 만큼 더 존중을 받아야 할 텐데 일 더하기 일은 이가 아닌 게 인생이다. 비극적인 사랑의 여주인공은 상대방에게 헌신적인 사랑을 하면 그가 알아주리라 기대한다. 숱한 영화와 드라마에서 연인이 희생적으로 뒷바라지했는데 막상 성공하고 나서는 변심해서 연인(대개는 여인이다)을 냉대하고 불행하게 하는 이야기가 눈물 나게 한다.

　어디 연인 관계뿐일까. 지나친 도움을 받은 사람에게는 뭔가 부채의식이 강해질 수 있다. 자기도 상대방에게 뭔가를 해 주어야 한다는 강박관념이 느껴질 수 있다. 그러므로 만나서 자연스럽게 좋아하는 감정, 행복한 감정으로 이끌리기 어렵다. 불편함이 생긴다. 피하고 싶어진다. 사람은 자기에게 지나친 도움을 준 사람을 만나기를 꺼린다. 아쉬울 때는 무릎을 꿇고라도 빌어도, 상황이 호전되고 성공해서 이전과 신분이 달라지기라도 하면 이전의 이미지를 지우고 싶을 수도 있다. 과거와 결별하고 새롭게 출발하고 싶어질 수 있다. 반면 내가 상대에게 무언가를 해 주었다고 여기는 순간 기대가 생긴다. 도와주었기에 실망할 점도 눈에 더 띌 수 있다. 상대방은 관계에 익숙해져서 도움을 받다가도 상황이 달라지고 혼자 해결해도 되는 시점이 되면 나에게서 받은 헌신을 부담스럽게 생각한다.

정신과 의사 김혜남은 "가까운 사이일수록 사랑과 일방적인 희생을 혼동하기 쉽다. 사랑은 누군가를 살게 하지만 일방적인 희생은 누군가를 죽게 만든다. 그러므로 우리는 늘 사랑이 일방적인 희생으로 변질되지 않게끔 관계를 잘 보살펴야 한다."고 했다.[44]

부모 자식 간에도 마찬가지다. 부모의 희생이 당연하다고 여기고 스스로 삶을 개척할 생각을 안 하는 젊은이들이 늘어난다고 한다. 과거에는 형제간에도 누군가의 일방적인 희생으로 다른 형제들이 공부를 하고 성공할 때까지 뒷바라지해 주었다가 관계가 어려워지는 경우가 많았다.

한국의 어머니들은 희생의 아이콘이다. 자녀를 위해서는 어떤 일도 해낸다. 그런데 의문점이 하나 있다. 왜 어떤 어머니는 그 희생에 보답을 받지 못하고 심지어 자식들로부터 냉대를 받는가. '아들을 낳으면 길에서 죽고 딸을 낳으면 딸 살림 도와주다 싱크대 앞에서 죽는다.'는 우스갯말이 왜 생겼을까. 부모를 으레 자신을 도와주는 사람으로 아는 자식들이 많다. 성공하고 잘난 자식일수록 부모의 희생을 깨닫기 어렵고 도리어 자신이 성공해서 부모에게 충분히 효도했다고 여긴다. 지나친 희생은 상대방을 자기애가 강한 존재로 만들 수 있다. 어쩌면 자식이 출세해서 호강을 시켜 줄 거라고 부모가 기대하고 있어서 자식은 지레 부담을 갖는지도 모른다. 부모가 대가를 바라지 않고 희생했다 하더라도 자식이 부모의 헌신을 무겁게 여겨 어려워한다면 문제가 있다. 사회에서 만나는 사람들은 관계가 단절되고 또 새로 시작되고 하는 게 다반사다. 그러나 가족 관계가 그런 일방적인 희생으로 인한 단절로 이어진다면 안타까운 일이다.

가끔 주변에서 자식을 유학 보내느라 생계마저 불안해지는 부모들을 본다. 여유 있게 생활하지 못하고 밤낮으로 일하는 부모들이 많다. 노력 없이 받는 사랑이나 혜택은 고마움을 느끼게 하지 못한다. 자녀와 좋은 관계를 계속 유지하고 싶다면 자녀에게도 역할과 기회를 주어야 한다. 학원에 늦는다고 밥을 차에서 떠먹여 주는 식으로 자녀를 키우고 있지는 않은가. 피땀 흘려 번 돈으로 비싼 운동화를 아낌없이 사 주지는 않는가. 엄마가 역할을 너무 과대하게 차지하면 아빠나 자식은 자기 역할을 축소한다. 젊어서는 그렇게 해도 집안이 척척 잘 굴러간다. 그런 가족 시스템은 한 사람의 희생에 너무 의존하는 불안한 구조다. 더 늦기 전에 역할들을 나누고 기브

앤 테이크가 되는 관계로 개선해야 한다.

영화 〈매기스 플랜〉은 사랑하는 사람 사이에서 빚어지는 역학관계를 잘 보여 준다.

결혼한 매기가 일에 치여서 남편에게 말한다.

"나를 달래 주는 사람은 왜 아무도 없어?"

이때 남편의 대답이 기가 막히다.

"자긴 괜찮잖아?"

집안일이든 육아든 뭐든 척척 해결하는 매기를 치켜세우면서 소설만 쓰는 남편이다. 매기가 무조건 잘해 주니까 문학적 재질이 뛰어난 작가인 남편은 아무 신경 안 쓰고 자기 일만 아는 이기적인 사람으로 변해갔다. 그는 전처와 살 땐 기가 눌려서 자기 재능을 십분 발휘하지 못하고 살던 처지였다. 그러나 자신의 재능을 알아주는 매기와 결혼하고부터 온전히 글쓰기에만 올인하며 산다. 사실 대학교 교직원인 매기는 결혼하기는 싫었지만, 아기는 낳고 싶어 했다. "내가 사랑하는 남자를 찾기 어렵고, 나를 6개월 이상 사랑해 줄 남자도 없다."는 판단에서다. 그러나 운명인지 우연히 대학교수이면서 소설가를 꿈꾸는 존을 만나 결혼한다. 존은 자신보다 더 똑똑하고 성공에만 목매는 아내 조젯과의 결혼생활에 염증을 느끼던 차에 이혼하고 매기와 결혼했다. 전처에게는 전전긍긍하면서 기를 못 펴던 존은 매기를 만나 살면서 확 달라졌다. 매기의 배려를 당연하게 아는 남자로 변해 버렸다. 사랑의 아이러니다. 존의 전처처럼 '집착적인 독점관계'를 일삼은 상대에게서는 도피하고 싶고 거부하기도 한다. 그러나 매기처럼 사랑하는 이를 위해 무조건 헌신하다가 일벌로 전락하는 '사랑이 식는 병'에 걸리기도 한다.

　최근 코로나 사태로 각자도생이라는 말이 자주 나왔다. 그러나 각자도생은 실제 가능할까. 사람 사이에 안 주고 안 받는 관계가 있을 수 있는가. 잘 주고 잘 받는 관계가 오래 간다. 너무 잘해 주려고 애쓰지만 말자. 좋은 관계를 유지하고 싶으면 상대방에게 역할을 주고 서로 지나치게 의존하지 않도록 적정한 거리 두기가 필요하다.

　친밀하고 협조적인 관계가 되려면 '나를 보여 주는 일'도 중요하다. 세상에서 가장 대하기 어려운 사람은 힘이 센 사람, 권력이 많은 사람, 폭력적인 언어를 마구 쓰는 사람, 앞뒤가 다른 사람이 아니라 '알 수 없는 사람'이다. 어떤 사람인지 그 속을 알기 어려운 사람이라면 누구든 쉽게 관계를 맺기 어려울 것이다.

　여성들은 십 대 시절부터 솔직하게 자신의 의견이나 성격을 드러내지 않도록 교육받아 온 면이 있다. 사회에서 요구하는 여성스러운 역할에 맞추려 하기 쉽다. 그래서 자기가 정말로 어떻게 느끼고 생각하는지는 이야기하지 않으려는 소녀들이 많다. 자기방어를 위해 관계에서의 솔직함은 희생해도 좋다고 여긴다.[45] 아무리 친해도 자신의 사적인 부분을 알리지 않는 면이 소년보다 소녀들의 세계에서 더 많다. 몸과 마음이 주는 솔직한 느낌을 무시하고 지내야 한다는 억압된 내면이 있다.

자신의 일상과 취미, 살아온 내력 등을 남들과 적절하게 나눈다. 사람들은 교과서처럼 필요한 말만 하고 살지 않기 때문이다. 어느 누구도 삶의 기쁨과 재미를 교훈적인 이야기에 빼앗기고 싶어 하지 않는다. 살아 있는 사람들의 생기 있는 교제란 서로 잘 이해하고 알아가는 관계에서 더 두터워진다.

나를 내보이지 않는 사람은 남에게도 별 관심이 없다. 내가 내보일 게 없으므로 남도 역시 그럴 거라고 여긴다. 그러나 상대방은 나에 대해 "저 사람은 내가 말을 해도 항상 듣는 둥 마는 둥 하네. 나에게 관심이 없구나."라고 생각하기 쉽다. 사람들은 자신의 단점도 솔직하게 이야기하는 사람을 오히려 '용기 있다'고 좋아한다. 내 이야기를 하기가 쑥스럽고 정말로 사람들과 나눌 이야기가 없으면 가장 좋은 대화 방법을 실행하면 된다. 바로 '관심 있게 들어주는 것'이다.

좋은 인적 네크워크는 사람에게 긍정적인 영향을 끼친다. 나를 억압하고 기죽이는 사람들을 굳이 만날 필요가 없다. 주기만 하고 받지 못하는 일방적인 관계에서 벗어나야 한다. 경험을 통해 자기의 관계 맺기 패턴을 알 수 있다. 갈등을 겪지 않고서는 상대와 내가 어떻게 관계를 조율해 나갈 수 있는지 알 수 없다.

'더 행복하게 지내고 싶다. 좋은 사람을 만나고 싶다. 마음을 풍부하게 해 주는 사람들을 만나고 좋은 대화를 주고받고 싶다'면 인적 환경을 바꾸어야 한다. 심리학자인 최인철 교수는 "성공적으로 삶을 바꾼 사람들과 그렇지 않은 사람들의 차이를 규명한 연구에 따르면, 전자의 사람들은 마음만 바꾸려고 하지 않고 환경을 바꾸는 데도 집중한다. 후자의 사람들은 삶의 환경은 방치한 채, 초인적인 의지가 생기기만을 바란다.”고 하면서 “삶을 바꾸려면 원치 않는 행동을 유발하는 인적 네트워크를 허물고, 원하는 행동을 유도하는 인적 네트워크 속으로 들어가야 한다. 공부하고 싶다면 공부하는 네트워크 속으로 들어가야 한다.”고 말한다.[46]

이처럼 주고받으면서 관계를 적극적으로 가꾸면 행복해진다. 자녀에게 나의 마음을 알려 주고 원하는 바를 얘기해 본다. 자녀와 의사소통을 하게 되면 자연스럽게 문제 해결이 될 일도 표현하지 않으면 그저 서로 조심하다 불편하게 된다. 신기하게도 자녀는 부모의 인간관계를 잘 파악하고 있다. 부모가 누구를 호감 있게 생각하는지, 꺼리는지를 말하지 않아도 알고 있다. 부모가 사람들과 맺는 관계유형을 알고 자기도 모르게 닮아간다.

관계도 탄력성이 유지되어야 오래 간다. 고무줄을 잡은 두 손에 적절한 긴장이 있어야 탄성이 유지되는 것과 마찬가지다. 내가 관계의 주도권을 어느 정도 잡고 유지하면 수동적으로 상대가 하자는 대로 끌려가지 않게 된다. 상대방이 손을 놓아버려도 충격이 덜하다. 나의 중심을 잡고 살아야 관계가 소원해져도 조금 아프긴 하겠지만 나에게 힘이 남아 있게 된다.

25

내가 하고 싶은
한 가지를 선택한다

─ 선택과 집중

　사람들이 흔히 하는 칭찬에 '팔방미인'이라는 표현이 있다. 언뜻 좋은 말인 듯한데, 너무 많은 것을 잘하려 하면 정말 꼭 필요한 재능과 능력을 키우기 어렵게 된다.

　MT를 가는데 한 사람이 숙소 예약, 참석자 확인, 답사, 식사 메뉴, 장보기, 간식 준비해 포장하기, 물건 나르기, 오리엔테이션 프로그램 준비하기, 강사 섭외하기, 운전 등의 일을 다 한다고 해 보자. 실제 그렇게 많은 일이 한 사람에게 집중되는 경우가 있다. "쟤는 뭐든지 잘해. 그 집 며느리는 솜씨가 좋아. 뭐든지 척척 해."라는 말은 일이 한 사람에게 쏠리게 만든다. 이렇게 때로 칭찬은 고래를 춤추게 하는 게 아니라 죽게 만든다. 고래 스스로가 좋아하고 의미를 부여한 춤이 아니라면 일을 시키기 위한 칭찬은 당사자를 힘들게 한다. 뭐든지 잘하는 사람은 인간관계 속에서 사소한 상황까지 떠맡아 해결하는 책임을 거절하기 어렵고 과부하가 걸리게 되어 있다.

가정에서는 흔히 '엄마'가 그런 입장에 처하게 된다. 엄마는 어느면에서 팔방미인이다. 뭐든 잘하는 엄마는 자녀 양육과 가사 일로지치기 쉽다. 적절하게 조절하지 않으면 건강을 해친다. 아이가 절대적인 보호를 필요로 하는 유아기를 지나면 엄마도 '해야 할 일'이아니라 '하고 싶은 일'을 먼저 챙겨야 한다. 즐거워서 하는 일이 나와 남 모두에게 좋은 결과를 가져온다.

일상에서도 그렇다. 하고 싶은 게 너무 많아 아무것도 하지 못하는 순간이 있다. 학교에서 성적이 잘 안 나온다고 하는 학생들을 흔히 산만하기 때문이라고 한다. 그 학생들은 무기력하지 않다면 너무 많은 일을 염려하고 한꺼번에 다 하려 욕심내서 집중하지 못하는 것이다. 하나의 구체적인 지식이나 경험을 자기 것으로 소화하려 하지 않고 있는 상태다. 예를 들면 공부해야겠다고 마음은 먹는데 수학도 영어도 과학도 문학도 공부해야 할 게 너무 많아서 시작을 못하고 있는 것이다. 공부 잘하는 학생이나 생활에 의욕이 있는학생은 구체적인 데 마음을 쓴다. 그날 수행 평가로 제출할 리포트의 수정이나 과학 시간에 볼 시험의 답을 확인하는 일에 집중한다. 어떤 아이는 일정표에 그날 할 일을 확인하거나 적어 넣는다.

엄마로서 자녀에게 좋은 부모가 되고자 너무 염려하거나 욕심 낼필요는 없다. 중요한 점은 자녀에게 보이는 '일관된 이미지와 태도'

이다. 유머도 있고 지성적이며 사회적으로 성취하여 인정받고 세련되고 놀기도 잘하며 학력도 높여주는 자상한 부모가 되기란 어렵다. 자녀에게 보여 줄 수 있는 한 가지 정도를 진심으로 애쓰고, 재능이 없다손 치더라도 꾸준히 나아가는 모습이 좋다고 한다. 즐겁게 잘할 수 있는 일을 찾아 하면 그에 따라 관계가 새로이 형성된다. 공통된 관심과 열정을 지닌 사람들과 좋은 시간을 보낼 수 있다.

먼저 내게 힘이 나는 부분이 어디에서 비롯되는지 알아본다. 보상이 충분할 때 내 마음이 설레는지, 칭찬과 지지를 받을 때 시작할 용기를 내는지, 상대방이 행복해하는 모습을 볼 때 더 잘하려고 하는지를 떠올려 본다. 내 경우는 주로 내 말과 행동을 상대방이 긍정해 줄 때 용기를 내 다시 시작하곤 했다. 언젠가 드라마 동호회에서의 아주 사소한 댓글이 나를 글쓰기로 나아가게 했다. 닉네임으로만 활동했던 그 사이트에서 '형은 앞으로 꼭 글을 씁니다. 어떤 글이 됐든 드라마든 문학이든 실용이든 꼭 좀요.' 하는 댓글은 몇 년 동안 나를 설레게 했다. 그 작은 따뜻함이 소심하고 게으른 나를 살렸다.

《누가 내 치즈를 옮겼을까》의 작가 스펜서 존슨은 그의 또 다른 저서 《선택》에서 지금의 현실은 과거의 선택의 결과라고 하면서 'Yes No 시스템'을 제안했다. 어떤 선택을 하기 전에 질문을 던지고 Yes, No로 대답해 보는 방법이다. 보다 나은 결정을 할 수 있게 하는 질문의 예를 들었다.

- 내게 정말로 필요한 것이 무엇인지 알고, 정보를 모아 선택의 폭을 넓히며 미리 충분히 생각하고 있는가?
- 나는 나 자신에게 정직하고, 내 직관을 믿으며, 내가 더 좋은 것을 받을 자격이 있다고 믿으며 결정을 내리는가?[47]

이런 질문에 스스로 대답해 가다 보면 더 나은 선택과 결정을 할 수 있고 인생을 보다 충실하게 살 수 있다.

내가 선택한 방향으로 현실은 움직인다. 선택에 따라 생고생이 될 수도 있고 대운이 트일 수도 있다. 세상에서 요구하는 능력이 때로 내 적성과 안 맞을 때가 있다. 안 되는 분야는 정말 안 된다. '하면 된다'는 표어가 유행하던 시절도 있었는데 아무리 해도 잘 안 되는 일이 분명 있다. 바쁜 중년의 시기에 몇 년 동안 전력을 다해야 하는 일이라면 '정말 좋아하는 일인가' 생각해 볼 필요가 있다.

정말 보람 있을 만한 한 가지를 시도하고 추진한다. 살다 보면 안 해도 되는 일이었는데 지나치게 힘만 쓰고 후회할 때가 있다. 진정으로 좋아서, 가치 있게 여겨서 기쁜 마음으로 매진할 수 있는 일이라면 실패해도 의미가 있고 약이 된다. 내게 중요한 것은 남기고 다른 요소는 삭제해 나가다 보면 본질적인 일만 남게 된다. 내가 애써도 바꿀 수 없는 일, 불필요한 일, 내가 아닌 누군가 해도 되는 일을 포기하면 진짜 하고 싶은 일이 보인다. 끝까지 남아 있는 그 일이 정말 내가 해야 할 일이다. 이왕이면 가장 즐거운 일을 골라 보자. 어렸을 때 미처 다 하지 못한 공부일 수도 있고 남을 도와주는 활동일 수도 있다. 그동안 못해 본 취미 활동이나 운동을 시작할 수도 있다. 뒤늦게 어학공부를 하는 친구들은 열심히 한다기보다 즐겁게 하니 늦깎이 공부여도 진도를 빨리 나갈 수 있다고 한다.

자기 꿈을 이뤄가는 사람들에게는 공통점이 있다. 다른 사람들이 중요하게 여기는 것을 따라 하기보다 자신이 가장 필요로 하는 것에 관심을 두고 실천해 나간다. '하기 싫은 일은 안 해도 괜찮다.' '꼭 해야 할 일이면 못해도 괜찮다. 일단 시작하자.'고 자기가 할 수 있는 일을 찾아낸다. 타인이 나를 높게 보든, 낮게 보든 상관하지 않는다.

망상에 빠져 있지 않고 현실을 제대로 파악하고 있어야 하고픈 일이 보인다. 어떤 행동을 해야 현실이 조금씩 개선될지 알면 내가 하고 싶은 한 가지 일을 추진할 수 있다.

우월감과 허영심이 있는 사람은 스스로를 좀 더 나은 가짜 자기로 인식하며 속인다. '~척' 하느라 에너지를 많이 쓴다. 처음에는 거짓인 줄 알고 그렇게 연기할 뿐이지만 어느덧 자신의 가치를 알아주지 않는 주변 사람들에게 섭섭함을 느끼게 된다. 진정 하고 싶은 일을 찾지 않고 남에게 실제보다 낫게 보이는 데에만 열중한다. 어쩌면 삶에서도 그런 것 아닐까. 내가 진짜라고 믿는 것들이 다 실제일까. 내 손으로 직접 확인하지 않은 사실들은 의심해 보아야 한다. 내 안에 있는 거짓을 제거하기 위해서다. 내 소망을 키우기 위해서는 실제 있는 그대로의 나를 알아야 하기 때문이다.

평생 거짓 학력을 진짜처럼 말하고 사는 사람이 있다고 하자. 그

때문에 그는 더 이상 배움의 기회를 갖지 않는다. 거짓 자기는 고학력인데 무슨 검정고시를 보고 늦깎이로 대학을 다니고 학위 과정을 새삼 밟을 필요가 있겠는가. 그러니 항상 거짓 고학력자 행세를 하고 세월을 보낼 수밖에 없다. 세월은 금방 간다. 인생이 그렇게 거짓으로 순식간에 흘러간다.

지금 자기 모습을 인정하는 데서 현실인식이 싹튼다. 망상에 사로잡혀 있으면 아무리 오래 살아도 진짜 자기를 알 수 없다. 내가 원하는 나로, 내가 바라는 인생을 살기 어렵다. 소망을 갖고 있는 사람은 지금 이 순간 필요한 일을 하면서 꿈을 키운다.

공부를 많이 하는데도 성적이 오르지 않는다고 고민하는 학생들을 가끔 본다. 학원에 다니고 집에서 숙제하느라 잠도 제대로 못 자고 열심히 하는데 결과가 신통치 않다는 것이다. 그런데 가만히 지켜보면 실제 공부하는 시간은 얼마 되지 않는다. 스마트폰은 항상 옆에 두고 인강을 듣겠다고 켜둔 화면에 채팅 화면을 겹쳐서 띄워놓고 있다. 잠을 잘 시간에 누워서 스마트폰으로 밀린 드라마를 보고 나서는 잠을 자도 피곤하다고 투덜댄다.

그림 한 장을 이해하는 데도 실제 사실을 알면 얼마나 달리 보이는가. 대표적으로 밀레의 작품 〈이삭줍기〉가 있다. 이 그림은 노동의 신성함과 진실된 삶의 모습을 그린 작품이다. 실제 그 이삭을 주웠던 여성들은 당시 최하 극빈층 여성들이었다. 이삭 줍고 남은 것도 감독하는 이가 샅샅이 뒤져 가져가고 겨우 연명할 정도만 그녀들의 차지였다. 밀레는 밀려오는 산업사회에 도시 노동자의 비참한 현실에 편입되기 직전의 농촌 사회의 모습을 그렇게 그렸다. 기계 문명이 지배하기 전, 전통적인 노동의 숭고함을 화폭에 남기려 했던 화가의 의도가 담겨 있다.[48] 이 작품을 보는 이는 노동을 미화시킨 경건함을 느낄 수 있다. 그러나 실제 그녀들의 삶은 그림을 보는 대중이 느끼는 경건함과 고귀함에서 한참 멀리 떨어져 있었다.

이런 생각이 나의 현실을 새롭게 해석하는 데 도움을 주었다. 그림처럼 남에게 보이는 모습이 아닌 실제 생활에서 내가 선택하고 싶은 일은 무엇인가?

지금껏 누구 때문에 하고 싶은 일을 못한다고 여긴 순간들이 많았다. 비교적 나 자신을 있는 그대로 받아들이게 된 지금은 하고픈 일 한 가지를 찾아 시작할 수 있게 되었다.

26

타인을 의식하고
나의 감정과 별개로

맞장구치다 반백 년!

가끔 쇼핑하러 가면 가게 매니저나 직원이 가까이 와서 상품을 권할 때가 있다. 그럴 때 뭔가 내 구매의사와 관련된 말을 하고 원하는 제품을 선택하는 게 번거로울 수 있다. 어떤 사람은 자기가 원하는 물건이 아니었는데 번번이 직원이 권하는 제품을 사고 만다고 한다. 어쩐지 상대가 말하면 거기에 맞춰 주어야 할 듯한 부담감을 느낀다니 그럴 수 있겠다는 생각이 든다.

물건 살 때만이 아니다. 보험 상품이나 어떤 단체의 회원으로 가입할 때도 자신이 진정 원하고 필요해서가 아니라 상대의 말을 거절하기 힘들어서 또는 그 분위기를 맞춰 주고 다수의 의견에 따르다가 덜컥 가입하는 경우도 있다.

감정적인 표현도 그렇다. 기쁜 내색을 하며 호응할 이유를 못 느끼는 상황인데 상대방 앞에서 지나치게 맞장구치고 긍정해 주느라 감정이 피로할 때가 많다.

일상적인 문제는 자잘한 해프닝으로 지나갈 수도 있지만 성장기 자녀가 진로문제를 결정할 때 제 의견을 못 내고 부모 눈치 보느라고 무엇을 원하는지 생각조차 하지 못한다면 어떨까. 후일 결혼하거나 직장을 구할 때도 자기감정과 생각보다 '부모가 어떻게 생각할까', '주변 친구들이 뭐라고 할까', '직장 동료들이 나를 어떻게 볼까' 하는 부분을 신경 쓴다면 내 인생은 남의 것이 되고 만다. 특히 여성들은 오랫동안 분위기 메이커 내지는 집안의 조정자, 가정의 정서적 중재자 역할을 해 왔기 때문에 자기감정대로 표현하거나 주장하기보다 주변이 원만하게 돌아가도록 맞추고 살기 쉽다.

P씨는 얼마 전 부부동반 모임에 다녀와서 남편과 다퉜다. 일 년에 몇 번 정례적으로 만나는 모임이라 구성원끼리 오랫동안 서로 잘 알고 지내는 편이다. 여러 가정이 모여 이야기하다가 그중 어느 집 남편의 말이 관심 있는 주제여서 다른 부인들과 함께 열심히 고개를 끄덕이며 웃고 시간을 보냈다. 그는 워낙 다방면에 아는 상식이 많아 화제를 이끌어가곤 했다. 젊은이들이 좋아하는 노래를 잘 알고 사람들을 잘 웃겨서 모임에 활기를 가져다 주곤 했다. P씨는 이야기를 들으며 "그렇군요. 정말 잘 아시네요." 하면서 거들기도 했다. 옆 사람들도 대체로 동의하며 재미있게 시간을 보냈다.

모임 후 단체 카톡에 후기가 올라오고 다음 만남을 기대한다는 식의 의례적인 인사말이 오갔다. P씨도 인사 정도로 답하려고 귀여운 이모티콘을 날렸다. 그것을 본 P씨 남편이 갑자기 화를 냈다.

"어지간히 좋은가 봐?"

"뭐가?"

"그렇게 이모티콘으로 깨방정을 떨고 말야."

"깨방정?"

"나나 아이들한테 그렇게 맞춰 준 적 있어?"

"뭘?"

"그렇게 그 남자 말이 좋았냐고. 계속 웃고 끄덕이고 맞장구치던데. 당신 목소리가 제일 컸어."

"그럼 모임에서 '차렷' 하고 있어야 해?"

"암튼 조심해. 남자들은 여자가 자기 앞에서 웃고 친절하면 다르게 오해할 수 있어."

"네에, 훈장님. 무척 조심해야겠군요."

"아무튼 조심하라고."

'왜 나한테 훈수야? 내가 웃든 말든 뭔 상관이야? 왜 어린애한테 하듯이 말해?'라고 말하려다 P씨는 더 말하지 않고 참았다. 더 큰 소리가 날 것 같아서였다. 아이들이 자고 있는데 괜히 시끄럽게 하면 안 좋을 듯했다. 또 다음날이 월요일인데 서로 기분 무겁게 일주일을 시작하긴 그렇지 않은가 하며 합리화했다.

하지만 며칠이 지나도 P씨는 머리가 맑아지지 않았다. 하고 싶은 말을 못한 자신이 못마땅하기도 했다. 모임에서 지나치게 상대방 말에 과잉 반응하며 맞장구친 자신도 마음에 안 들었다. 차라리 여유 있게 남편의 기분을 인정해 주고 "내가 좀 크게 웃고 떠든 건 맞아. 하지만 당신이 그렇게 말하니까 꼭 나를 어린애처럼 대하는 듯해서 기분이 좀 그러네." 하고 차분하게 말할 수 있었는데 지레 남편의 반응이 두려워 말 안 하고 지나친 게 또 걸렸다. '부부간 대화법'에 대해 어느 강연에서 배운 것은 어디로 다 가버리고 '도대체 왜 나를 힘들게 하느냐고?' 하는 반응이 튀어나온 점도 걸렸다.

그녀는 '나는 아직 멀었구나!' 하고 한숨을 쉬었다. 모임에 가서 분위기 맞추고, 시댁이나 친정에 가면 무난하게 행동하며 서로 불편하지 않게 대화하고, 직장에서는 맡은 일 감당하기 위해 또 신중하게 처신해 왔던 그 모든 시간들이 소모적으로 느껴졌다. 앞으로 모임에도 나가기 싫어졌다. 그러나 다음부터 안 나가면 또 사람들이 뭐라고 할까 싶어서 망설여진다.

심리학자 캐럴 길리건은 "여성은 타인의 기분, 생각, 행동을 책임지는 일에 자기 에너지를 쓰고 자신에 대해 책임질 권리는 다른 사람에게 넘겨준다."고 했다. 남이 좋아하는 내가 되고 싶은 마음 탓이다. 누구에게나 호감을 줄 수 있는 사람은 없다. '누구'의 나로서 살려면 내가 수십 명이 되어야 한다. 분신술을 부리는 홍길동처럼 살 수 없는데 상대에게 좋은 말만 듣고 싶어 한다면 어떻게 될까. 삶의 초점이 늘 바깥에 있으므로 나 자신은 내면에서 들려오는 좋은 말을 들을 여유가 없다.

'나'의 삶을 산다는 것은 '내가 좋아하는 나'로 살기 위해 노력하는 게 아닐까. 나의 감정과 소망을 소중히 여기는지 물어본다. 말 안 해도 언젠가 남이 알아주리라 믿고 희생하거나 참으면 상황은 변하지 않는다. 마음에 안 들어도 상대와 관계를 유지하려고 마지못해 하는 일들을 접어둔다. 일부러 상대에게 동조하지 않는다. 그런 행동으로 관계가 좋아지지는 않는다. 소통은 서로가 편하게 말하고 타협할 수 있을 때 이뤄진다.

어떤 감정이든 내게 찾아오면 잘 알아 달라고 애원한다. 내 안에서 느껴지는 감정은 다뤄 주어야 해소되고 풀어진다. 감정이 굳어져 돌처럼 되기 전에 내 감정을 진심으로 느껴본다. 헬렌 켈러가 설리번 선생으로부터 말을 배우는 영상을 본 적이 있다. 하나하나 설리번 선생의 입술을 만지면서 발음하는 헬렌 켈러의 모습이 눈물겨웠다. 그처럼 하고픈 말을 제대로 표현하는 법을 배우고 싶다. 말에서 힘이 나온다. '말'을 해도 된다. 이제 어린 시절처럼 제 할 말을 할 때 대꾸한다고 야단치거나 비웃을 사람이 없다. 성인이 된 내가 내 인생을 책임 있게 잘 살고 있다. 타성대로 내 감정보다 타인의 의사나 감정에 맞장구치는 데는 에너지를 덜 써도 된다.

심리학에서는 상대와 무조건 잘 지내려 하는 회유형 인간들의 의사소통 방식에 그런 점들이 강하게 나타난다고 한다.[49] 그들은 상대가 말하면 무조건 들어주어야 할 듯한 느낌을 갖는다. 불편한 관계는 참기 어려워한다. 나는 죽이고 타인의 기분을 존중하다 보니 생기가 부족하다. 여간해선 당차게 새로운 일을 향해 나가는 모험을 하지 않는다. 여기저기 맞추다 힘이 소진된다.

새로워지고 싶다면 나를 위해 에너지를 남겨두어야 한다. 나에게도 긍정의 메시지를 보내주자. "그래, 맞았어. 그렇구나. 잘했어. 대단해. 다음도 기대되네."라고. 그동안 무수히 남에게 했던 말이다.

내 기분이나 감정의 원인을 타인에게 돌리지 않도록 하자. 일단 내가 느낀 점은 내가 만들어낸 것이다. 생산지가 내 안이다. 마찬가지로 상대방의 감정이나 생각도 그의 것이다. 무조건 내가 긍정해 주지 않아도 된다. 상대는 나의 반응에 따라 좋을 수도 있고 안 좋아질 수도 있다. 그건 내 책임이 아니다.

타인을 의식해 배려하고 맞춰 주는 일이 나쁜 것은 아니다. 그러나 딱 거기까지 좋은 일 한 것으로 끝내자. 베푼 일은 잊어버리고 대가를 기대하지 않기로 한다. 내 안에 감정을 걸러내는 망 하나를 둬 본다. 남의 말이나 감정, 생각들을 그대로 내게 가져와 모셔 두지 않는다. 망을 통해 나에게 좋게 걸러내 내 마음도 가뿐하게 해 간다.

왜 모든 게
내 탓인 것만 같지?

– 불안감, 죄책감 덜기

손톱을 자주 깨물어 뜯는다거나 눈을 깜박거리는 아이들이 있다. 불안하고 긴장할 때 피부에 아토피가 일어나는 아이도 있다. 신체적으로 나타나는 증상이다.

어린 시절에 형성된 불안감과 낮은 자존감은 죄책감을 낳는다. 불안하기 때문에 적절한 수행을 하지 못하고 실수하고 다음에 더 긴장해서 더 큰 잘못을 하게 되어 죄책감이 강화된다.

L씨는 형제가 많은 집에서 자라 동생들을 돌보는 역할을 주로 맡았다. 부모님은 L씨가 맡은 일을 잘해 낼 때만 칭찬했다. 자연히 그녀는 타인으로부터 인정받는 방법은 무언가 성과를 보이거나 자기의 가치를 증명해 보이는 것이라고 여

겼다. 그래서인지 직장에서도 그녀는 어떤 일을 자기가 아닌 다른 사람이 해내면 불안해진다.

직장에서 상사가 자기를 찾지 않고 다른 직원을 찾으면 가슴이 두근거린다. 자기를 인정하지 않아서인 듯해서다. 그래서 그녀는 끝없이 일을 찾고 쉬는 시간이 있어도 편히 쉬지 못한다. 휴가 때도 직장일을 생각한다. 휴가가 끝나고 상사에게 무엇을 보고하고 어떤 계획을 말할까 생각하느라 제대로 쉬지 못한다.

L씨는 가정에서 자녀를 키울 때도 자녀의 시험결과가 좋으면 평안하다. 그렇지 않고 시험을 못 봤다든가 대회에 나가 입상하지 못하면 불안하다. 장래에 성공하지 못할까봐 전전긍긍하고 더 좋은 학원이나 선생님을 알아보러 다닌다. 작은 일도 혼자 결정하지 못하고 남의 의견을 들어야 안심이 된다. 자기가 선택해놓고도 신뢰할 수 없다. 자기 자신의 가치를 믿을 수 없다. 그 선택에 대해 남이 평가해 주고 잘했다고 해야 비로소 편해진다. 자기 기분과 가치에 따라 행동하기보다 다른 사람이 요구하는 대로 따라간다. 남과 다르게 행동하고 독자적으로 기준을 정해 일하기가 불편하다. 자기 자신을 믿을 수 없기 때문이다.

L씨의 경우처럼 어떤 환경에서 양육되었는가가 정서에 큰 영향을 끼친다. L씨는 인정욕구와 성취욕구가 강하다. 그녀는 마음의 평안을 얻기 위해서 상대의 인정에 민감한 자신의 성격을 돌아볼 필요가 있다. 자녀에게도 엄마의 그런 모습은 금세 대물림된다. 자기가 느끼는 감정과 생각에 충실하고자 노력하면 불안이나 죄책감보다 차분한 자신감이 생길 것이다.

불안감은 누구나 느낀다. 불안은 아직 다가오지 않은 미래에 대한 태도이다. 자존감이 낮은 사람은 그 감정에 눌려서 기를 펴지 못하고 실력 발휘를 못한다. 자신을 믿는 사람은 불안감을 인정하고 거기에서 벗어나곤 한다. 이때 불안을 이겨낸 작은 경험들이 중요하다. 겁먹어서 해내지 못한 일들을 해내거나 시도만 해도 불안감을 줄일 수 있다. 불안은 실패할까봐 완벽하지 못할까봐 느끼는 두려움이기 때문이다. 싫어하던 일도 한번 시도해 보면 불안보다는 '도전하는 즐거움'이 더 크다는 사실을 깨닫게 된다.

40세가 넘어 뒤늦게 대학원에 들어갔을 때였다. 직장에 다니랴 야간 수업 들으랴 과제하랴 바빠졌다. 열대여섯 살이나 어린 동기들 사이에서 뒤처지기 싫다는 부담감도 있었지만 진짜 두려움은 다른 데 있었다. 반드시 논문에 통과해야 학위를 주기 때문에 논문을 어떻게 쓸까 하는 고민이었다. 가르치는 교수님들도 나보다 나이가 어렸다. 논문지도 받을 때 만나기가 두려웠다. 이십 대 초반에 대학을 졸업한 후 논문이라고는 써 본 일이 없기에 졸업논문만 생각하면 불안해졌다. 이 년 동안 불안감을 스트레스로 안고 지냈다.

교수인 제부에게 하소연하며 어떻게 쓰느냐고 물어보면 "그냥 쓰면 되죠, 뭐. 가르쳐 드릴 것도 없어요."라고 대답했다. 당시만 해도 의존적이었던 터라 동생들에게 또 호소했다. "제목만이라도 정해 놓으면 좋겠어. 힌트 좀 줘봐. 아이디어 없니? 한 글자만이라도 주제를 정해 놓으면 좋겠어. 첫 문장만 쓰면 될 것 같은데 어떻게 시작하지? 논문 작성계획을 다음 주까지 제출해야 하는데…." 하고 걱정했다. 나의 능력에 대한 확신이 없고 완벽하게 완성할 수 있으리라는 자신이 없어 시간만 축내고 있었다. 나를 도와줄 사람이 아무도 없었다. 의존할 만한 데를 발견할 수 없게 되자 어느 날 '그래, 석사 학위를 받은 그 수많은 사람들이 다 논문을 썼을 테지. 그 논문들을 한번 보고 어떻게 쓸까 궁리해 보자.'고 마음먹었다. 도서관에서 논문들을 찾았다. 관련분야의 논문을 죽 읽어가니 눈에 들어오는 내용이 있어 분석했다. '제목의 형식은 어떤가, 단락별로 어떻게 풀어 나갔는가, 자료는 어디서 구했는가, 통계는 어떻게 했는가' 등을 궁리했다. '시작이 반이다.'는 말은 진리였다. 고민하고 불안해하는 순간도 실은 논문작성의 과정이었다. 시작하지 않으면 그 과정은 무의미한 시간으로 전락한다. 그 후 무사히 논문을 제출했고 수월하게 통과했다. 덤으로 논문 쓰는 동안 경험했던 내용이 학교의 각종 보고서나 연구학교 계획서 등을 작성할 때 도움이 되었다. 그 후 교육부에서 주관하는 교사들의 현장연구논문대회에도 매년 응모해 상을 받게 되었다. 3년 전 처음으로 내 책을 써서 출간했고 주간지에 교육칼럼을 연재하고 있다.

불안을 이긴 한 번의 큰 심호흡이 나를 여기까지 이끌어 주었다. 대학을 졸업하고도 20년이 지나서야 석사학위 논문을 처음으로 쓰게 되니 불안감, 무력감, 두려움이 그렇게 오랜 세월 내 안에서 웅크리고 있었다. 새로운 시도를 못하게 자꾸 끌어내렸다. 하지만 능력이 있고 없고는 내가 결정한다. 그 점을 배웠다. 두려움이 줄어들었다. 내 삶에 불안감을 주는 영역 하나가 사라졌다. 나 자신을 이긴 기쁨이 인다. 어디 논문뿐이겠는가. 유학을 가거나 새로운 공모전에 응모한다거나 낯선 곳으로의 긴 여행을 계획한다거나 자녀가 큰 시험을 앞두고 있다거나 하는 일이 다 불안의 요소가 될 수 있다. 그러나 한번 경험하면 두려움이 푹 꺼진다.

"잘 될 거야."라는 주문을 늘 외는 게 불안을 줄이는 비결이다. 대학원 동기가 해 주었던 말도 불안을 제거하는 데 보탬이 되었다. "우리 다 같이 묻어가요, 언니. 이번에 다 같이 쓰고 함께 석사학위 받아요."라고 말한 그 동기의 크고 둥근 눈망울이 생각난다. 동기들은 내게 큰 힘을 준 스승이었다. 어려움, 불안, 두려움도 다 함께 묻어가면 안심이 된다.

학생들이 가장 불안해하는 시험기간에 하는 행동을 관찰해 보면 마음을 다스리는 모습이 다양하다. 어떤 학생은 "난 망했어. 끝났어.", "역시 난 재수가 없어."라는 말을 하며 시험 첫날부터 땅이 꺼지게 한숨을 쉰다. 반면 어떤 학생은 생각에 잠긴 표정으로 조용히 창밖을 바라보거나 가방을 얼른 싸고 어디론가 향한다. 운동장으로 뛰어가 공을 연거푸 골대에 넣는 학생도 있다. 심리적인 조절을 하는 습관이 각양각색이다.

불안을 이겨내라고 다그치면 더 불안해진다. 편하게 "내가 불안하구나. 이런! 저번에도 그러더니…. 어째서 오늘 같은 상황에서 불안해할까?" 하고 인정해 준다. 그러면 내면에서 '불안 감정'이 말하기 시작한다. '누가 버럭 소리를 지르면 불안해서 아무 생각도 안나. 머릿속이 하얗게 돼. 어렸을 때 큰소리로 야단맞은 탓이지. 그것도 동생들 앞에서. 누가 소리 지르는 것은 나한테 불만이 있어서가 아니라 그 사람이 불안한 건데, 내 탓이 아닌데 왜 내가 불안해지지?'라고 호소한다. 그 감정이 말하는 소리에 귀 기울이면 가짜 불안감, 진짜 불안감이 모두 알아달라고 한다. 가짜는 물리쳐 버리고 진짜는 뭔가 행동으로 시도하며 알아나가면 된다. 행동으로 움직일수록 불안을 저 멀리 쫓아낼 수 있다.

불안, 두려움, 죄책감 같은 부정적인 감정이 전혀 쓸모없지는 않다. 이런 감정을 극복하는 경험으로 자녀들의 불안과 미래에 대한 막연한 두려움을 구체적으로 이해해 줄 수 있다. 자녀는 미움이나 욕심, 질투, 공포감 등 부정적인 감정에 사로잡혀 있을 때 그 감정을 다루는 엄마의 모습을 보며 성숙해진다. 엄마로서 느끼는 불안감을 적극적으로 관찰해 보자. 근원이 무엇인가. 애초에 낙관적인 기대를 당연한 것으로 해 놓으니까 목표미달로 불안하지는 않은가. 미리 미래의 그림을 그려 놓은 것은 아닌가. 지금 닥친 일만 생각하고 실행해 가도 늦지 않다.

불안을 줄이려면 몸을 움직이는 일이 가장 좋다고 한다. 일단 움직이며 걷다 보면, 밖에 나가 보면 불안이 줄어든다. 심리적인 불안은 신체증상으로 나타난다. 불안감과 같은 부정적인 감정을 조절하는 호르몬은 세로토닌이다. 세로토닌이 잘 분비되게 하려면 자연과 친하게 지내라고 한다.[50] 호흡을 천천히 하고 걷기를 즐기면 마음이 편안해지고 근육이 이완되고 생기가 돈다. 바람이 한 가닥 불어와 상쾌함을 선사할지도 모른다. 내가 밝은 쪽을 바라보며 한 걸음 나아가게 하는 힘은 몸을 움직이는 데서 나온다.

그리고 가벼운 마음으로 눈 뜨는 날이 드물다면 자신에게 지나친 책임들이 맡겨지진 않은 것인지 돌아본다. 책임감의 종류를 구별해 외부에서 준 것과 스스로 만든 것으로 라벨을 붙여보면 좋다.

가정 분위기가 심각하면 자기 책임으로 여겨 불안해하는 아이들이 있다. 자녀에게 남을 웃기려 과장하며 애쓰거나 무슨 일이든 총대를 메거나 하는 면이 있나 살펴본다. 또 무조건 양보하는 자녀가 있는지도 살펴본다. 그런 자녀가 후에 부모의 마음을 가장 아프게 할 가능성이 많다. 자기가 포기하고 자기를 없애가며 살았기 때문에 왜 그때 자기가 그렇게 하도록 내버려 두었느냐고 부모에게 책임을 물어올지 모른다.

성장기 자녀일수록 자녀의 감정을 이야기해 보라고 하면서 그 감정을 인정해 주어야 한다. 자녀는 부모에게 "편해지고 싶다. 쉬고 싶다. 공부하고 싶다. 운동하고 싶다. 웃긴 영화를 보고 싶다. 아무에게도 간섭받고 싶지 않다."는 사소한 말을 할 수 있어야 한다. 부모가 "누구 때문에 힘들다.", "너만 아니었어도."와 같은 말을 하면 자녀에게 죄책감을 심어준다. 어떤 부모는 그럼으로써 자식을 통제한다. 자식을 자기 뜻대로 움직이는 존재로 소유하려는 욕구이다.

무슨 일을 자기 탓으로 여기는 사람은 스트레스에 취약하다. 할일에 싸여 휴식과 여유를 즐길 수 없다. '해결 위주'보다는 '해석 위주'로 생각을 바꿔보는 게 좋다. 내가 직접 해결할 일이 아니라면 과감히 버린다. 어떤 상황이 주는 중압감은 실제 별 거 아닐 수 있다. 상대방의 기분도 수시로 바뀌고 내가 모르는 일의 배경이 있을 수도 있다. 내 탓이 아닐 가능성이 많다. 사람들은 대부분 상대방에 대한 관심으로 오랜 시간을 보내지 않는다. 내가 바빠 살면서 내 일 챙기기에 급급하다면 남들도 그렇다. 내가 나 자신이 마음에 안 들어 때로 잠이 잘 오지 않는다면 남도 그렇다. 사람 사는 게 처지는 다른 듯하나 거의 비슷하다. 실제 인간관계에선 내가 사랑받으려고 노력한 대가로 상대가 나를 존중하는 건 아니다. 남이 나를 사랑하든 안 하든 나는 본디 사랑스럽고 귀한 존재다.

가정의 일에서도 엄마가 무조건적으로 죄책감을 갖지 않아도 된다. 가족이 모두 끌어안고 한 팀이 되어 풀어나갈 과제다. 집의 먼지와 창문에 진 얼룩, 정리되지 않은 냉장고, 신통치 않은 자녀 성적, 줄어드는 통장의 잔액 등이 엄마 탓만은 아니다. 엄마 역시 자기의 시간과 에너지를 쓸 데와 덜 쓸 데를 구분해 생활하는 가족의 한 구성원이다.

내가 나를 바라보는 대로
상대는 나를 평가한다

28

– 열등감 극복

어찌 보면 인생은 평안하고 행복한 상태를 꿈꾸는 과정이다. 저마다 '평안하고 행복한 상태'의 기준이 다르다. 내가 생각하는 평안과 행복을 해치는 대상을 만났을 때는 불편해진다. '나의 세계와 경계'를 지키고 싶어 방어하려 한다. 열등감은 그런 의식에 빨간불이 들어오는 순간에 느껴지는 감정이다.

어느 면에서든 사람은 누구나 자기 행복의 크기와 평안의 정도를 정해 놓고 살고 있다. '이 정도면 나는 행복한 듯해. 다른 사람에게 일어난 불행이 내게는 안 일어났으니 평안한 거지.' 하는 생각이 있다. 생각해 보면 그런 행복의 크기와 평안의 정도 역시 내가 만들어 놓은 한계다.

남과 비교하면 열등감에서 벗어나기 어렵다. 사람은 터무니없는 대상과 비교하며 힘들어하지는 않는다. 자기와 비교대상이 되는 가까운 이를 바라보면서 힘들어하거나 우월해 하거나 행복감을 느낀다. '사촌이 논을 사면 배가 아프다'는 말처럼 가까운 이를 비교대상으로 삼는 게 인간의 속성인 듯하다. 친구 사이에 상대의 열등감을 자극하는 말이 가장 흔하게 오고 간다. 편한 사이일수록 숨길 수 없는 열등감이나 질투 또는 우월감 탓에 실수하기 쉽다. 서로 잘 아는 사이에서 오가는 갈등은 평범한 대화에서 빚어진다.

"너도 그렇게 결혼했는데 내가 아무나에게 갈 수 없잖아?"

"어머, 네가 어떻게 이런 짓을 했어? 참 얌체 같다."

"내가 그 자리에 너 추천하려 했더니 다른 위원들이 반대하더라. 넌 빽이 좀 없더라."

"내가 너였다면 그렇게 안 했어. 난 내가 한 만큼 평가를 제대로 받아냈을 거야."

이런 말을 들으며 기분이 나빠졌다면 인정받지 못한 열등감 탓이다. 그리고 그런 말을 한 사람 역시 열등감을 갖고 있다는 반증일 수 있다. 내 기분을 안 좋게 하는 상대와 인연을 끊고 산다면 무인도로 갈 수밖에 없다. 사람은 무의식적으로 그런 말을 수없이 하며 살고 있다. 내가 남의 열등감을 자극하는 말을 무심코 했을 가능성도 있다. 특히 부부 사이에선 아내와 남편이 서로의 열등감을 가장 잘 알고 있다. 싸울 땐 가장 유효한 공격을 감행하기에 상대가 상처받을 만한 급소를 찌른다. 배우자가 나를 공격하는 부분이 어떤 내

용인가. 그것이 내가 열등하게 여기는 부분이다.

나 역시 남편과 적지 않게 다퉜지만 유독 못 잊는 싸움이 있다. 그 일에 감정이 덧입혀져서 두고두고 마음이 아팠다. '남자'라는 권위의식이 많고 가사와 육아 및 자녀 교육은 여자 일이라는 관념이 강했던 남편과 마찰이 심했다. 직장맘인 내가 완벽주의자인 남편의 눈에 들게 매사를 깔끔하게 처리하긴 어려웠다. 평소 그런 불만이 있던 차에 언젠가 모임에서 돌아와 말을 꺼냈다.

"K씨는 아내 일을 잘 도와주고 집안이 어지럽혀졌다고 화내지도 않는데 당신은 왜 그래?"

"그 집 와이프는 S대 나올 만큼 똑똑하잖아. 그러니 잘해 주지."

"J씨의 와이프는 S대 출신 아니잖아. 그래도 와이프한테 잘해 주던데?"

"그 집은 Y대 나왔잖아."

"그러면 P씨네는? 그 집 와이프는 명문대 출신 아닌데?"

"거기는 와이프가 롱다리잖아. 뭐가 그렇게 불만이야?"

남편의 말은 나의 열등의식을 제대로 적중했다. 학벌과 외모, 특히 키에 대한 열등감이 있던 나였다. 지금 돌아보면 '젊은 나이에 화가 나면 무슨 말을 못 하겠는가.' 싶으면서도 가끔 기분이 안 좋을 때 속에서 올라오는 기억이다. 그런 말들은 부부관계의 핵심 문제에서 벗어난 말들이다. 자기 안의 상처 때문에 왜곡된 표현이다. 내 열등감 탓에 몇십 번이고 곱씹었던 그 말들은 내가 그 감정을 해소하지 않았기에 지금도 내게 영향을 미친다.

열등감은 오로지 한 단계 한 단계 긍정하며 그것을 상쇄할 만한 행동으로 성취해 갈 때 극복할 수 있다. 상대의 말을 있는 그대로 받아들이면 감정에 끌려가게 된다. 내게 들리는 말이나 보이는 행동은 상대의 것이다. 그것을 어떻게 받아들이느냐는 나의 선택과 결정에 따라 달라진다. 내가 그때의 나를 불러서 코치한다면 어떻게 할까.

- 남편이 가사를 잘 도와주지 않는다고 생각해서 섭섭하구나. (감정 인정)
- 지금 남편은 화가 나 있구나. (상태 파악)
- 다른 집 남편이 가사를 잘 도와주는 걸 보며 아내를 사랑한다고 생각했구나. (생각 인정)
- 설거지나 빨래 등을 잘 안 도와주는 남편은 너를 사랑하지 않는다고 여겼구나. (문제의 지각)
- 다른 집 남편과 비교해 보고 남편에게 도와달라고 말하고 싶었구나. (대화의 진짜 목표 파악)
- 남편이 네 말을 어떻게 들었을까. 앞으로 잘 도와달라는 부탁으로 들었을까? 아니면 다른 남자들과 비교해서 부족한 남편이라는 메시지로 들었을까? (상대 입장 파악)
- 네가 소망하는 뜻을 제대로 전달한 것 같은가? 감정이 들어 있지는 않았나? (상대를 배려하며 I message로 의사 표현)

- 잘 도와달라는 뜻보다 남편이 너를 사랑하고 있지 않다는 불만과 두려움을 표현한 거네. 말의 본래 목표는 사라지고 다른 뜻을 전한 거네. (내 표현의 오류 발견)
- 너 자신에 대해 자신감이 없었던 거네. 너는 사랑받지 못하는 아내라고 스스로 생각하고 그 생각을 표현한 거네. 남편이 너를 사랑한다고 확인해 주었으면 해서. (근본 원인 파악)

지금이라면 그때의 나를 꼭 안아줄 것이다. "넌 그런 감정을 느낄 수 있어. 하지만 그런 걱정까진 안 해도 돼. 씩씩하게 잘 살고 있어. 남편이 다른 집보다 덜 도와줘도 돼. 필요할 때 도와달라고 부탁해 봐. '도와줘', '고마워'라는 말을 연습해. 그리고 다른 집과 비교해 남편의 열등감을 자극하기보다 남편에게 있는 다른 좋은 점을 알아줘. 별로 없다고? 찾아봐. 있을 거야. 아이에게 동화책 잘 읽어주고 축구 같이 하고 산에 자주 데려가는 남편이잖아."라고 말해 줄 것이다.

최근 남편에게 그 일이 기억나느냐고 물었다. 기억이 전혀 안 난다고 한다. 그 역시 화가 나서 아무 말이나 내뱉었기 때문이다. 상대가 기억도 못하는 대화를 20년 이상 고이 간직하고 있었던 셈이다. 해소하지 않고 알아주지 않은 감정은 그토록 오래 간다.

내가 나를 부족하게 여기는 부분은 상대방에게도 보인다. 자신과 비교하며 지나치게 부러워하면 상대는 나의 약한 점을 알아본다. 그리고 그것을 이용하거나 나를 평가하는 정보로 담아둔다. 만약 내가 나 자신을 열등하게 여기지 않고 안정감 있게 중심을 잡고 긍정하면 타인이 공격할 이유가 없어지게 된다. 내가 나를 잘 알고 보호하는데 어떻게 틈새를 찌르겠는가. 설령 상처받을 만한 말을 들어도 금방 그 감정에서 빠져 나올 수 있다. '오늘은 언짢은 말을 들었네. 내게 그렇게 말하는 것을 보니 그 사람은 자기 처지가 싫었나 보다.' 하고 넘어갈 수 있다. 내 현실을 실제 망가뜨리려는 의도가 있는 말에는 응당 반격해야 하지만 대부분은 나의 열등감을 자극하는 말에 반응한 것일 때가 많다.

지금의 나로서는 만족할 수 없다는 마음에서 열등감이 생긴다. "그래? 이게 나야.", "나는 적당히 이기적이야. 하지만 잘 보면 좋은 구석도 있고, 괜찮아."라고 말해 보면 마음이 편해진다. 있는 그대로 수용하는 태도는 자존감 고취에 도움이 된다. 심리학자 너새니얼 브랜든은 이를 '거울 속 나의 모습 받아들이기'라고 했다.[51] 거울에 비치는 자기 모습을 보고 "바로 지금, 저 모습이 나야. 그리고 나는 그 사실을 부정하지 않아. 나는 그 사실을 받아들여."라고 말하면 그것이 현실을 존중하는 것이라고 한다. 그런 자기 존중감은 열등감 극복에 아주 유용하다.

비교는 엄마를 힘겹게 한다. 타인의 행복과 나의 행복을 저울질하고 자녀의 성취와 옆집 자녀의 성취를 견주어 보는 일로 집안 분위기가 가라앉을 때가 많다. 그동안 경쟁에서 우위에 서야 성공이라는 사회 분위기가 한몫했다. 경쟁사회에서는 필연적으로 열등감을 쉽게 가질 수밖에 없다. 비교의 기준이 정해져서 서열화되기 때문이다.

내가 나를 바라보는 대로 남은 나를 평가하고 대한다. 내가 나를 바라보는 시선은 내 부모에게서 만들어졌다. 특히 엄마가 바라보는 나는 그대로 나의 인식으로 굳어진다. 내가 내 자식을 바라보는 대로 남들도 내 자식을 바라본다. 아이의 삼촌, 이모, 조부모, 선생님 등 남 앞에서 자식 이야기를 할 때 주의해야 할 부분이다.

살면서 끊임없이 배우고 인생의 장벽을 서서히 무기력하게 만든 사람들의 이야기를 들을 때 나 스스로 열등감을 느꼈던 점을 반성한다. 그들은 오히려 자신이 공부를 잘하지 못해 좋은 대학을 못 갔다고 인정한다. 학력이 부족하고 배워야 할 점이 많다는 깨달음을 한시도 안 잊는다. 거기서 출발한다. 어떤 중견기업의 오너가 된 분은 이렇게 말했다.

"저는 제가 못 배워서 저보다 똑똑한 사람에게 무조건 배우려고 했어요. 제겐 사람이 가장 귀했어요. 고학력인 분을 만나면 언제나 즐겁게 배웠어요. 만나주면 감사했고요. 최대한 그런 분들을 만날 기회를 만들었죠. 왜냐하면 제게는 사람이 재산이었거든요. 그분들이 아니었으면 제 사업이 이렇게 일어났겠어요?"

그래서인지 그 오너는 사원들의 복지와 교육에 투자를 많이 한다고 한다.

열등감에 묻혀 있으면 어떤 변화도 없다. 감정은 내가 조절하고 다루어 갈 때 힘이 된다.

때로는
최선보다

29

차선이 필요하다

지금 부모 세대만 해도 "최선을 다하라."는 말을 자주 듣고 자랐다. 그런데 언제부턴지 최선보다 차선이라는 말이 나오기 시작했다. "최선을 다하라."는 말이 슬그머니 위력을 잃게 된 배경에는 무엇이 있을까. '최선을 다하라'는 말 자체는 좋지만 어떤 상황에서는 듣는 사람이 '넌 지금 부족해'라는 메시지를 읽어내는 경우가 많기 때문이다. 그리고 지금은 최선을 다한다고 해도 성과가 금방 드러나기 어려운 시대이기 때문이다. 변화 많은 시대에 어느 방향으로 최선을 다해도 성공이 보장되는 길은 요원하기에 선뜻 최선을 다하라고 하지 못한다. 길을 가는 방법은 다양하다는 점을 생각하면 여러 길을 가보고 시도해 본 사람이 길 찾기에 전문가가 되고 후회도 없을 가능성이 많다.

지금 젊은이들은 성공해서 꼭 최고가 되려 하기보다 자기 시간을 잘 가질 수 있고 취미생활을 할 수 있는 삶을 중시한다. 주변 사람들이 성공하는 인생, 경쟁에서 우위에 서는 인생을 이야기할라치면 "꼭 그래야 하는 건가요? 높이 올라가야 행복한 건가 해서요. 조직에서 위로 올라가려면 불가피하게 나를 포기해야 하는 부분이 있잖아요? 그런데 꼭 그렇게까지 살아야 하나, 하는 생각이 들어요. 내 인생이 소중한데 꼭 그래야 하나 해서. 전 높이 오르거나 보수가 많은 직장에서 개인 시간도 없이 힘들게 살고 싶지 않아요."라고 말한다.

최고를 기대하면 만족스럽지 못한 지금의 상태를 견디기 어렵다. 힘들 때, 경쟁에서 뒤질 때, 앞이 보이지 않을 때 지금 누리고 있는 행운을 찾아보면 위안이 되지 않을까. 흔히 부모는 자녀가 입시경쟁에서 이기기 위해서 노력해도 더 최선을 다하라고 한다. 달리는 말에 채찍을 휘두르는 격이다. 잠재력을 발휘하면 놀랄 만큼 발전할 수 있다고 격려한다. 그저 있는 그대로의 모습을 읽어주고 지지하면 되는데 이상적인 기준을 말하고야 마는 부모가 많다. 그러면 자녀는 기본적으로 스트레스가 많은 생활을 할 수밖에 없다.

둘째 아들이 초등학교 4학년 때 교통사고로 오래 치료를 받았다. 당시 아들에게 학원을 열심히 다니고 경시대회에 참가하도록 채근했다. 사고가 난 날에도 수영까지 다녀와 힘들어 하는 애를 기어이

수학 학원에 보냈다. 아들은 그날따라 힘들었는지 "학원 안 가면 안 돼요?"라고 했다. 많이 피곤했던 모양이었다. 나는 엄격하게 한다고 "안 돼. 한 번 빠지면 다음 진도 따라가기 어렵지." 하고 보냈다. 밤 여덟 시 정도부터 열 시 반이 넘도록 공부했다. 초등학생에게 너무 가혹한 일정이었다. 밤 열한 시가 되어도 오지 않아 걱정을 하고 있는데 전화가 왔다. "사고가 났는데 댁의 아드님인 것 같네요." 아이는 병원으로 이송되었다고 했다. 병원 응급실에서 피투성이가 된 아이의 다리를 보고 아무 생각도 나지 않았다. 아이가 살아 있어 내게 말할 수 있는 것만으로도 감사했다. 그런데 아들이 하는 말에 그만 무너져 내렸다.

"엄마, 미안해요."

뭐가 미안하다는 말인가. 자기가 다치고 목숨을 잃을 뻔했는데 엄마에게 미안하다는 생각이 왜 들까. 그 순간 내가 얼마나 냉혹하게 아이들을 키웠는지 깨달았다. 내가 일찍 출근하니까 아이들은 다른 집 아이들과 달리 아침 식탁 뒤처리까지 하고 등교했다. 하교해서는 스스로 학원에 가는 고된 일과를 잘 해냈는데 나는 더 잘하고 시간 관리를 더 철저히 하기를 바랐다. 아이들에게 너무 어른스럽게 행동하기를 기대했다. 그러면서도 정서적으로 아들들을 다독이고 북돋워주는 데 게을렀다.

아들은 그날 거의 밤새도록 수술을 받았다. 수술실 밖에서 기다리는 시간은 길었다. 그 후로도 몇 차례 수술을 받고 재활 기간까지 포함하면 꽤 긴 시간 학교에 제대로 가지 못했다. 당시 아침마다 아들을 병실에 놓고 출근하여 학교의 학생들을 보면 너무도 부러웠다. 전교생이 천 명 가까이 되었는데 사고로 입원해 등교를 못하는 학생은 거의 없었다. 평소 학생들이 꼬박꼬박 출석만 해도 감사하다는 생각을 별로 하지 못했다. 그런데 막상 내 아이가 아파서 학교에 못 가는 상황이 되니 교실에 빽빽이 출석한 학생들이 완전히 달리 보였다.

"너희가 이렇게 책상에 앉아 친구들과 공부하는 게 얼마나 큰 행복인 줄 아니?"

사정을 모르는 아이들이 '무슨 말인가?' 하는 표정으로 멀뚱멀뚱 바라보던 생각이 난다.

그땐 아들이 살아만 줘도 감사하다고 여겼는데 후에 입시가 다가오니 다시 공부를 열심히 해 주었으면 하는 기대가 슬그머니 생겨났다. 사람은 일이 조금 풀리면 힘든 과거를 금방 잊고 또 바라게 되는 것 같다.

자녀를 기를 때 기대수준을 낮추고 부모 마음이 평안해지는 그 순간 새롭게 시작할 수 있다. 마음이 골라지고 단단해진 그 토대 위에서 다시 현실을 바라볼 수 있다. 아이들이 어릴수록 아이가 한 행동과 성취결과에 대해 즉각 피드백을 잘해 주라고 한다. 특히 아이에게 기대하는 말도 좋지만 기분이나 감정을 이해해 주는 말을 자주 해 주라고 한다. 아이는 자기가 있는 그대로 인정받고 사랑받고 있을 때 몸과 마음이 편하다. 한 단계 한 단계 오를 때마다 구체적으로 그 사실만 가리키며 칭찬하고 격려해 준다.

　기대가 지나치면 웬만한 성취에도 기쁨과 보람을 느끼지 못한다. 지금 내가 누리는 현실이 누군가에게는 가장 원하는 삶일 수도 있다. 사람들은 대개 자기가 갖고 있는 것의 소중함은 별로 느끼지 못한다. 사람에 대한 기대도 마찬가지다. 사람 사이에는 적당한 거리가 있다. 타인이 내 부모와 같을 수 없고 내 부모가 나 자신 같을 수 없다. 자기가 느끼는 만큼, 할 만큼 하고 사는 게 사람살이인 것 같다. 기대수준이 높아 현실에 만족하기 어렵다면 기대를 낮추는 수밖에 없다. 최선보다 차선의 선택이 훗날 더 나은 결과를 가져올 수도 있다. 평안은 만족하지 않으면 얻을 수 없다. 어찌 보면 평안함이 가장 다다르기 어려운 경지인지도 모른다.

30

내 안의 분노는
재생 에너지!

– 이유 없이 화내고 후회할 때

흔히 분노는 부정적인 감정이니 피할수록 좋다고 여긴다. 그러나 모든 감정은 다 소중하며 나에게 보내주는 신호다. 감정의 원인보다 감정 그 자체에 집중하는 게 중요하다.[52]

주말에 외박하고 들어온 자식에게 화가 났다고 하자. 자식에게 원인이 있지만 화내는 내 감정에 집중해 본다. 화가 나니까 목 뒤가 굳는 듯하고 걱정이 돼서 '자식이 타락의 길로 빠져드는 것은 아닌가, 나쁜 친구들을 만나고 있는 것은 아닌가, 좋지 않은 상대와 교제하는 것은 아닌가.' 하는 생각이 머릿속에 빙글빙글 맴돌 수 있다. 염려하는 마음이다.

"너 또 화가 나는구나."

"'난 무슨 일이 일어난 줄 알고 걱정했다. 안 들어올 땐 문자라도 남겨두면 좋겠다.'고 문자를 보내고 싶구나. 확인하고 싶어서."라고 감정을 읽어준다. I Message로 표현하는 연습을 한다. 그리고 자식에게 말한다. 예상되는 반응은 두 가지다.

예상반응 1 : "저녁 모임 갔다가 늦어져서 친구 집에서 자고 왔어요. 엄마 주무실 듯해서 연락 못했어요. 죄송해요."
예상반응 2 : "제 인생 제 마음대로 못하나요? 나쁜 짓 하고 다니는 것도 아니고 제발 좀 가만 두세요. 저 신경 쓰지 마시고 부모님 인생 사시라고요."

'내가 얘기하면 어떤 반응으로 나올까? 그냥 넘어갈까?' 생각해 본다. 그러나 회피하지 않고 조금이라도 자기표현을 한다. "난 네가 늦게 들어오거나 안 들어오면 걱정돼. 무슨 일이 있나 하고."라며 말한다. 그러면 '분노'가 '자기표현'으로 바뀐다. 부모는 한집에 살면 늦지 않게 들어오고 반드시 미리 알려야 한다고 여긴다. 자식은 성인인데 제 마음대로 드나들지도 못하나 하는 생각이 있을 것이다. 지나치게 개입했다. 자녀와 거리를 둔다고 해 놓고선 번번이 염려하고 화내는 내 감정을 읽는다.

이전엔 감정을 표현도 못하고 끙끙 앓았다. 서운하고 걱정스러운 감정을 언제 말할까 전전긍긍하다 밥 먹을 때 말하면 식사 시간이 썰렁해지는 결과만 얻기 일쑤였다. 서로 서운함만 늘어갔다. 자식인데 그렇게 어렵다. 그렇다고 그 순간의 감정표현을 회피하면 더 많은 감정이 쌓이고 원활하게 소통이 안 된다. 몸도 힘들다.

일단 조금이라도 표현하면 어떻게 반응할지는 상대방의 몫이다. 직접 상대에게 표현하기 어려우면 가만히 행동으로 나타내도 된다. 바깥에 나가 혼자 말하기도 하고 산책하거나 다른 공간으로 가는 것도 방법이다. 쓰는 것도 분노를 줄이는 좋은 방법이다. 화가 났을 때 한두 페이지 정도 글로 써 가다 보면 그 사이에 감정이 누그러진다. 가장 힘든 점은 빨간 색으로 써 둔다. 하루나 이틀 후에 읽어 보면 감정이 사뭇 달라져 있다. 그러면 화를 서술했던 일기를 지운다. 혹은 화가 났던 자신을 다시 성찰해 보면서 수정한다.

어떤 감정을 내 것이라고 인정하면 감정을 통제하는 사령부가 내 안에 생긴다. 불을 끄는 것도 내 안의 사령부에서 명령하고 저기압일 때는 내 안에서 활력을 만들어 낼 수 있다.

그동안은 '화를 내면 안 된다.'고 여겨 참곤 했다. 화내는 모습은 여자답지 못하다고 교육받고 자랐다. 결국 분노를 인정하지 않다가 엉뚱한 데서 폭발하는 때가 많았다. 그러면 히스테리가 많은 사람으로 오인받기 십상이다. 그런 모습에 더 화가 나서 자괴감에 빠지게 된다.

애덤 스미스는 "주위 사람의 감정과 조화를 이루려면 원래 올라가 있던 톤을 반음 내려야 한다."고 했다. 남과 잘 지내려면 자신의 감정을 조절해야 한다고 조언한다.[53] 사람은 남의 기쁨은 작을수록, 슬픔은 클수록 쉽게 공감한다. 자잘한 일에 화를 내며 불평하는 사람은 그때마다 사람들의 공감을 얻기 어려울 것이다. '뭐 저 정도 가지고 화를 내나?' 하고 비웃음당할 수도 있다.

가정에서도 '슬리퍼를 질질 끌고 다닌다, 음악 소리가 너무 크다, 치약 뚜껑을 열어 놓는다, 요리할 때 환기시키지 않는다, 소파에 쿠션이 정리 안 되어 있다, 신발을 똑바로 안 놓았다'고 화를 낸다면 가족의 공감을 얻기 어렵다. 유머로 승화시키든지 조용히 말한다. 현실에서 내 분노를 상대가 잘 알아주기를 바라는 건 무리다.

학교에서 학생들이 분노조절이 안 되어 교실에서 소란을 피우고 나서 하는 말이 다양하다.

- '화'가 나서 아팠어요. 누가 내 말을 좀 들어주면 금세 마음이 편해지는데, 말할 사람이 없어요. 가슴이 너무 답답해요. 찌르는 듯이 아파요. 머리가 터질 듯해요.
- 다 집어치우고 싶었어요. 때려 부수고 싶어요. 그런 내가 마음에 안 들어요.
- 집에 들어가기 싫어요. 어디론가 떠나고 싶어요.

성인이 아닌 십 대는 더욱 분노조절이 안 되어 주변을 당황하게 한다. 그럴 때 주의할 점이 있다. 분노를 단순히 폭발시키는 것은 아무 변화를 가져오지 못한다. 자기를 잃어버릴 정도로 분노하면 그 감정에 지배되어 버린다.

어린 자녀나 십 대 자녀에게는 분노를 자기 행복에 도움되는 쪽으로 통제할 힘이 부족할 수 있다. 일단 화를 인정해 주는 게 좋다. "화가 났구나.", "그럴 만했겠구나.", "더 화날 일인데 많이 참았구나." 하고 말한다.

목표는 자녀가 '화'를 설명하게 하는 일이다. '화'를 이야기할 수 있는 분위기만 되어도 변화 가능성이 있다. 그러나 화를 폭발하고도 아무 소통이 없다면 그 상황은 언제든 반복된다. 늘 불안과 긴장 속에 있게 된다. 싸우지 않으면 이상하게 여겨질 정도로 익숙한 상황이 된다.

분노도 에너지다. 내 행복에 도움되는 쪽으로 선택한다면 화는 줄어든다. '표현'만이라도 좋다. 분노가 충동적이고 참기 어려운 감정이라는 선입견은 실제와 다르다. "미안해. 나도 모르게 화가 나서 그랬어."라는 변명은 인정하기 어렵다. 화는 선택해 낼 수 있는 감정이기 때문이다.

알랭 드 보통은 세네카의 말을 인용해서 "분노는 열정의 통제 불가능한 촉발에서 비롯되는 것이 아니라, (수정 가능한) 추론의 오류에서 나온다. 만약 차가운 물세례를 받으면 온몸을 부르르 떠는 것 외에는 다른 선택의 여지가 없다. … 그러나 분노는 육체적인 반사의 범주에 들지 않는다. 오직 이성적인 사고를 거쳐 고수하게 된 어떤 관념들에 근거하여 터져 나올 수 있다. 그렇기 때문에 그 관념들을 변화시킬 수 있다면 우리는 화를 쉽게 내는 성격도 바꿀 수 있을 것이다."고 했다.[54]

대학입시에 실패한 자녀에게 화가 나는 이유는 "내 자녀라면 마땅히 어떠해야 한다."는 믿음이 전제되어 있기 때문이다. 누군가 집에 있는 값비싼 그릇을 깨뜨렸을 때 분노를 느꼈다면 "값비싼 그릇은 깨지지 않도록 조심해야 한다."는 믿음이 은연중에 있기 때문이다. 남편이 아내에게 화가 나서 함부로 말을 뱉었다고 하자. 그 남편은 자신이 순간적으로 이성을 잃어서 그런 말을 했다고 변명할 수도 있으나 실제 그의 생각에 '아내란 마땅히 어떠해야 한다.'는 기대치가 있었던 것이다. 여성에 대해, 아내의 역할에 대해, 자식의 태도에 대해 완벽한 기대치가 있다면 그에 못 미치는 상황은 분노를 자아낸다.

분노 역시 생각을 바꾸면 선택 가능한 감정으로 변한다. 부족한 점이 많은 대상에게 "무슨 사람이 저 따위야?"라고 하기보다 "저런 문제를 지닌 사람은 어떤 사람일까?" 하고 사람 자체에 대한 관심으로 이동해 보면 상황이 달리 보인다.

분노를 객관화하기 위해 묘사해 본다. 어떤 상황에서 화를 내게 되는가. 돌이켜 보니 자랄 때 "그냥 네가 한 번 더 수고해라.", "손위니까 참아라.", "큰소리 나기 전에 잘못했다고 빌어라." 하는 말을 자주 들었다. 문제가 생기면 상황을 무마하는 데만 집중했다. 환경에 의해 굳어진 나의 성격은 내 안에 화를 만들고 제대로 분노하는 법을 몰랐기에 표현할 타이밍을 놓쳤다. 후회하고 나를 비하하고 그저 아무 일 없이 지나가면 될 것이라는 단순한 처방만 되뇌었다.

이제 분노를 잘 다스리고 싶다. 분노하게 될 때는 대개 신체적으로 힘들 때가 많다. 또는 미리 준비하지 못해 급히 서두를 때, 여유 없이 아이에게 소리 지를 수 있다. 자녀는 차분히 무슨 일을 어떻게 준비하라고 예고해 주지도 않고 화내는 부모가 무서워질 것이다. 그것도 습관이 되면 부모가 소릴 지르고 화를 내도 눈 하나 깜짝 하지 않게 된다. 분노의 상황이 되풀이된다. 분노의 감정을 말할 수 있을 때까지 시간을 벌어보려 노력해 본다. 나를 위해서다.

엄마가 진심으로 자기 인생을 걱정하기 시작하면 가족들은 그들대로 자기 인생을 비로소 걱정하기 시작한다.[55] 분노의 감정을 표현하지 않고 싸우지 못하는 성격이라도 괜찮다. 자신을 위해 지금까지처럼 살 수 없다는 내면의 확신을 강화해 나간다. 분노의 감정이 일 때 이전과 다르게 선택하려 노력하는 자체가 변화의 시작이다.

내가 키워진
방식을 돌아보며

아이를 키운다

　나답게 사는 게 중요하다면 자기를 잘 알아야 한다. 융에 의하면 사람은 자기 자신에 대해 5%만 알고 있다고 한다. 나머지는 무의식적으로 살아가는 부분이 많다. 엄마가 독립적으로 살려면 자신의 행동양식, 감정패턴을 의식하고 있어야 한다. 그러면 자기가 자식을 양육한 패턴을 알고 좋은 방향으로 선택하고 결정할 수 있다.

　부모는 자녀를 양육하면서 완벽하지 못한 자신을 자책하기 쉽다. 부모가 자녀에게 잘못 대한 점이 있다면 실수를 인정하는 게 좋다. 일부러 자식을 잘못 키우는 부모는 없다. 부모 역시 자기가 키워진 방식대로 자녀를 대하다 여러 가지 부족함을 느낀다.

　다행히 자녀들은 부모가 잘못을 사과하거나 인정하기만 해도 상처에서 벗어날 수 있다. 너새니얼 브랜든은 "우리가 아이를 대할 때 자신의 말과 행동을 5%만 더 높은 수준에서 의식한다면 우리의 행동은 어떻게 달라질까?" 하고 질문하면서 아이들의 자존감을 뒷받침해 주는 일이 우리 자신의 자존감을 키워가는 것이라고 했다.

주변 사람들에게 "자녀가 당신처럼 산다면 괜찮으시겠어요?" 하고 물어보면 십중팔구 손사래를 쳤다. 자신처럼 살기를 바라지 않는다고 했다. 특히 여성들은 가부장제 아래 여성으로 자라며 느꼈던 점들을 자식들에게 대물림하고 싶지 않다고 했다. 그럼에도 불구하고 이미 자식들은 부모를 보고 그대로 닮아가고 있다.

나의 감정과 행동을 이해할수록 자녀를 키우면서 내가 했던 행동을 돌아보고 안타까워질 때가 많다. 내가 모르고 무의식적으로 한 행동과 말이 자녀에게 어떤 영향을 끼쳤는지 이해되니까 그렇다. 미술시간에 배웠던 데칼코마니처럼 아이들은 부모의 삶의 패턴을 닮아가므로 의식해서 관찰해 보아야 한다.

내가 키워진 방식대로 자녀를 키운 예

1. 애착 형성이 어려운 나 & 분리하여 키워진 나(자식을 쉽게 떨어뜨려 놓는다.)

어렸을 때 학교에 취학 전 할머니 댁에 보내져서 2년 가까이 살았다. 전화도 핸드폰도 없던 시절이었다. 부모는 나를 보러 오지 않았고 집안 행사가 있을 때라야 잠깐 다녀가는 정도였다. 부모형제와 단절된 그 시기가 내겐 고통스러웠는지 기억이 거의 없다. 유년기의 성장과정은 변화가 매우 큰데 내 부모는 그 시절 나의 모습을 기억하지 못할 것이다.

엄마가 된 후로 나는 양육자가 바뀌어 아들이 힘들어할 때도 부담 없이 떼어 놓았다. 안아주거나 달래주는 일이 거의 없이 당연하게 떼어 놓고 출근했다. 어린이집이나 유치원 종일반에 혼자 남아 있는 경우가 많았던 큰아이에게 어떤 보상도 해 주지 못했다. 왜냐하면 그게 어린아이한테 고통스러울 줄을 실감하지 못했기 때문이다.

대책 〰〰 자녀의 깊은 내면에 분리불안이 있을 수 있다. 가족이 함께 지내는 시간을 소중히 한다. 성인자녀에게도 나의 행선지나 일의 목적 등을 알린다. 달라지는 환경에 잘 적응하는 편인 자녀에게 칭찬을 자주 하려고 노력한다. 자녀가 격한 감정을 표현하면 환영하려고 한다. 회복의 기회이기 때문이다.

2. 설명하지 않는 엄마 & 이야기가 없던 모자관계

십 대 시절 아들이 이런 질문을 한 적이 있다. "엄마는 왜 나랑 얘기할 때 눈을 안 마주쳐요?"

형제자매가 많았으니 나의 부모는 개별적으로 나와 대화를 나누거나 감정을 존중하며 보살필 여유가 없었다. 부모는 결정하고 나는 따르기만 하면 되었다. 진로결정을 부모가 계획해 놓아서 나는 선택할 필요가 없었다.

나는 일하는 뒷모습만 보여 주는 엄마였다. 자식의 의견을 묻거나 설득하려는 노력을 하지 않았다. 명령이나 통보 위주였다. 내 자녀에게 환경이 바뀔 때 왜 유치원을 옮기는지, 양육자가 바뀔 때 어떻게 해 줄까 하고 묻거나 다독이지 못했다. 휴가 갈 때 휴가 장소를 미리 이야기하거나 계획을 세우는 데 참여하도록 하지 못했다. 자연히 아이의 감정을 잘 돌봐 주고 따뜻하게 이해해 주고 화를 풀어 주는 노력이 많이 부족했다.

대책 〰〰 감정을 존중하려 한다. 자녀가 무엇을 하고 싶다고 하면 반갑게 지원해 준다. 대화할 기회가 있을 때 될수록 서로 바라보며 이야기한다. 집안의 일을 같이 의논하고 결정도 함께 내린다. 자녀의 하소연을 들어준다. 자녀에게 선택의 기회를 많이 준다. 무슨 일이든 자녀의 의견을 존중하려 노력한다. 부모의 이야기, 옛날 집안 이야기 등을 자주 하려고 한다.

3. 놀이부재 & 스킨십 부족

나는 권위적이고 엄격한 분위기에서 자라 부모의 살가운 스킨십이 부족했다. 부모는 큰딸의 버릇을 잘 들여놔야 동생들이 따라 한다고 여겨서 나를 무척 엄하게 다루었다. 그래서 난 의논하지 않고 독립적으로 행동할 때가 많았다. 가족이 함께 오락을 즐긴다거나 놀이를 한 적이 거의 없다. 내가 부모가 된 후에도 자녀와 그런 기회를 많이 갖지 못했다.

대책 〰〰 자녀가 성인이 되면 부모와 함께 놀거나 자주 따로 만날 기회가 줄어든다. 될수록 가족여행 등을 다녀보려고 추진한다. 자녀와 같이 즐길 수 있는 운동을 알아본다. 좋은 경험을 만들려 애쓴다. 자녀의 유년기나 청소년기를 놓치면 그럴 기회가 많지 않다.

4. 혼자 해결하는 일에 익숙하다. & 자녀가 혼자 하게 둔다.(의논과 협업 부족)

나는 부모님이 일을 툭 던져 주면 내가 알아서 해결하는 식이었다. 야단맞을까봐 잘 물어보지도 않고 스스로 찾아서 일을 했다. 어려서부터 문제를 그렇게 해결하다 보니 직장에서도 혼자 하는 일이 더 편하고 익숙했다. 사람들과 의논하며 모두의 의견을 반영해서 결정하고 추진하는 데는 시간이 걸리니까 후딱 해결하는 게 좋았다. 내 자녀도 그렇지 않았을까.

대책 〰〰 자녀에게 "실수해도 좋다. 남과 즐겁게 의논하며 일을 하자. 친구들 모임에 적극적으로 참여하자."고 권유한다. "잘 놀자, 즐겁게 살자."고 한다. 자주 웃으려 한다.

5. 책읽기와 학습을 강조한 환경으로 통제

부모님이 공부와 관련된 점은 무조건 지원해 주었다. 책 사기와 독서활동은 아무 제약 없이 누렸다. 서점에 자주 갔고 책을 많이 샀다. 참고서를 원하는 대로 다 샀다. 공부해야 한다고 하면 일을 안 시켰다.

나의 자녀에게도 공부에 있어서는 필요한 지원을 최우선으로 했다. 내 옷 사기, 내 취미 즐기기, 나의 자기계발을 위한 투자는 뒷전이고 자식의 학력 증진에 최우선적으로 투자했다.

대책 〰〰 나를 위해 투자하려고 한다. 운동하는 데, 새롭게 공부하는 데, 여행이나 다른 취미 활동하는 데에 투자한다.

6. 자신보다 친척 이웃 등 공동체 속의 역할 강조 & 개성존중 NO, 타인지향적 양육

친척들과 돈독한 관계 속에서 성장했다. 사촌들과 이웃해서 살았기에 대가족의 이점을 누렸다. 많은 문제를 함께 의논하고 해결했다. 집에 손님들이 자주 찾아왔다. 자연히 사람을 좋아하는 성격이 되었다. 공동체에서 모나지 않게 행동하는 면을 강조했다. 도전이나 모험보다 적응하고 타인의 기분과 감정을 맞추는 데 힘썼다. 솔직한 의견주장에 약하다. 내 자녀들도 친족들이 이웃에서 모여 살아서 왕래가 활발한 환경에서 자랐다. 동아리 활동이나 축구 등 공동체 활동이 필요한 운동에 열심이다. 중요한 실수는 자녀의 감정을 잘 존중해 주지 못한 점이다. 아이의 눈높이에서 들어주고 설명해 주는 정성이 모자랐다.

대책 〰〰 공동체는 여전히 중요하다. 행사와 모임에 빠지지 않도록 힘쓴다. 감정을 솔직하게 표현하고 요구도 하려고 노력한다. 거절할 때 확실하게 의사를 표현하려 한다.

아이들은 내 소유가 아니라 독립적인 의지에 따라 사고하는 존재다. 평생 자신이 어떤 사람이 될지 선택해 간다. 성장은 십 대 후반에 멈추는 게 아니라 생애 각 주기마다 자아가 발달한다. 지금부터라도 자녀를 대할 때 그들의 '감정'을 존중하려고 한다. 기분 좋고 신바람이 나면 못할 게 없어진다. '이제라도 늦진 않았겠지.'라고 생각하며 희망을 가져본다.

자녀에게는 가능성이 많다. 가트맨 박사는 감정코칭의 기술을 말할 때 열 번 중 세 번이라도 감정코칭의 방법을 사용하면 효과가 나타난다고 했다.[56] 뒤집어 보면 자식들은 어른들이 실수하고 잘못된 양육을 하더라도 열 번 중 일곱 번은 용서한다는 뜻이다. 부모가 조금만 변화하려 노력해도 아이들은 금방 적응하고 감정이 회복될 수 있다는 뜻이다. 다행이다.

고차원적
의존 관계로

새로운 친구 찾기

어린 자녀들은 평소 부모도 연약한 인간이라는 사실을 잘 인식하지 못한다. 자녀 눈으로 보면 부모는 항상 어른이다. 그러나 실제 부모들은 세상사 속에서 여러 어려움을 이기며 살고 있다. 그렇다고 자식에게 부모의 여린 면을 알아달라고 한다면 스포츠의 규칙 위반과 같다. 포수는 포수의 역할, 투수는 투수의 역할이 있는 것처럼 가정에서는 부모 자리가 있다.

그래도 엄마는 때로 자기의 상처와 아픔을 위로할 친구가 필요하다. 있는 그대로 터놓고 말할 대상이 필요하다. 즐겁고 생기 있게 살아갈 힘을 찾게 해 줄 누군가도 중요하다. 그런데 사람과의 관계에서는 만족감을 느끼기 어렵다. 내가 남에게 의존하는 한 독립적인 변화를 기대할 수 없다. 어떤 사람들은 스포츠나 예술, 새로운 사람들과의 만남, 여행, 외모 변신을 위한 소비, 관계 리모델링 등을 시도해 보기도 한다.

하지만 이보다 더 의미 있는 경험은 자신을 무조건 사랑해 주고 성숙하게 해 줄 고차원적인 의존 관계를 맺는 일이다. 원주에 있는 미술관 '뮤지엄 산'을 건축한 안도 타다오는 "사람들이 이곳에서 살아갈 힘을 얻고 돌아가면 좋겠다."고 창작의도를 밝혔다. 빛과 바람, 돌과 물로 이뤄진 공간에서 사람들의 감성이 깨어나 마음이 변화되기를 바라는 뜻이 느껴졌다. 도시를 벗어나면 사람은 자연에 의지하며 살고 있음을 알게 된다. 산과 나무, 하늘빛, 바람 소리, 꽃향기 등은 세상 사람들에게서 충족되지 않던 쉼과 위로를 준다. 자연과 인간 사이에 고차원적인 의존 관계가 맺어진다.

J. 브래드쇼는 자기를 보호하고 사랑해 줄 존재를 스스로 찾아 주려 노력해야 한다고 한다. 이를 '새로운 부모 찾기'라고 했다. 그는 영감 있고 통찰력 있는 시인, 종교적 멘토, 성 어거스틴, 도스토옙스키, 니체, 키에르케고르, 카프카 등 작가와 철학가를 자신의 아버지 역할을 하는 존재로 삼았다. 그들의 작품을 읽고 사색했다. 마더 테레사 등을 통해 모성적인 양육을 찾고 좋은 친구들과 만남으로 내면을 충만하게 했다.[57] 그는 자기만의 소유물이나 시간, 공간을 만들어 독립된 고유의 삶의 규칙을 만들어 보라고 한다. '새로운 가족'으로 친구 그룹이나 치유 그룹 등 지지와 보호를 받을 수 있는 좋은 의존 관계를 권한다.

내 삶의 가장 고마운 동반자인 '내 몸'을 아끼고 존중하는 경험을 한다. '나를 아끼고 존중한다'는 당연한 일이 여자에게는 새로운 경험 축에 드는 게 아이러니하다. 어려서부터 남을 돌보도록 교육받은 여자는 자기 몸을 가장 나중에 돌보는 경향이 있다.

사람은 경험을 시시각각 신체와 정서에 입력하도록 설계되어 있다. 어떤 사건의 배경음악이나 느낌을 우리의 신체와 정서에 기록하며 그 기록은 이후 마음과 생각 속에서 재생된다고 한다.[58] 내 몸이 보내주는 느낌과 반응을 통해 잊었던 경험을 되살려 본다. 나의 이야기로 술술 나오게 하면 마음이 달라진다. 과거를 새롭게 보게 된다. '왜 어떤 기억을 떠올리면 머리가 아프고 속이 불편할까. 왜 어떤 장면을 생각하면 가슴이 뛰고 입이 굳어질까.' 하는 의문이 풀린다. 오랫동안 신체는 부림당하기만 했다. 이제 몸에서 전해 주는 신호에 귀 기울여 본다.

나의 경우 아팠을 때 솔직하게 내 몸에게 이야기하는 순간 몸이 알아주었다.

"그동안 참 미안했어. 힘든데 몰라주어서. 매일 새벽이면 여기저기 쑤시고 묵지근하고 둔탁한 무엇으로 맞은 듯이 아팠는데 더 열심히 해야 한다고, 더 빨리 출근해서 일해야 한다고 다그친 점을 용서해. 욕심이었어. 잘못했어. 혹시 수술하면서 가슴을 절제하는 일이 있을 수도 있다는데 이게 마지막으로 보는 온전한 내 몸의 모습인가. 내 삶의 끝까지 함께하게 해 주지 못해 미안해서 어쩌지? 너와 함께 태어났으니 같이 가야 하는데."

그 순간 몸이 반응했다. 내 혈관과 내 발끝까지 닿는 그 느낌이 나를 감동시켰다.

"괜찮아. 네가 살 수 있다면 몸의 일부가 없어진다고 해도 난 좋아. 네가 어렸을 때 부모에게서 충분히 인정받지 못하고 사랑받지 못했다는 감정 때문에 그렇게 무리한 거잖아. 넌 너대로 참 괜찮은데 남에게 인정받고 싶고 관심받고 싶어서 그런 거잖아. 직장에서 윗사람과 동료들에게, 가정에서 남편과 아이들에게, 그리고 너의 부모에게, 친구들에게 버젓한 사람으로 존중받고 싶어서 애썼잖아. 난 힘껏 너를 따라주었어. 다행이야. 더 망가지기 전에 멈출 수 있어서. 이젠 남을 바라보지 마. 먼저 너를 바라봐. 네가 어떤 사람인지, 네 자식이 어떤 사람인지, 네 남편이, 네 부모가, 네 친구가, 네 이웃이 어떤 사람인지 가까이 있어서 보지 못했던 것들을 바라봐. 앞으로도 내가 힘들면 너에게 사인을 보내줄게. 그땐 내 말을 잘 들어줘."

몸은 최선을 다했다. 몸을 잘 쉬게 할 줄 아는 것도 능력이다. 나의 가장 친한 친구는 '나'다. 새로운 경험을 나와 함께 해 갈수록 나의 이야기는 풍성해진다. 남과 더불어 나눌 삶도 충만해진다. 일부러 밤낮 낯선 데를 다닐 필요는 없다. 경험을 통해 의미를 찾게 될 때 어제와 다른 오늘이 된다.

고차원적인 의존 관계는 시간을 소중히 여기고 경험을 늘리는 데서 이뤄진다. 좋은 경험은 시간을 소중하게 여기는 데서 찾아온다. 내가 가진 자원 중에서 가장 값지면서도 잃기 쉬운 게 '시간'이다.

후배 한 명이 있었다. 외국어를 잘하고 지성미가 있는 후배였다. 아주 잘 알고 지내지는 않았지만 결혼 후 외국에 가서 살아 소식을 듣지 못하다 오랜만에 안부를 들었다. 암에 걸려 투병 중이라고 했다. 한 번 치료를 해서 완치 판정을 받았는데 재발했다고 했다. 시한부 생을 살면서도 오직 자식 걱정으로 마음이 편하지 않았다고 한다. 사춘기에 방황이 한창인 자식 때문에 병상에서도 마음이 힘들었던 듯하다. 그 아이들도 한창 성장하는 시기에 엄마가 병원에 있으니 얼마나 공허하고 슬펐겠나 싶었다. 후배는 병문안 온 지인에게 "엄마가 곧 죽는다고 해도 정신을 못 차리네요. 차라리 내가 없으면 더 나아질라나요."라고 말했다고 한다. 마음이 아팠다. 몸이 아픈데 마음까지 염려와 고민으로 괴로운 듯해서였다. 얼마 후 그녀는 세상을 떠났다. 그리고는 그녀를 한참 잊고 있었다. 최근 고향의 모임에 가서 그녀의 자식들 소식을 물어보았다. 그들은 청개구리처럼 엄마 생전엔 말을 안 듣다가 돌아가신 후 철이 들어 진로를 잘 찾고 스스로 제 길을 개척해 가고 있었다. 어머니가 돌아가셨지만 씩씩하게 밝게 살고 있다고 한다. 기뻤지만 후배가 그 모습을 보았다면 얼마나 좋았을까 하는 생각이 들었다.

후배에 대한 이야기를 들으면서 부모가 자식을 마음대로 할 수 없다는 진리를 다시 한 번 확인했다. 죽음으로도 못 고칠 자식의 행동이요 성격인데, 엄마는 왜 그렇게 손을 떼지 못할까. 생명을 잉태하고 기른 강력한 본능일까.

자식 키우는 일은 오묘해서 반드시 내가 염려하고 헌신한 만큼 자녀가 잘되거나 보답하지는 않는다. 자식의 미래를 대비하고 염려하는 일도 소중하지만 나의 생명, 나의 시간도 값지다. 그 후배가 유한한 시간을 의미 있는 새로운 경험으로 채워 갔다면 조금 더 기억될 만한 값진 추억을 남기지 않았을까 하는 생각에 망연했다.

내가 지닌 자원인 신체와 시간의 가치는 무엇으로도 측정하지 못할 정도로 크다. 나의 소중한 자원으로 누릴 수 있는 일들을 찾아 가꿔가다 보면 새 친구들이 생긴다.

충일한 만족감을 주는 의존관계는 예술작품을 대할 때 잘 이뤄진다. 직장을 그만두자마자 평소 벼르던 오디오를 샀다. 좋은 음악이 앰프를 통해 흘러나오자 공기가 입체적으로 살아나는 듯했다. 자주 볼 책이 아니라면 잘 사지 않았는데 이제 아낌없이 책을 산다. 저자의 일상이 배어 있는 저서들이 새로운 경험을 선사한다. 수많은 점과 획으로 이루어진 그림을 보면 내 삶의 기억과 시간들이 떠오른다. 그 속에 담긴 화가의 붓질과 사유의 시간을 상상해 본다. 자주 몸을 움직이고 때로는 가만히 정적 속에서 앉아 있다.

초여름에 뜬 달을 바라본다. 옛 시인들의 표현대로 놋쇠로 만든 징처럼 '쨍' 하니 소리 날 듯이 쨍쨍한 달이 떠 있다. 달의 배가 불러오는 걸 보니 곧 보름이다. 창가에서 상현달을 바라보다 돌아서면 실내에서 내가 움직이는 방향을 따라 돌며 바람을 보내주는 에어컨이 살아 있는 듯이 반응한다. 내 목소리의 파장이 전달되면 그대로 응하는 기계들이 늘어난다. 마치 바람 따라 나무에 달린 잎들이 시시각각 달리 움직이듯이. "아, 내가 그렇게 살아왔구나." 하고 깨닫는다. 이전과 같은 공간에 있는데 낯설게 다가오는 풍경이다. 출퇴근길 30년 동안 내 힘으로 혼자 다닌 게 아니었다. 언제나 어떤 식으로든 다양한 친구가 곁에 있었다.

바람에 흔들리는 나뭇잎처럼 매 순간 반응하며 살아왔다. 태어난 이후 단 한 순간도 가만히 석고상처럼 굳은 적이 없었다. 내가 미처 알지 못한 기억들을 떠올려 보고 오늘 만들어 갈 새로운 경험들을 기대하는 자체가 삶에 기쁨을 더한다. 내가 존재하는 한 언제나 내 편인 자연과 내 몸과 내 생명, 불멸의 가치를 지닌 예술작품들이 새로운 친구들이다.

독립성을 길러주는 것이 사랑이다

심리 상담을 공부하는 초기에 상담가로부터 상담을 받을 기회가 있었다. 상담이 두세 번 진행될 때까지 내 주변적인 이야기를 주로 나누었다. 몇 주 동안 30분 정도 숲길을 걸어 집과 상담 장소를 오가며 생각했다. '내가 주로 남 이야기만 하고 있구나. 내 삶인데 내 문제가 아니라 남의 문제로 힘들다는 이야기만 반복하고 있구나.' 하고 깨달았다. 어떤 상황이든 피해자처럼 인식한 때가 많았다. '내'가 아니라 '남 때문에 힘들다'로 시작하고 끝난 이야기였다.

상담자는 내가 표현하는 방식을 보았다. 내가 내 삶의 문제를 남에게 맡겨 놓은 것을 발견했다. 내 감정을 책임지지 않고 분명히 이야기할 내 인생이 없는 새로운 현실을 보게 했다. 맡겨진 일을 처리하는 게 삶의 전부인 것처럼 살았다.

주어진 환경에 순응하며 자랐고 또 독립해 꾸린 내 가정에서 대물림된 가족의 시스템 안에서 기계적으로 살았다. 내가 '나'를 주장하면 관계가 깨질까, 소중한 사람이 곁을 떠나지 않을까 하는 두려움 때문에 답답해하며 살았다.

상담자가 경청해 주어서 나 스스로를 돌아보게 되었다. 누군가 내 말을 들어주는 게 그렇게 좋았다. 상담자의 고마운 한 마디가 새롭게 현실을 보게 했다.

"무조건적인 사랑을 용기 있게 표현해 보세요."

가족끼리는 큰 소리를 내고 불만을 이야기해도 되고 서로 요구할 건 요구해도 되는 거였다. 그래도 아무 일 없다.

그런 깨달음 이후 꾸준히 내 감정과 생각을 존중하고 능동적으로 선택하려 노력했다. 상당 기간 소원해진 관계도 생겼고 몇 차례 마찰도 있었으나 가족과 다른 사람들의 반응과 인정에 덜 신경 쓰니 에너지가 여유 있게 되었다. 고질적인 두통이 거의 없어졌다. 내 인생을 내가 책임지고 고민하기 시작하니 주변 사람들이 내 의견도 잘 물어오고 내가 싫다고 할 때 서운해하지 않고 받아주었다.

내가 가족과 다른 사람을 변화시키기는 어렵다. 그들이 내 마음에 쏙 들게 살 수도 없다. 그러나 그들이 내가 원하는 방식에 동의할지 말지 선택하게 할 수는 있다. 그것은 내가 먼저 독립적으로 입장을 선택하고 밝혔을 때 가능하다. '아, 내가 이런 사람이구나.' 하고 말할 때가 많아진다.

작고 위축된 아이의 심리로 세상을 살다가 그런 나를 힘 있게 지탱해 온 '다른 나'를 발견하고 재회하는 기쁨이 생겼다. 그 모든 게 두 아들을 잘 이해하고 평생 좋은 관계로 지내고픈 소망에서 비롯했다. 그렇지 않다면 변화할 필요성도 못 느끼고 나의 진짜 삶을 숙고해 보지도 않고 그럭저럭 만족하며 살지도 모른다. 나의 인생을 자유스럽게 사는 모습이 자녀에게 힘이 되고 부담도 덜어주게 된다. 홀로 너끈히 나의 삶을 사는 하루하루가 자녀가 앞으로 나아가는 에너지를 준다.

사람이 독립적으로 자기 삶을 산다는 것은 고립되어 옹골차게 혼자 잘해나간다는 게 아니었다. 불완전한 존재끼리 불확실한 세상을 살아가는 데 서로 버티어 줄 수 있게 힘을 기르는 과정이었다. 그런 힘은 나를 잘 알고 나 자신에게 충실할 때 더 많이 나온다. 내가 잘 먹고 잘 자고 잘 돌아다니고 잘 웃고 떠들고 잘 표현할 때 상대방도 기운이 나고 힘을 차리는 거였다.

가족은 너무 가까운 관계이기 때문에 서로의 문제에 대해 일희일비하기 쉽다. 유아기·성장기를 거치면서 자녀는 외부 사회에 적응하며 세상을 배운다. 자기를 통제하는 힘도 커 간다. 가정에서도 그렇게 독립해 가는 자녀의 성장에 보조를 맞춰 주어야 한다. 어쩌면 자녀에게 부모는 '가장 적은 정도의 동감과 관대함'[59]만을 보이는 쿨한 모습으로 거듭나야 할지도 모른다. 자식의 감정과 기분을 부모가 좌지우지하려 하지 않고 듣기에만 열중하는 게 낫다. 주도권을 내려놓는 것이다. 권력을 이양하는 것처럼 힘든 일이다. 그 순간이 부모가 자녀로부터 독립하는 출발점이다. 부모는 잘 버텨주기만 해도 자식에게 힘이 된다.

최고의 부모는 자녀가 독립하도록, 자기 책임을 자기가 지도록 돕는 부모다. 어찌 보면 부모 없이도 자식들은 잘 살아간다. 어느 경우에는 부모가 있을 때보다 더 잘한다. 의지할 데가 없기 때문이다. 어떻게든 제 힘으로 살아갈 도리밖에 없으므로 책임감 있게 살 가능성이 많다.

엄마가 자녀로부터, 가정으로부터 자기 자신의 길로 들어서는 일이 주변에 혼란을 끼치고 우려를 자아낼 것처럼 이야기하는 자체가 두려움의 표현이다. 그러나 그런 두려움은 익숙해질 때 일상의 일로 평온하게 정착된다. 자녀의 실수와 불완전함에 대한 걱정, 돌봄의 손길을 습관적으로 요청하는 주변 사람들, 가사와 가정에 충성을 원하는 가족의 요구 등을 내려놓고 편안하게 말해 본다.

"무엇이 더 될 필요 없어. 너로 이미 충분해."

$$\text{참고문헌}$$

1　《최고의 석학들은 어떻게 자녀를 교육할까》마셜 골드스미스, 알란 쇼더비치, 윌리엄 폴 영 외. 북클라우드. 2017

2　〈중앙일보〉2018. 12. 18. 칼럼 - 700년 전 고려 여인의 글 〈남자로 태어나고 싶다〉

3　《여성교육개론》곽삼근 외. 교육과학사. 2015

4　《여성교육개론》곽삼근 외. 교육과학사. 2015

5　《자존감의 여섯 기둥》너새니얼 브랜든. 교양인. 2015

6　《여성교육개론》곽삼근 외. 교육과학사. 2015

7　《분석심리학 - C. G. 융의 인간심성론》이부영. 일조각. 2011

8　《아버지의 부모역할과 아동발달》이영환. 교육과학사. 2014

9　《빈 둥우리 부부의 열 번의 데이트》데이비드 알프, 클라우디아 알프. 상담과 치유. 2008

10　《여성교육개론》곽삼근 외. 교육과학사. 2015

11　〈한국일보〉2019. 4. 19.

12　〈헬스경향〉2014. 5. 29

13　《무엇이 여자를 분노하게 만드는가》해리엇 러너. 부키. 2018

14　《발달심리와 신앙교육》이금만. 크리스찬치유목회연구원. 2000

15　《최고의 선택》김형철. 리더스북. 2018

16　〈The five Love Languages of Teenagers〉Northfield Publishing. CHICAGO. 2000

17　《사피엔스》유발 하라리. 김영사. 2015

18　〈한겨레신문〉2020. 3. 21. - 이유리의 '그림 속 여성'

19　《여성교육개론》곽삼근 외. 교육과학사. 2015

20　《아직도 가야 할 길》M. 스캇 펙. 열음사. 2006

21　《내면세계의 치유》정태기. 상담과 치유. 2012

22 《엄마 심리 수업》윤우상. 심플라이프. 2019

23 《내면세계의 치유》정태기. 상담과 치유. 2012

24 《내면세계의 치유》정태기. 상담과 치유. 2012

25 《심리학으로 읽는 그리스 신화》김상준. 보아스. 2016

26 《분석심리학 - C. G. 융의 인간심성론》이부영. 일조각. 2011

27 《발달심리와 신앙교육》이금만. 크리스찬치유목회연구원. 2000

28 《발달심리와 신앙교육》이금만. 크리스찬치유목회연구원. 2000

29 《심리학으로 읽는 그리스 신화》김상준. 보아스. 2016

30 《내면부모와 내면아이》김중호. 학지사. 2017

31 《내면부모와 내면아이》김중호. 학지사. 2017

32 《아직도 가야 할 길》M. 스캇 펙. 열음사. 2006

33 《상처받은 내면아이 치유》존 브래드쇼. 학지사. 2004

34 《상처받은 내면아이 치유》존 브래드쇼. 학지사. 2004

35 《상처받은 내면아이 치유》존 브래드쇼. 학지사. 2004

36 《자존감의 여섯 기둥》너새니얼 브랜든. 교양인. 2015

37 《슈타이너 학교의 참교육 이야기》고야스 미치코. 밝은누리 2003

38 〈한겨레신문〉2013. 5. 28.

39 《자존감 수업》윤홍균. 심플라이프. 2016

40 《철학의 위안》알랭 드 보통. 청미래. 2012

41 《따뜻한 경험 흐뭇한 이야기》손운산. KMC. 2013

42 《여성교육개론》곽삼근 외. 교육과학사. 2015

43 《인생 수업》엘리자베스 퀴블러 로스. 이레. 2014

44 《당신과 나 사이》김혜남. 메이븐. 2018

45 《담대한 목소리》캐럴 길리건. 생각정원. 2018

46 〈중앙일보〉2020. 1. 15.

47 《선택》스펜서 존슨. 청림출판. 2005

48 《시대를 훔친 미술》이진숙. 민음사. 2015

49 《사티어 빙산의사소통》김영애. 김영애 가족치료연구소. 2019

50 《세로토닌하라》이시형. 중앙북스. 2010

51 《자존감의 여섯 기둥》너새니얼 브랜든. 교양인. 2015

52 《가짜 감정》김용태. 덴스토리. 2014

53 《내 안에서 나를 만드는 것들》애덤 스미스, 러셀 로버츠. 세계사. 2015

54 《철학의 위안》알랭 드 보통. 청미래. 2012

55 《무엇이 여자를 분노하게 만드는가》해리엇 러너. 부키. 2018

56 《청소년 감정코칭》최성애, 조벽. 해냄. 2012

57 《상처받은 내면아이 치유》존 브래드쇼. 학지사. 2004

58 《담대한 목소리》캐럴 길리건. 생각정원. 2018

59 《도덕감정론》애덤 스미스. 한길사. 2016

나로 돌아가는 길

인쇄일 2023년 6월 15일
발행일 2023년 7월 5일

지은이 박형란
펴낸이 김순일
펴낸곳 미래문화사
신고번호 제2014-000151호
신고일자 1976년 10월 19일
주소 경기도 고양시 덕양구 삼송로 222, 현대헤리엇 업무시설동(101동) 301호
전화 02-715-4507 / 713-6647
팩스 02-713-4805
이메일 mirae715@hanmail.net
홈페이지 www.miraepub.co.kr
블로그 blog.naver.com/miraepub

ISBN 978-89-7299-555-5 (03800)